U0084197

（完）
重編版

vol. 04

喬靖夫——著

目錄

卷七【人間崩壞】

Karma Vol. 7 The End

第二十二章
色即是空

張小棠渾身乏力地俯伏在宰豬的木檯上，臉頰緊貼著粗糙的檯面，吸嗅著木頭散發出的陣陣生肉腥氣。

那副九歲的赤裸身軀雪白而瘦小，細嫩的臀上遺留著一灘濃濁精液。

屠戶關阿金坐在凳上喘息，長滿硬毛的肚皮上下起伏。陽具雖已軟下來卻仍然飽脹。

張小棠的腦海一片空白，眼睛茫然看著店裡晃動著的唯一燈火。

過了好一會，他才勉力撐起身離開肉檯。全身骨頭關節都在發疼。他深吸了口氣，撿起地上的衣服慢慢穿上。

關阿金把一塊用草繩束著的豬肉，連同兩個銅錢拋到檯上。

「快滾。」

□

「娘，我回來了。」張小棠揭開門簾，拖著疲憊的腳步走進家裡。「今天有肉吃。」

母親仍然躺在屋中唯一的床上，沒有回答他。他也沒看她一眼，把豬肉和剛買回來那小包糙米放在爐灶旁，蹲下來扭折柴枝生火。

拌著豬肉的稀粥煮好了。張小棠瞧著嗅著，吞了一口唾液。他壓抑著要把鍋裡肉片塞進嘴巴的衝動。肉是給母親吃的。吃肉，她的病才會好。

他走到床前：「娘，起來。可以吃了。」他搖搖蓋在薄被下那副瘦得像骷髏的身軀。

沒有反應。

他撫摸母親露出被外的手掌。

僵硬而冰冷。

他把手伸到母親口鼻前。

他繼續保持著這個伸臂的姿勢，一動不動。臉上沒有任何表情。

直至黃昏結束，屋裡一片黑暗。

直至那鍋豬肉粥徹底涼掉。

□

五天後在肉店裡，張小棠趁著完事後的喘息，把一柄挑骨頭用的尖刀，狠狠捅進關阿金咽喉，然後拿走店裡全部的零碎銀兩。

他躲了十二天。最後被兩個男人找到。

「小子，有夠狠的。」其中一個男人捏著他的頸說。那隻手掌很大，似乎只要一用力就能夠把他的頸骨折斷。「你多大？」

「十三。」他撒了謊。

「要不要跟我們？」男人不懷好意地笑：「保你每天有飯吃。」

「好。」張小棠不經思索就回答。

「你姓甚麼？」

「姓張。」

「是『弓長張』？還是文章的『章』？」

他沒讀過書，連自己的名字都不會寫，不知道什麼叫「弓長張」。

「是文章的『章』。」

就這樣，他跟了這兩個男人走。

過了兩天，他燒了張黃紙，喝了口混著別人與自己鮮血的酒。

那時候他才知道，自己加入的是東都九味坊崛起的一個小幫會，名叫「豐義隆」。

□

兩名老僕把錦織布蓋掀開來，「豐義隆總行」的廳堂裡，頓時揚起漫天灰塵。露出來的是一把古老交椅，梨木的材質因爲年月久遠早就變成深沉褐色，手把和椅背上刻紋了各種祥瑞的異獸和符號，手工卻甚粗糙俗氣，像窮酸廟宇裡的廉價器物。

自從韓亮因病癱瘓了後，這張交椅已經很久沒有人坐過。

老僕拿起布巾，慢慢仔細抹拭著椅子每一寸，溫柔得像爺爺替剛洗好澡的孫子抹身。

這兩人是「豐義隆」初代老闆韓東開山立道時就加入的老幫員，五十年來都只在最底層，從沒立過甚麼重要功勞，唯有維護打理這座小小的九味坊總行，是他們人生最大的榮耀。

確定交椅上上下下都抹乾淨後，他們不發一言地退開。

章帥向著交椅一步步走近。廳裡再無其他人。四周寂靜得很。他每走一步，就聽見自己的心跳加快一點。

終於走到交椅跟前。章帥伸出手，輕輕觸摸椅把。

此刻他的呼吸屏住了。

章帥閉起雙眼，繼續沿著椅把輕柔摸上去，動作姿態簡直就像愛撫著情人。他的呼吸變得急促，臉上現出興奮的紅暈，甚至還露出難得一見的由衷笑容。

好一會後，他睜開眼睛，看著這古舊的座位，視線完全無法移開。他雙手緊握著兩邊椅把，彷彿想把它整個抱入懷裡。

「這麼多年了。」

章帥無法自已，把心裡的話說出口。

「終於能夠坐上你。」

□

蒙眞輕輕把房門自內關上，用輕柔無聲的腳步走過房間。房裡只點了盞油燈，上面蓋著米黃紙燈罩，淡淡光芒令房間感覺很溫暖，比完全黑暗更易令人入眠。

蒙眞前進得很小心，避免碰上房裡的物事，一直走到床前。

被窩裡的帖娃睡得很熟，鼻翼隨著呼吸微微收放，雪白而瘦削的臉頰透紅，長長又彎曲的睫毛不時顫動，模樣就像個孩子。

——就像蒙眞七歲時第一次看見的她。

他垂頭凝視了許久，終於忍不住伸出手，輕撫她的臉頰，感受著那溫度。

帖娃醒了。她沒有睜眼，只是在被窩裡挪動了一下。從手掌的氣味，她就知道是自己的愛人。她也伸出手，按住他的掌背，讓他掌心更緊貼自己的臉。

「弄醒你了。」蒙眞微笑說。

「這麼晚？沒事吧？」

「沒有。」蒙眞的聲音裡有一股能鎮定心靈的力量。

「那就好。」帖娃這才張開眼睛，看著蒙眞藍色的眼瞳。

許多年了，蒙眞從來沒有如此滿足。取回原本屬於自己的東西，那種感覺是何等痛快。尤其當你經過了如此漫長的忍耐與等待。

帖娃身邊發出聲音。是那個已經七歲的女孩，半睡半醒地翻了個身，睡相跟母親一樣甜。

可是帖娃看見：蒙眞的視線轉移到女孩臉上時，原本溫柔的笑容有些僵硬。

她放開蒙眞的手掌，坐起來雙手抱著女兒輕輕拍哄，有意無意地把蒙眞擋在外頭。

「別擔心。」蒙眞收起笑容：「我早答應過會好好待她。你的女兒，就是我的女兒。不管她父親是誰。」

「眞的嗎？」帖娃轉回來，緊握著蒙眞的手，靈動的大眼睛像在哀求：「你不要騙我。」

「從小時候到現在，我有哪次騙過你？」蒙眞清楚感受到，自己和帖娃之間那層無形的隔閡。但他還是勉強擠出輕鬆的笑容。「相信我。以後一切都會很好。」

帖娃閉目點頭，投進蒙眞懷抱。

蒙眞輕撫她微鬈的長髮，一雙藍眼睛卻仍然睜著，閃出堅定的亮光。

這麼辛苦拿回來的東西，他永遠都不會再放手。

□

驃騎矛　五千零八十四
步戰神威矛　二萬五千七百六十五
環首鐵刀　一萬零八百零七
朴刀　三千五百七十整
鬼頭木鑲銅盾　九千四百四十二
卸雨盾　一萬八千七百三十七

小黃把列滿了密密麻麻數字的帳冊闔起，放回桌上，揉揉疲倦的眼睛。

這座巨大倉庫內裡氣勢森然，四周整齊排放著全是殺人的器具；一束束尖銳的矛槍與箭矢、堆在數百個竹筐裡的砍刀、疊成一座座柱般的盾牌，還有盔甲的各種部件，分門別類排放在比棺材還大的木箱內。地上橫臥著一根三人合抱的攻城槌，前端鑲有惡獸造型的鋼鐵突頭。當然還有收捲起來的各色號令戰旗。

小黃掃視四周一眼，表情十分滿意。能夠在短短幾年間收集到足夠物資，秘密生產出數量如此龐大的精良軍械，這事大半都是他的功勞。

他的打扮跟從前在漂城街頭時判若兩人，身穿手工精細的繡織，頭上是一副貴族才有資格頂戴的金絲冠，腳蹬柔軟皮靴，腰帶鑲嵌翠玉，左腰吊掛著半個巴掌大的黃金令牌，上面鏤刻了很少人看得懂的古文字。

小黃繼續坐著默默思考了一會，才拿起擱在案頭角落那個羊皮信封。封口的火漆早已揭破。

他其實並不姓黃。可是這封信確是給他的。

他的指頭在羊皮上來回撫摸，腦海裡又再出現于潤生的臉。

倉庫另一頭傳來響亮的腳步聲。

小黃不必看就知道是誰。能夠不經通傳進來這座絕密兵器庫的，除了他自己以外只得兩人：一個是他伯父——也就是這座倉庫的主人；另一個是他弟弟。從急密的足音，就知道來者是年輕那個。

「王兄，終於找到你了。」身材比小黃矮胖的弟弟笑著走到桌前。他一身衣冠比兄長穿的還要華麗，腰間佩著一樣的令牌，寬橫的胸背間漲溢著一股不安分的能量。「都這麼晚了，還不休息？」

「還要再看一會。」小黃指著帳冊聳了聳肩。「對了……那個送信來的人怎麼樣？」

「依照王兄的吩咐。」弟弟撫著下巴的鬚：「已經洗過澡，給他換了乾淨衣裳。那傢伙眞不得了，我看到他吃東西那副模樣，比野狼還兇。還有……」

「甚麼？」

「我送去服侍他的女人，被他弄死了。聽守衛說，女人已經嚥了氣，他卻還在……」弟弟露出噁心的表情。他畢竟是貴族，說不出骯髒的字眼——尤其在尊敬的兄長面前。

「總之好好接待他。」小黃的視線回到羊皮信封上。「他再要女人就給他。只是不要讓外人知道死了人。還有，別告訴伯父。」

弟弟點頭。「竟然擁有這麼古怪的部下，那姓于的到底是個怎樣的人？王兄似乎十分看重他呢。」

「他嗎？」小黃微笑，手指來回翻轉著信封，回想起在漂城那段交往。

「不知道是我幸運，還是他不幸。」小黃雙眼亮起特殊的光采：**「他要不是出身布衣，今天很可能就是我最害怕的敵人。」**

□

長長的牌匾，在大火爐裡已經燒了許久，下端六個字早就化為焦炭，只餘被燻黑的「豐義」二字，仍在烈火中隱約可見。

穆天養的雙眼反映著火光。他壯胖的身軀坐在大椅上，兩隻有力的手掌，右邊握著牛角杯，左邊擁著個豐胸細腰、長腿雪膚的鬈髮異族美女。看著那熊熊火焰，他呷了口酒，得意地微笑。

火爐的熱力令大堂內氣氛更高漲。三十幾人在盡情吃喝，有的更圍起來擲骰鬥酒。他們大半都是穆天養的親信，其餘賓客則是鄰近的匪幫和私梟頭目。熱鬧的氣息，把初冬風雪隔絕在這座曾經是「豐義隆牙州衛分行」的大屋外。

廳堂角落堆放著三十多件碩大的油布包裹，透出來自遠方的海鹽氣味。原本貼在貨包上的「豐」字封條已然全部撕走，它們如今都成了穆天養的私人財產。

一個身高只及穆天養一半的中年男人走近來，眼睛禁不住瞄了一眼異族美女半露出狐狸毛裘的乳溝，然後才收斂起表情。

「掌櫃——不，幫主……」男人一時改不了多年稱呼，伸了伸舌頭，幸好穆天養並沒露出不悅神色。「這批鹽貨雖然不少，可是脫手後……我們怎麼找新貨源？」

牙州衛臨近北面關外，在天下私鹽販運網裡位處最偏遠之地，附近亦無岩鹽生產，十多年來都依賴「豐義隆」從遙遠的海鹽產區輸入。正因路途艱遠，鹽貨的利錢也格外高。

穆天養又喝了口酒：「只要是有錢賺的地方，你怕沒人賣貨嗎？就算是『豐義隆』繼續運鹽過來也可以啊，只是這裡的分銷散貨，改由我們『牙幫』承包抽紅吧了。」

「幫主，你覺得京都那邊的人……會這麼容易妥協嗎？」

「**他們已經不再是從前的『豐義隆』了。**」穆天養咧開嘴巴，露出泛黃的牙齒，左手興奮地捏著美女的豐臀。完全聽不懂中土語言的她強忍痛楚，臉頰泛紅。

「豐義隆」的兩大守護神：「大祭酒」容玉山與「二祭酒」龐文英，在不夠三年之內先後去世，其中容玉山在近日「病死」這個消息，外地各分行頭目大都不相信。緊接下來從京都傳來的消息，是韓老闆遜位，由章帥接任；至於新上場的兩名「祭酒」蒙眞與茅公雷，雖說都是赫赫有名的「六杯祭酒」後人，屬於嫡系，但過去十幾年從來沒人聽過他們有甚麼了不得的功績。

像「豐義隆」如此龐大的黑道組織，只依賴一樣東西來維繫：權威。

「權威」是十分微妙的。說穿了，它不過是一種信念，或者恐懼。在強盛時，它能夠驅使人爲榮譽和忠誠而犧牲性命；但只要出現一點點裂縫，讓人看清背面的虛幻，「權威」隨時會在眨眼間崩潰，消失於歷史的風霜中。

如今京都「豐義隆」發生了翻天覆地的權力變化，權威自然也隨之動搖。走黑道的男人本來就不會是安分的傢伙，尤其負責指揮和營運的頭目，他們很清楚「豐義隆」的私鹽販運網流動著何等龐大的暴利。繩索只要稍稍放鬆，貪婪與野心就猶如餓獸出籠。

脫離了「豐義隆」，穆天養半點也不擔心會有甚麼後果。他知道邊關一帶另外有四家分行的掌櫃，都已像他一樣自立門戶，而他深信這股離心只會不斷擴散，形成無可逆轉的大勢。

穆天養不覺得這樣算是「叛變」。「豐義隆」這頭老虎已經病了，再也吞不下這麼大塊的肥肉。吃不完的肉，當然就會有野狼來分享。這是自然的規律。

「小張，你在怕甚麼？」穆天養盯著面前這個中年男人，他的心腹張文遠：「時勢已經變了，只有傻瓜才會坐著不動，眼巴巴看著金銀從手邊溜走！膽這麼小，怎麼當二把手呀？」

他舉起牛角杯，指向廳堂裡的客人：「你看，麥老虎、刀疤、撒多爾這幾個本地強人，都決定跟我同坐一條船了，京都的人還能夠怎麼樣？」

火爐烈焰突然急激搖晃。

因爲大門打開捲進來寒風。

大廳頓時靜下來。

當先走進廳門的是茅公雷。他一頭鬈髮沾滿了雪花，上身只穿著雪白的狼皮毛背心，袒露出壯碩如岩石的雙肩，左手揪著個大麻布袋負在背後，微笑著大踏步走到廳心，那神態就像走在自己家裡。

他身後跟著七、八名漢子，手裡全都提著棍棒尖刀。

穆天養當堂呆住。這是怎麼回事？大屋外明明派了廿幾人守衛，還加上幾個土匪頭目帶來的大幫手下啊。

「你不認得我吧？」茅公雷的笑容很親和，可是盯著穆天養的眼神就像兇狼。

飯桌前其中一個臉帶刀疤的大漢站起來，往地上吐了口痰，盯著茅公雷：「呸！誰認得你——」

茅公雷上半身幾乎沒有移動，左腿卻已猛蹬在刀疤漢小腹。

眾人眼睜睜看著，這個一向連「牙州衛分行」眾人也懼怕三分的綠林悍盜，瞬間就像泥人般崩倒，甚至叫不出半聲。

張文遠仔細打量茅公雷的模樣，已然猜出他的身分。

「是茅祭酒的兒子……」

「錯了。」茅公雷把麻布袋重重放在地上。**「現在，我就是茅祭酒。」**

他揪著布袋底部一角，把它整個掀翻。

首先抖出的是一柄膠結著稠血的斧頭。接著滾出來全是人頭，一顆接一顆。有男的也有女的。不同的年紀。

穆天養不可置信地瞪著雙眼，看見一張張親人的臉：妻子、老父、三兒子、大兒子、侄兒、二兒子、大女兒、女婿……

他那肸軀劇烈顫抖著。因爲憤怒，也因爲恐懼。

茅公雷把空布袋拋到一旁，拍拍雙掌。笑容早已消失。

「『禍不及妻兒親屬』，這本是道上的規矩。」茅公雷冷冷指著穆天養。「對付叛徒例外。」

穆天養推開懷中美女，嚎叫著站起來，瘋狂似地撲向茅公雷。

茅公雷的反應迅捷如豹，瞬間已張腿沉身，雙手架前迎接。

穆天養的身材幾乎是茅公雷雙倍，速度卻比人們想像中快得多。兩人之間隔著幾副桌椅，全被他這股衝勢撞飛。

——把你這小子壓成肉餅！

二人甫一接觸，卻沒有發出旁人預想中的碰響。

茅公雷左手搭住穆天養的臂胳，右掌巧妙地攀在他頸側，身體朝左急轉，腰臀貼上了穆天養的腹，雙手猛拉，借助穆天養的衝力，把那胖軀往橫狠狠摔出去！

穆天養感覺地面好像突然消失了。

他剛好飛到火爐上，百斤重的銅爐轟然打翻，火星與焦炭四散。

穆天養聽見自己腰肢與髖骨裂開的聲音。他的體重，變成了破壞自己身體的武器。

鬚髮及衣服多處燒著。可是他感覺不到灼熱，只有腰肢那如插入尖錐般的刺痛。身體其他部位都已麻痺。

茅公雷走到穆天養上方。他左膝跪壓著穆天養胸口，令其無法動彈。

「殺你這樣的傢伙，我才不用兵器。」

茅公雷一咬牙，右拳挾著上身重量向下打擊，連續三拳重重擂在穆天養身體左側同一部位。

四條肋骨折斷的聲音。兩條向內插穿左肺，令穆天養口鼻噴血；另外兩段白森森骨頭，突出了他肥厚皮肉，血水汩汩而下。

茅公雷的拳頭化爲指爪，往那傷口猛力掏挖。穆天養噴著血沫痛苦尖叫，聲音令在場每個黑道漢子都腿軟。

「現在有點後悔背叛『豐義隆』了吧？」茅公雷神情如惡鬼，狠狠把一根斷肋骨硬抽出來。

茅公雷左手捏著穆天養下巴，不讓他的臉轉動；右手拿刀般反握著那截斷骨，高舉過頭。

「看看『豐義隆』把你養得這麼胖！這恩義，你一次還過來！」

右手揮下去。骨頭插入了穆天養左目，刺穿眼球和眼窩，直插腦袋。

穆天養四肢如觸電般掙扎了十幾下，最後停頓軟癱。

廳堂裡沒有人見過如此殘酷的殺法。甚至連茅公雷帶來的那些手下，也一個個臉色蒼白。

長久的安逸，令「豐義隆」的人馬都忘記了：支撐著他們這個組織的，正是如此暴烈的力量。

茅公雷站起來，用身上昂貴的狼毛背心抹拭手上的鮮血，白毛染成一灘灘粉紅。

他這時盯住張文遠。

張文遠當然十分害怕。可是此刻他心裡想起的，卻並非自己的生死，而是多年來在「豐義隆」裡聽過關於「二祭酒」龐文英的事蹟。那位黑道名將的各種傳說，幾乎令人深信他不是人。

而現在他親眼看見，一個年輕了三十年的龐文英。

「張文遠？」茅公雷的聲音打斷了他的思考。他點點頭。

——他竟然知道我？一定是在來這裡之前已經仔細打聽過。看來這傢伙不是只會打架的莽夫……

「你在『牙州衛分行』幹了多久？」

張文遠用力吞吞喉結，才能開口說話：「九……九年。」

「分行掌櫃，以後就由你當。行嗎？」

張文遠平生從沒有如此大力地點頭。

——活過來了。

茅公雷卻似乎不太關心張文遠的答案，逕自走到倒地的異族美女跟前。

「起來。」茅公雷朝她伸手，眼睛盯住她雪白的胸脯。

美女舉起來的手顫抖不止。茅公雷握住，感覺很冰冷。

他把她拉起來，另一隻手扶住她腰肢。她害怕得縮成一團。

「太可惜了。」茅公雷喃喃自語：「對女人我不喜歡用強的。你很怕我吧？」他皺眉，因為嗅到了臭味。

美女的裙上，滲透著尿水。

茅公雷放開她。

「算了。小張，這女人賞給你。是升職的賀禮啊。對她溫柔些。」茅公雷扶著她坐回那大椅上，轉身沒再看她一眼。他撿起倒在地上的酒瓶，晃動幾下，聽出來還沒有流光，就著瓶口喝一口，抹嘴笑了笑，瞧著地上穆天養的屍身。

「這胖豬，喝酒跟玩女人倒有點眼光。」

張文遠看了一眼穆天養，又看看地上那堆頭顱，然後再瞧著神情輕鬆的茅公雷。他心裡很難把剛才恐怖的一幕，跟眼前這個隨和的男人聯想在一起。即使一切都剛剛在他眼前發生。

——真正的英雄豪傑，都有這麼一股邪氣吧？……

張文遠忽然想起甚麼。他再次細看地上那堆人頭，心中默默數算。

——少了兩顆。

茅公雷表面漫不經心，卻一眼看穿張文遠所想。他迅速跳到張文遠跟前，抓住對方衣襟，湊近張文遠耳邊輕聲說話。

「那對小兄妹，你負責保他們活得平安……」聲音雖小，語氣卻甚堅定：「他們長大了要是想報仇，告訴他們我的名字。」

茅公雷放開手，沒再理會呆著的張文遠，就走向大廳正門，隨行部下也魚貫跟著離開。

那些人一個個在張文遠跟前走過。張文遠發現其中一張認識的臉，猛抓住那人衣袖。

「你不是……蔡三子？蒿山嶺的蔡三子？」位於這裡東南三十里外的「蒿山嶺分行」，也是最近宣佈脫離「豐義隆」自立的其中一家。

那高瘦男人點頭：「小張，好久不見。」

「這是怎麼回事？」張文遠搔搔頭皮：「你怎麼也來了？」

「『蒿山嶺分行』那邊，兩天前已經被茅祭酒擺平了。」蔡三子聳聳肩：「跟這裡幾乎一樣。唐掌櫃死得比穆天養還要慘呢。」

張文遠額上滲出冷汗。

「還有一件事。」茅公雷剛要踏出門口，突然又停下來，高聲說：「來春在京都總行將要舉行大典，章老闆、蒙祭酒跟我正式就任……小張，你會來吧？」茅公雷的目光鋒銳如刀：「附近其他幾家分行的新任掌櫃，全都已經答應了。」

「當然！當然！」張文遠今天第二次如此猛力點頭。

「那就好。」茅公雷微笑，這才眞的離開。

廳裡死寂如靈堂。張文遠和同僚們——現在他們全都成了他的部下——面面相覷。廳內桌椅器物東歪西倒的情景，彷彿剛被一股風暴捲過。

茅公雷在戶外雪地步行，似乎無意登上坐騎。部下們正想跟著，他卻揮手示意他們別過來。

今年北方的氣候有點反常，才十一月，雪就下得這麼兇。

他獨自走到雪地中央，仰首看著天空飄降的雪花。太冷了。他討厭寒冷。他想過，等自己老了，退下來之後，就到南方買個小島，每天赤身裸體躺在海邊享受陽光……

他垂頭，看看身上和雙手的血跡。

他蹲下來，從地上抓起一團雪，在手掌裡搓了好一會。再看看，手掌仍是紅色的。他苦笑。

——沒有這麼容易洗掉……

□

少女的手驚慌亂抓，把賊人蒙住頭臉的布巾扯下來。

路上所有人，不管是匪賊還是被劫的人，全都呆住了。他們停下來，每雙眼睛都瞧向那張剛剛暴露的臉：

田阿火的左額角，仍然遺留著被鐵爪四根手指劃過的疤痕，失去瞳珠的眼眶結成一個「米」字狀的傷疤。剩下的右眼凶光大盛。

他把臉別往後，瞧向同夥裡最矮小的那個男人。

狄斌感覺腦袋的血液像驀然被抽空。他隔著蒙面巾用力呼了口氣，勉強令自己鎮住情緒。

其餘的部下，一一用猶疑的目光看著他。

「幹下去！」狄斌揮起手中刀，壓著聲音呼叫。

部眾們這才回過神，繼續綁縛起那廿幾個老少男女，並徹底搜刮裝載在三輛馬車上的財物。可是狄斌看得見，眾人的動作都變得生硬，顯得不知所措。

他閉起雙眼，伸手按住胸口，隔著衣服撫摸掛在頸上的小佛像。

——要發生的事情，始終都發生了。

等到那些男女全都縛好，嘴巴和眼睛也用布條封住後，狄斌咬咬嘴唇。下定決心。

他舉起刀尖，指向道路西側一座樹林。

「全部拉進去。」

部下們當然知道這句話的含義。

田阿火咆吼起來。事情因他而起，他知道這錯誤應該由自己第一個去補救。他當先抓住那少女的頭髮，將她拖向樹林。少女隔著布條發出悲淒悶叫，聽得所有人心裡發毛。

其他被縛的人紛紛在地上像蟲般掙扎，發出絕望叫聲。

「大樹堂」部眾都僵住當場。

狄斌知道，不可以讓情況繼續失控。

他果斷得令所有人吃驚：急衝上前，推開田阿火，砍刀改為反握，刀尖狠狠插進少女心臟。

刀刃拔出。熱暖的鮮血噴灑在狄斌身上。

這一幕令部下們再無猶疑。一雙雙眼睛變得像狼。他們連抬帶拉，把一干人都帶進了那座陰暗樹林。連同那少女的屍體。

看著他們俐落的動作，狄斌這才安心下來。噁心的感覺卻也隨之升上，漸漸襲向喉頭。他感覺氣息不暢，蹲在道旁一塊石上，摘下蒙面布巾，拚命地用力呼吸，壓抑著嘔吐的衝動。

——他知道，自己一生都要背負今天的罪孽。

樹林那頭傳來此起彼落的悶呼。每一聲都令狄斌打寒顫。

最後的呼叫也結束後，田阿火才從樹林裡出現，手上的尖刀染著血紅。

「完事了。」田阿火走到狄斌身旁：「兄弟們正在裡面挖坑。」

狄斌的臉比平時更白。他勉強點點頭。

「六爺，對不起……」田阿火歉疚地說，習慣地摸摸左目創疤。那次他被鐵爪抓傷，給撕去了一片皮肉，眼睛雖然沒瞎，但失去了眼瞼，左目長期乾澀劇痛，根本無法入睡，看東西也只見一團團模糊白光。最後他忍受不住長久的折磨，親手把眼珠挖了下來吞進肚裡。

「算了。已經過去。」狄斌回答的聲音很虛弱。

「六爺，剛才其實你不用出手，我來就行了……」

「兄弟們到今天還沒有離棄『大樹堂』，我已經欠了你們這份情義。」狄斌站直起來。一提到「大樹堂」三個字，他臉上恢復了血色。「假如這種骯髒事我不第一個去幹，還怕弄污自己雙手，就沒有面目指揮你們。」

「六爺！」田阿火垂頭，激動地說：「這樣的說話，我們受不起……」

狄斌沒再說甚麼，只是拍拍田阿火肩膀。

幾個部下捧著一堆堆剛從屍體脫下來的貴重飾物，也從樹林裡走出來。他們把東西收進布袋，連同剛才從車上搜來的財貨，統統搬上馬背，用繩索縛牢。眾人手腳都很快。幹下這樣的彌天大案，還是儘早離開爲妙。

「大樹堂」失去了漂城這個重大財源，京都裡的生意又全部斷絕，要養活大批部下，實在艱難非常。

剩下來，就只得這條路。

三個月前于潤生險遭鐵爪刺殺後，陳渡馬上派出密探前往漂城調查。

雖然早就預料龍拜凶多吉少，可是當密探帶回二哥的死訊時，狄斌仍是激動不已。

漂城現在已完全被齊楚控制，背後更有章帥的直系勢力撐腰——章帥運用新任老闆的名義，接管了「豐義隆漂城分行」的指揮大權。龍拜原來的手下本有反抗之意，可是聽見「于堂主已在京都被鬥倒」的傳言後，戰意就馬上冷卻；加上連吳朝翼也死了，他們欠缺領軍人物，最後只能無聲臣服。

經過金牙蒲川一役，漂城本地的黑道勢力早就被打得七零八落，亦無力趁這機會作任何舉動；知事查嵩本來就只是不情不願地屈服在于潤生之下，因此保持在局外袖手不管。

至於由于潤生一手捧上總巡檢職位的雷義，一聽見龍拜和文四喜被殺，漏夜就帶著妻兒和財物逃離漂城。

——那傢伙本來也是個硬漢，想不到如今軟成這樣……

留在京都的「大樹堂」，現在已經變成一支無根的孤軍。錢糧漸漸見底後，狄斌指揮的部下流失了接近半數，留下來的大都是腥冷兒時代已入幫的老兄弟。倒是鎌首那邊的手下，靠著他個人不凡的魅力，幾乎全數留了下來。

——可是這樣撐得了多久呢？……

仇恨和悲憤，並沒有影響狄斌的判斷能力。他漸漸看出來：撤出京都，已是唯一的生路。

——假如我們集合力量一口氣反擊，說不定能夠把漂城搶回來！就算不行，以我們三兄弟的才智能力，不管到哪裡，都能夠再打下另一個地盤！

——也許不可能跟從前的江山相比，可是總勝過坐在京都，看著力量和意志一天天消磨啊……

狄斌卻沒有向鎌首說出自己的想法。

因爲他很清楚：在找到寧小語之前，五哥是絕對不會離開京都的。

因此他只有向老大提出。

可是于潤生卻斷然否決了。原因只得三個字：

「相信我。」

看著一頁頁紅字帳目，狄斌唯一想到的解決辦法，就是搶劫。

下手的地方當然要在京畿之外。每次出門總得二十天以上——除了旅程所需，也得花時間打聽獵物的情報消息，並且避免與當地山頭匪幫衝突。每次行事狄斌都提心吊膽，而搶劫所得，其實也不過僅夠「大樹堂」解除燃眉之急。

這只是第二次出門。狄斌不想離開京都太多，讓「豐義隆」有可乘之機。碰巧陳渡的手下打探到兩個目標，也就決定連續都截劫下來才回去。

——想不到，這麼快就出事了……

負責埋屍的部下，也陸續從樹林裡出來了。他們的衣衫上滿是泥污和血跡，這時才一一拉下臉上的布巾，露出頹喪的神情。

鎌首本來爭著要幹這工作，但是被狄斌拒絕了。「拳王」是「大樹堂」重要的精神支柱，男人們敬慕崇拜的豪傑，絕不可給這種事情沾污了他的光芒。

「何況你要全力把嫂嫂找回來。」狄斌當時這樣說服鎌首。鎌首無言，瞧著狄斌的眼神裡帶著感激。因爲那是狄斌第一次以「嫂嫂」來稱呼寧小語……

此刻狄斌環視眾部下。他再次想起于潤生對他說的話。

——相信我。

「相信我。」狄斌高舉砍刀，朝他們高聲說。**「我會記著你們每一個人。記著你們為『大樹堂』所作的犧牲。在我們光榮勝利的時候，你們將會得到最豐厚的回報，還有令人羨慕的地位。今天發生的事情，將會洗刷一空。」**

「大樹堂」的漢子們，眼睛頓時亮起來。

「大家上馬。我們回家去。」

□

蒙真已經不是第一次奉召到訪這座位於西都府榆葉坊的大宅邸。

不同的是：今天他不再是陪伴容小山來。

宅邸的建築有點古怪，像廟宇多於居所，內裡的正廳異常高聳寬廣，但通向後面內室的走廊卻甚隱蔽。廳內的家具陳設極豐富，卻只有正面牆壁處一片空蕩蕩的，好像那裡曾經供放著一件巨大的物事，卻被匆匆移走了。

蒙眞當然知道原因：這大宅本來是幾名貪官送給倫公公的一座「生祠」，那空位處供奉的就是一尊十幾尺高、全體鋪滿金箔的倫笑造像——當然那金像的造型，比眞實的倫笑高眺英氣得多。

倫公公固然毫不客氣就收下了這座產業，不過他還沒有驕矜到目空一切的地步，尤其深知皇帝本人就渴望得道成仙，他若搶先立一座「生祠」，實在犯了大忌，於是立即命人把金像移去收藏，把祠堂內部大幅改建和更換陳設，成了這座四不像的大宅。

蒙眞已在廳堂裡等待了整整一個上午，茶也喝過四盞。可是他不介意。從前在這裡，他只是站在安坐的容小山旁邊陪著等。**今天坐著等的人是他。**

終於傳來僕役的呼聲：「倫公公到……！」尾音拉得又高又長，嘹亮如歌唱。

蒙眞站起來，整理一下身上那襲質料上乘而顏色深沉的衣袍，垂首立在一旁。

乾瘦矮小得像隻老雞的倫笑，由四個年輕太監開路，並在一名中年親信輕輕攙扶下步入廳門，瞧也沒瞧蒙眞一眼，逕自走到廳內首座。

蒙眞仍在原地站立，臉上神情沒有半絲變化。

倫笑喝過侍從遞來的熱茶，拿絲帕抹了抹嘴巴雙手，這才伸出戴著鑲翠金指環的食指，朝蒙眞勾了勾。蒙眞點頭趨前。

本來按照皇家規定，除非得聖上親發手御或政令，太監絕不得擅出宮門。這個規定對倫笑當然不適用，每次出宮他更是悉心裝扮，把樸素的太監服脫去，平日買得起卻用不著的華麗衣服首飾，統統都穿戴上身。只是不管何等豪奢的打扮，仍然無法掩蓋他身上散發的陰沉氣質。

「我認得你。」倫笑的聲音尖小：「平日跟容小山一起來的那個人。」

「是的。」蒙眞語氣平和地回答，臉容極是恭謹，可是心內泛起了喜悅。

「容小山」。不是平時稱呼的「小山」或「山兒」。

也就是說，倫笑已經決定與姓容的完全割斷關係。

「今天的『豐義隆』，竟然在你手上變成這種局面。連我也看漏了眼。」倫笑直盯著蒙眞的藍眼睛：「你很會收藏自己啊。」

蒙眞知道這時必須正視倫笑。他抬頭。

「在公公跟前，我沒有任何要收藏的事情。」

倫笑咧開嘴巴。

「你們那條道上的事情，我才管不了這麼多。不貪婪的人，本來就不會幹這行。」倫笑又再伸出鳥爪般的手，指向蒙眞：「你是個甚麼人也好，我沒空理會。我需要的只是能辦事的人。容小山，唉，我早就不放心由他繼承『豐義隆』，只是我跟他爹的交情……算了，都過去了。你跟在那對父子屁股後面多少年了？」

「十五年。自從我爹死了後。」

「我聽過你爹……」倫笑說著咳嗽起來，侍從太監再次遞來茶碗。他喝了幾口，撫撫胸口，才繼續說：「你在他們身邊這麼久，對所有事情都很熟悉吧？」

——終於入正題了。

「從前他們父子替公公辦的事情，我會一律照辦。」蒙眞拱拱手：「公公以後得到的，只會比從前更多。」

「那我就放心了。」倫笑開懷地笑了。「豐義隆」權力重整之後，他最關心的當然是私鹽販運的利益分配，只因這條財脈是他的重要支柱。不管在後宮還是朝廷，權力都跟著金錢走。

「夏天發生在禁苑的那件事……」說到這裡，倫笑的笑容消失了，臉容變得凝重威嚴，蒙眞知道這才是他的眞面目。「我不理會是不是跟你們『豐義隆』有關，總之我不要看見再發生第二次。」

「我保證。」蒙眞再次拱手。

「我是服侍陛下的人。」倫笑的神情並沒因爲得到蒙眞的保證而放鬆下來：「陛下不高興，就是我的麻煩。陛下最不高興看見的就是京都裡生亂——不管哪種亂事，在陛下眼中都是壞兆頭。要穩定，明白嗎？」

「我和新任的章老闆，互相都需要對方。」蒙眞說時沒有眨眼：「『豐義隆』裡所有人都已經明白：我們需要的同樣是穩定，生意才能夠繼續做下去。」

倫笑這才再次展開笑容，卻又嘆氣搖頭：「容玉山那老糊塗……我要是他，早就把你幹掉。」

蒙眞微笑不語。他明白，倫笑這句話是讚賞。

「豐義隆」新的權力架構已經確立，現在又重新獲得朝廷授意，蒙眞的地位已然無可動搖。

倫笑站起來，撫撫身上那套極鍾愛的繡織錦衣。待會回宮後，又要換上難看的太監服了。

——一切都很順利。「豐義隆」裡具有最大實權的男人，已經收進我口袋裡。

「我給你一年時間。」倫笑臨行前說：「這一年內你令我滿意，就是我的義子。」

□

腳掌骨碎裂的聲音，就像包著布巾的雞蛋猛摔在地上。

那個「飛天」教徒發出悽啞的叫喊，身體在猛烈掙扎，卻動彈不得。他的左右手腕和足踝，全都固定在三十多斤重的厚木枷鎖裡。

碎骨刺破早就腫大的足底，深色的瘀血汩汩流出。

獨眼漢陳寶仁拋去木棍，牢牢盯著仍在痛苦扭動著的光頭教徒。

在鎌首從各地「豐義隆」分行帶回來的「八十七人眾」裡，論狠惡陳寶仁肯定排頭三位，在「普江分行」時他就已經是拷問能手，這「敲腳底」是他常用手法，那種錐心痛楚，不管多麼壯的硬漢也不可能承受。

他知道，因爲他嚐過。

可是陳寶仁卻從沒試過，把對方的腳掌骨頭都敲碎後，還沒有得到想要的情報。

甘潮興一拐一拐地走到那「飛天」教徒前，伸手捏住他的光頭。「說！快說！」甘潮興就是假扮馬匪侵擾禁苑那天，在西郊墮馬的人。他一條左腿到今天還沒有復原。也許永遠都不會好了。

那教徒用力呼吸了幾回，才喃喃說：「神通……飛升之力……護持……惡毒不……能侵……」

甘潮興放開他的頭，狠狠刮了他一巴掌，才回頭無奈看著陳寶仁。「又是這樣。」

陳寶仁也失望搖頭。「跟之前抓回來那三個一樣。看來沒用了，套不出消息來。這些瘋子，不知道給吃了甚麼藥，腦筋都歪了……」他說著別過頭，看著站在大門前鎌首的背影。

這裡是位處京都最東南角維喜坊內一家廢棄的鐵器作坊，四周都沒有人家，很適合用作拷問的場所。鎌首倚著門邊站立，手裡把玩著作坊裡殘留的一個小槌柄，憂慮的雙眼仰望街巷上方晴朗的天空。

——已經三個多月了。還是沒有半點線索。

——齊老四，你把她藏到哪裡去了？

一想到愛人此刻不知是生是死，或是受著甚麼苦，鎌首就感到胸口悶痛。他咬咬牙，那根木柄在手裡輕輕拗折。

「**飛升……九天……大歡喜境地……**」那「飛天」教徒還在吟著一大串咒語。鎌首聽得心也煩了。已經不可能問出任何事情。他伸出拇指，倒轉向下。

甘潮興點頭，從腰間拔出彎匕首，爽快把那教徒的咽喉割斷。教徒本已污穢不堪的白袍染成赤紅。

鎌首瞧著這屍體，想起了鐵爪。那傢伙用了甚麼妖法，能夠如此迷惑和驅使這些徒眾？

——或者應該這樣問：「挖心」鐵爪四爺在「屠房」破滅、自己失去一臂之後，到底變成了一個怎麼樣的人？

那天在吉興坊府邸裡，鎌首第一次與鐵爪交手。與弟弟鐵釘相比，完全是另一個級數。難怪連三哥也死在他爪下。怪物。

把這頭怪物帶來京都的，肯定就是章帥。

——這麼早以前，就養著一隻對付我們「大樹堂」的棋子。「咒軍師」。

鎌首無法肯定：自己下次若再與鐵爪交鋒，有沒有取勝的把握。

世上能夠令他有如此疑問的人物，少之又少。

——就算加上白豆或田阿火，也未必應付得來……

茅公雷。鎌首想起他。若是與他聯手，必定殺得了鐵爪。

可是今天，那已經是不可能的事。

鎌首看著作坊裡的幾個部下。他們正忙著把那「飛天」教徒手腳的枷鎖解開，準備處理屍體。

「大樹堂」如今正處於無比惡劣的形勢，可是他們這「八十七人眾」，竟然到今天都沒有一個逃離。

這些男人最初跟隨鎌首到來，既是懾服於他的個人魅力，亦爲了闖一闖京都這片英雄地，把自己的身手和能力押上，求望贏取黃金、女人與榮耀。

這個願望，如今顯然已經落空。留在敗象畢呈的「大樹堂」裡，根本看不見任何未來。

可是那次在西郊禁苑的行動裡，每一個人都親眼目睹，鎌首是如何冒著巨大凶險，從箭雨中拯救甘潮興。

這八十七人心裡都決定：**死也不要離開一個這樣的男人。**

鎌首卻並非像他們想像那樣無可動搖。他的心正陷入前所未有的混亂中。

瞧著部下收拾屍體，他想起死去的梁椿。

——再這麼下去，我會不會把他們一個個都帶進死地？……

自從跟寧小語在一起，鎌首自信已經找到人生的寄託。可是她被搶走那天，令他驀然墜入深淵。

——深愛一個人，竟然是這麼可怕的一回事……

「五爺！」負責守在外面的西域男班坦加這時跑進作坊裡，緊張地說：「有個人……來找你！」

鎌首眉毛抬了抬。

「讓他進來。」不管是不是敵人，只要是指名找他的，他從不退避。

一個穿著平凡文士衣冠的男人，獨自步入作坊前院正門。

鎌首認得他，是替「太師府」辦事的。鎌首從沒跟這人說過話，只記得他叫蕭賢。

蕭賢即使沒看見屍體，但作坊地上的血跡，已告訴他這裡大概發生了甚麼事。他毫不關心。

兩人互相點頭，表示都知道對方是誰。

身材瘦長的蕭賢，臉容仍是一貫冰冷，似乎世上所有事情，在他眼中都只化約為文案帳冊裡的文字與數字。然而鎌首很清楚，這傢伙並非無欲無求——那次設局欺騙容小山時所用的大批禁軍「神武營」甲冑器物，都是老大用重金賄賂蕭賢買來的。

「我知道你在找你的女人。」沒有半句多餘的客套話：「我也知道她在誰手裡。」

「這事情跟『太師府』有關係嗎？」鎌首皺眉。他不喜歡被人看穿自己的弱點。

「『太師府』若是向章帥要一個女人，他大概不可能拒絕。」

鎌首努力控制著自己，不要露出期待的表情。

「交換條件呢？」鎌首強裝出淡然聲線：「今天『大樹堂』還有你們用得著的地方嗎？」

「蒙眞已經繼承了容玉山的一切，包括跟倫公公的關係。他們剛剛見面談好了。」蕭賢說得很小心，對倫笑仍然用敬稱。「『豐義隆』正往一邊傾斜。太師對這個情勢很不高興。」

「直接說吧！」鎌首流露出不高興。「你們要甚麼？」

「殺人，是你最自豪的才能吧？」蕭賢舉起一根食指。「一顆長著藍眼睛的頭顱。」

鎌首沉默不語。

「要是別的人，他們必定回答我『不可能』。」蕭賢放下手指。「可是你，不會有這樣的想法。」

鎌首還是沒作聲，內心卻在翻騰。

蕭賢繼續說：「你不必現在回答。把這建議帶給你老大。哪一天你們把那顆頭顱帶過來，我們就把那女人還給你。太師還會動用他的情面，令『大樹堂』重歸『豐義隆』——畢竟在『豐義隆』裡，太師需要能夠代表他的人。」

蕭賢說完，看也沒看鎌首的反應就轉身離開。

「為甚麼？」鎌首趁他還未步出正門前問：「為甚麼找我談，不找我老大？」

蕭賢並未回頭，只是略停下來，聳聳肩。

「那是你的女人吧？」

□

寧小語無法知道自己身處甚麼地方。

四面石壁的房間沒有半扇窗，只有深鎖鐵門的下方一個小小開口，透進來潮濕而帶寒意的空氣。她嘗試蹲下往外瞧，卻只看見外頭走廊的石牆。她猜想這裡是座地牢。

桌上放著盞孤燈，旁邊是一盤吃剩的飯菜。菜倒做得很好，全是她平時喜歡吃的東西，送來時更是熱騰騰的。但她沒半點胃口。

除了桌子，房間裡就只得一張大床、一個便溺用的帶蓋木桶，還有一口衣箱。

一個健壯的中年婦人，每天都會進來五次，每次做著同樣的工作：送來飯菜果品、茶水及洗淨曬乾的衣服；取去寧小語穿過的衣衫；更換便桶和床單。

只有早上和黃昏兩次有點不同：清早時婦人會順道打掃一下石室，黃昏則帶來布巾和一盆熱水，為寧小語清潔身體頭髮。

她們從沒有交談半句。從婦人木雕人偶般的神情，寧小語知道她被嚴禁開口。

寧小語沒想過逃走。每次鐵門打開，總是看見三個高壯男人站在外頭。

她每天獨自一人時，就躺在床上一動不動。腦袋有時放空，有時則在回憶家裡的一切，想像自己已經回去……

那並不真算她的「家」，卻是她跟鎌首第一次共同擁有的小天地。全部陳設都是鎌首從各地搜購回來，由她親手懸掛佈置。

每次想像著這些，能讓她的意識短暫脫離這座囚牢。

胃囊傳來一陣抽搐。寧小語從床上跳起來，奔到便桶前把蓋子打開。

她乾嘔著，吐不出半點東西，過了好一會才平復下來。

滿頭冷汗的她卻展露出微笑，撫摸著隆起的肚皮。

寧小語知道，這胎兒很可能是魏一石的。可是她不管。這是她的血肉。而且她深信，只要是自己生下來的，鎌首就必定會當作自己的孩子。

這當然不是她第一次懷孕。早在鄉下老家，她就第一次打胎；在漂城「萬年春」又打過兩次。

跟鎌首在一起那段日子，寧小語一直無法懷孕，令她懷疑自己是否以後也當不成母親。爲此她曾經暗自傷心流淚。她很渴望爲鎌首生個孩子……

這時身後鐵門傳來開鎖聲。她的笑容消失。

——又來了。

她把桶子蓋上，回到床邊坐下，把臉扭向牆壁那邊，不去看走進來的齊楚。

齊楚關上身後鐵門。他穿著一襲乾淨的昂貴絲袍，外面再加一件繡著浪花圖紋的棉衣，配上陰沉卻仍然俊秀的臉，像個官宦公子遠多於黑道頭領。

他背負的雙手伸出來，把一束繩子放在桌上，看看放著飯菜的木盤，皺了皺眉。

「怎麼不吃？我記得，這些都是你最愛吃的菜啊。」

寧小語早就決心，絕不跟他說半句話。

「衣服脫掉。」

她仍然默默坐著。先前她都依著他自行脫衣，因爲明知道反抗也沒用，只會增加肉體的痛苦。可是剛才她正想著腹中胎兒，那股喜悅突然被他打斷，令她格外痛恨這男人。

「你聽不懂我說話嗎？」齊楚漲紅著臉高叫，顯然喝過酒：「我叫你把衣服脫掉！你這婊子，這句話應該一生裡聽得最多的吧？」

寧小語強忍畏懼，硬是不肯把臉轉過來。

齊楚憤怒上前，抓著她的頭髮，強把她的臉擰向自己。

「你現在一定很後悔吧？」齊楚笑著說：「後悔背叛我！」

寧小語看著他，突然展露出笑容。

齊楚呆住了。她笑得還是像從前一樣美，美得教他心痛。抓著頭髮的手鬆開來。

他有股想哭的衝動。眼前這張美麗的臉，同時是他最愛與最恨。

「我告訴你一件事。」關在這裡已經四個月，寧小語終於第一次對齊楚開口說話。「大約半年前，于潤生，你以前的老大，命令我去跟一個男人睡。」

齊楚感覺胸口像被緊緊捏著。

「那男人帶了我去一處叫『拔所』的地方，是朝廷密探拷問犯人的牢獄。我從來沒有到過這麼可怕的地方。一個人對另一個人怎樣殘忍折磨，不管是你想像得到或是想像不到的方法，在那裡都看得見。而且就近在眼前。還有叫聲和氣味。」

寧小語說著這些事情，仍然在笑。

「那個男人就在這種地方，把我的衣服扒光，伏在我身上。他的腰在動時，眼睛眨也不眨地看著四周被拷問的人——只有看著那些事情，他那話兒才挺得起來。我就是這樣跟他幹。幹了五次。」

齊楚臉上血色往下退。他的嘴唇在顫抖，眼睛濕潤起來。

「可是我不後悔。因爲我知道，自己爲甚麼要去幹這種事情。」寧小語的笑容裡甚至帶著自豪。「是爲了他。你從前的五弟。**我這婊子，見過世上太多男人。真正的男人，就只有他一個。**」

巴掌狠狠刮在她柔滑的臉頰上。她帶著嘴角鮮血，倒在大床中央。

齊楚把她的衣襟撕破，兩顆姣美的乳房彈跳出來。他注視的眼睛裡混合著醉意與怒意，臉容重現冷酷。他回身取來桌上那束繩子，開始縛上她的腳踝。

寧小語知道，噩夢般的晚上又要開始了。她暫時把自己的身體當作死物。

但是她仍然無法收起那笑容。

□

于潤生、鎌首與狄斌三兄弟，對坐在吉興坊府邸深處的內室，正是上次遭鐵爪潛入肆虐之地。

放在他們中間桌上，是個貼有「太師府」封條、裝滿金銀元寶的木箱。

狄斌昨天才剛剛帶著搶劫得來的財物回到京都，之後一直就是這副憔悴模樣。鎌首看得出，白豆並非因爲旅途勞累而這樣，但又半句沒提在外面到底發生過甚麼事情。

看著這盛滿財寶的木箱，狄斌心情甚是矛盾。多了這筆錢財，「大樹堂」暫時得以解除財困，粗略估算應該夠他們挺半年——只有武昌、合和二坊的重建工事，「大樹堂」欠下了京都十幾個財閥豪商的債務，仍然得拖下去。

同時狄斌心裡卻不由得重重嘆息：要是這些錢早點送過來，在那官道上的「事情」，就不會發生了……

七天前，蕭賢親自帶人送來這口木箱，並且捎來太師何泰極的說話：「這是禮物，沒有任何條件，放心花用。」

于潤生早已聽過鎌首轉述「太師府」的要求，不過他還是等狄斌回來，才一起商討這事。

「老大你怎麼看？」狄斌詢問于潤生，聲音裡有深重的倦意。

「不可答應。」于潤生斷然說。自從幾個月前敗給章帥和蒙真後，他有好一段時期似乎失卻往昔的銳氣與自信，現在已經恢復過來。

「老大，我辦得到的！」鎌首起立，巨大身影投在那些發亮的金銀上。「只等蒙眞露面，我就把他的頭割下來！」

于潤生搖頭：「我考慮的，不是這事情有沒有把握。」

狄斌看著鎌首激動的神情，心裡很想支持五哥，但是他明白老大想的是甚麼。

「這並不是何泰極自己想出來的主意。」狄斌撫著下巴：「是章帥在後面煽風。」

「這就是『咒軍師』一向的手法。」于潤生點點頭：「鼓動別人替他除去強敵：用我殺龐文英；用蒙眞和我打倒容玉山父子；利用鐵爪對付我……當年的燕天還，我相信也不是他親自出手，大概是煽動了容玉山。」

他從箱裡撿起一錠元寶，繼續說：「我還猜想，當年韓亮派龐文英去開闢漂城，也是章帥的主意，想借助『屠房』削弱龐文英一脈的勢力。只是我們幾兄弟出現，才令他改變了計劃。許多年前開始，章帥眼裡，就只有『豐義隆』老闆這個寶座。」

狄斌皺眉：「但是『豐義隆』突然出現這等內亂，招牌大大削弱了，對各地方分行的生意，恐怕已經沒有從前控制得那麼牢固；這種時候，章帥按理很需要跟蒙眞聯手，鞏固京都總行的威信啊。要是這時新任的蒙祭酒又死掉，『豐義隆』說不定會崩潰！」

「**也許章帥就是這樣的人。**」于潤生把元寶拋回箱裡：「也許他寧願讓『豐義隆』失去大半的勢力，換取自己穩坐著老闆的地位。韓亮曾經應承我，章帥這個老闆只是過渡的，幾年後就換我來當。我相信韓亮也給了蒙眞同樣的承諾。就算沒有，再過幾年，蒙眞完全掌握牢容玉山留下的勢力和人脈，再加上『三十鋪總盟』，以他的年紀魄力，奪位是必然發生的事。我若是章帥，也絕不會等待。」

狄斌明白了，不禁點頭：「對啊。何況章帥也要提防蒙眞找我們聯手。利用我們，是他最好的選擇，即使刺殺失敗，他也不用馬上跟蒙眞正面決裂。」

「就算是章帥的計策又怎麼樣？」鎌首咬著下唇，捏著雙拳指節，發出清脆響聲。「只要對我們有利就行了！殺掉蒙眞這個勁敵，重新得到何泰極支持，對我們『大樹堂』沒有害處啊！」

「殺了蒙眞，茅公雷必然發瘋般找我們報仇。」于潤生搖搖頭。「一旦失手，蒙眞更會親自來算帳。這就是章帥想看見的事情。老五，這麼簡單的道理，難道你想不通嗎？」

「我不管！」鎌首面對于老大，第一次語氣如此強硬，周身散發出懾人的氣勢：「我們來京都，就是要戰鬥！誰擋路就殺誰！」

「老五，我明白你很焦急。」于潤生鐵青著臉：「小語在齊老四手上，應該還安全。我們現在最好的策略，就是保存實力，等待情勢轉變……」

「老大，我等不了！」鎌首在兄弟跟前少有如此激動，說時更對著空氣揮舞拳頭。

狄斌見二人間氣氛繃緊，卻想不出可以說甚麼話來緩和。

「我不許你去。」

「老大，對不起了。」鎌首眼裡閃出決心。「我就一個人去吧。」

「你以爲這是你一個人的事嗎？」于潤生的聲音變得冰冷，令狄斌吃了一驚。老大身上彷彿也散發著一股無形氣息，跟鎌首的氣勢激撞：「你忘了你跟小語是怎麼走在一起的嗎？**要不是她跟了你，齊老四不會變成這樣。龍老二也不會死。**」

老大終於把這話說出口了。狄斌以手掌掩臉。

于潤生這說話就像一根針，刺得鎌首洩氣。他垂下頭，拳頭鬆了開來。

「老大你沒說錯。」鎌首閉目，那副喪氣的表情以前從來沒在他臉上出現過：「是我虧欠了大家。」

「五哥……」狄斌拍拍鎌首的肩：「別這樣說……」

鎌首深吸了一口氣，似乎恢復冷靜。狄斌看見感到寬慰。

「好吧。」鎌首緩緩說：**「老大，從今天起，我退出『大樹堂』。」**

一顆拳頭狠狠揍在鎌首堅實的臉上，發出強烈聲響。

鎌首身軀紋絲不動，頭顱也只是略晃了一下。

「你在說甚麼？」狄斌漲紅著臉，左手揪住鎌首衣襟，右手則軟垂在旁，拳頭已經腫得無力張開，他卻像渾然不覺痛楚：「你瘋了嗎？這是甚麼時候了？這種關頭，你就爲了自己的女人，連這樣的話也說得出口？」

于潤生的臉像冰般冷，沉默著直視鎌首，眼瞳裡發出的光芒銳利如刀。

「龍爺去了！老四又……」狄斌已是涕淚滿面，像吼叫般繼續喝罵：「現在就只剩下我們三兄弟！你竟然在這種時候說要走？**你忘了當年在猴山喝過的酒嗎？」**

鎌首垂頭：「我只是要離開『大樹堂』。我們還是兄弟。」

「那有甚麼分別？我們就是『大樹堂』啊！」狄斌憤怒得牙齒顫震：「爲了『大樹堂』，

你知道我幹過多少可怕的事情，殺過多少人嗎？你要走，得先問我！我現在就告訴你：不許走！我狄老六不允許！」

「白豆。」于潤生伸手按住狄斌的肩。狄斌這才稍稍平靜下來。

「老五，你再說一次。」于潤生雙眼沒有離開鎌首的臉：「**想清楚。然後再說一次。**」

「老大，老六。」鎌首別過臉：「對不起。這事情我已經決定去做。你們反對，我就只好一個人去。」

于潤生閉起眼睛。

狄斌頹然跪在地上。

鎌首鐵青著臉，轉身朝房門走去。

每一步都異常沉重。

站到門口時，鎌首停下來，回轉了臉。

「祝我成功吧。」他的聲音裡夾帶著哽咽：「不管如何，我還有命的話，必定會回來。我說過：**我們還是兄弟。**」

第二十三章
空即是色

新年剛過，京城內外都熱鬧起來。

趁著春季天氣回暖，從各州縣湧來的客商團隊，沿著京郊四條主幹官道絡驛而至，載著人與貨物的騾馬車子，猶如血液源源流向京都這心臟。

京城裡的商戶當然不放過這時機，紛紛在城外官道旁搭建起簡單的茶寮、酒家和吃店，吸引疲累的旅人進餐歇息。商人沿路碰上了同行舊識，也會把車馬靠在道旁，互相打探情報，甚至就地展開買賣。京郊各處就像冒出了一個個臨時的墟會。

但就算是多年來熟悉趕這場春季貿易的老客商，也對今年路上格外的盛況大感訝異，尤其沿途遇上許多陌生旅團，都有很多帶兵刃的漢子隨行護衛，武裝的程度遠超一般商隊。直至接近京城後，他們打探到當地的消息，方才恍然。

一些經驗老道的客商，知道這期間京都定必擁擠，心急得連跟家人團年也放棄，提早十天八日就抵達，卻發現城裡比較像樣的客店旅館，打從新年後整個月全都給包下了。平日財大氣粗吃香喝辣的商人最初甚是憤怒，但打聽過後全都乖乖不敢吭一聲，只好找比較差的旅舍落腳。

因爲他們知道：把房間統統包下來的，是「豐義隆」。

今春在「豐義隆」總行舉行的接位大典，是創幫立道以來最隆重的盛事——十六年前，「豐義隆」稱霸京都黑道時，雖然也舉行過慶典，但當年「豐義隆」在外地的勢力遠遠不及今天，加上其時三名「祭酒」新喪，儀式雖也莊嚴，但規模並不很大。

這次章帥正式接掌「豐義隆」，分佈六州近百家分行的掌櫃都親自上京道賀，謁見這位新任「老闆」，加上隨行護衛及侍從，賓客數目預計超過兩千人。

章帥、蒙眞和茅公雷組成「豐義隆」的新領導層，此一任命早在去年夏天容玉山「病死」後已經宣佈，只是爲了避諱皇上登極十周歲慶年，正式的接位典禮延至過年後才舉行。

「這幾年，『豐』字號也眞多事呢……」熟悉黑道與私鹽消息的客商，在京都的酒家飯館裡聚頭時，不免都會聊起來。「先是龐文英，然後又是容玉山……」

「他們也都老了吧？始終都要交棒啊。」說話的客商盡量壓低聲線。「只是這麼快就一個接一個地去，裡面總有點情節吧？……」

「聽說容祭酒去了後，邊埵一些分行有點動作……」另一人插口。「可是看現在各地掌櫃都來朝見，我想應該都擺平啦。這新任的『左右祭酒』，看來不是膿包……」

這些消息其他人倒沒有怎麼聽過，鄰桌馬上有兩個商人靠攏過來打聽。那名客商臉有得色，微笑呷了口酒。

「那麼你看，章帥這位新老闆，壓不壓得住那兩個小子？」

那客商聳聳肩表示不知道。「兇軍師」章帥，在道上的名頭雖響亮，人們卻又數不出他有過甚麼戰績。

「不過明天的大典假如發生些甚麼事情，我是半點也不會驚奇呢……」

眾人又聊了一陣，話題漸漸回到生意上。

「今年進貨貴得多了。天殺的，這趟不用賠本我也心滿意足了。」

「對呢，尤其木材銅鐵都沒得做了，南方的價錢給抬得高高的，不知道搞甚麼鬼……」

其中一個客商突然拍拍桌面。

「對了，上次這麼漲價，我還跟著老爹走……就是在叛亂之前……」

眾人的臉色隨即大變，全都噤聲不語。畢竟是在森嚴的京都，這些事情最好不要談——誰知道哪張桌子坐了「鐵血衛」的密探呢？

外頭天已昏暗，進來飯館的客人漸多，有好幾桌更一看就知道是從外地「豐義隆」來的狠角色，客商們也就不再談那些黑道傳聞，只繼續聊著買賣的行情。

來吃飯的幾個「豐義隆」掌櫃雖然互相並不認識，但從飯桌上擺放的杯陣看出了彼此身分，也就打招呼寒暄起來。所有「豐義隆」人物左臂上都纏著一片白巾，以示哀悼剛過世的「大祭酒」容玉山。明天大典之後，他們也會陸續往京郊墓地拜祭容玉山、龐文英及其他「豐義隆」先烈，然後才返回本籍。

這時有一行七人進了館子，令在座所有人側目。

當先是個看來四十餘歲的漢子，身材矮瘦但甚結實，一臉慣在山野行走的風霜。他懷裡緊緊抱著個玉石造的密封罈子，左右各有一名壯健部下近身護著。

更惹人注目的是跟隨他後面那四個人：四副異常高大的身軀，卻從頭到腳都包藏在連著斗笠的寬袍裡。袍子以粗麻織成，各處滾邊編著色彩斑斕的詭異符紋。四人臉上掛著黑布巾，斗笠的陰影則把眼部掩蓋了，加上袍子的袖口還要長過指尖，四人連半寸皮膚也沒有暴露人前。

他們挑選飯館裡最角落的大桌坐下。為首那中年漢小心翼翼地把懷中罈子放在桌上，才向店小二叫了酒菜。左右部下拿來了杯筷，在桌上擺起「豐義隆」識別用的杯陣。

其中一個「豐義隆」的掌櫃搔著頭想了一會，突然拍拍大腿，步向那七人的桌子。

「你是……噶拉穆的馬家大兒子吧？我認得你！記得我嗎？涼城的老允啊！」

那漢子站起來拱手：「吾認得。七、八年前，你把過貨來。」他的說話帶著一口古怪方言，老允只是僅僅聽得明白。「吾是馬宏。」

「對，對，馬宏。」老允咧起鑲著銀牙的兩排黃齒。「你老爹馬光乾身子還好？他怎麼不來了？」

「來啦。」馬宏伸手指向桌上罈子。

老允想了想才會意：罈子裡盛的是骨灰，不禁一臉尷尬：「啊……節哀，節哀。」

「勿喪心。爹去了有一年咯。」馬宏說時語氣平靜。「臨去前，爹吩咐吾們勿要給落土，要吾帶他來見龐祭酒的墳。吾新接下行子，勿得空，今次進京都，正好帶爹來。」

「原來如此……」老允拍拍馬宏肩膀。「孝子，孝子，眞難得，這麼遠的路。」他又看看桌前那四個神秘麻袍人。「他們是……」

「是羅孟族咯。」馬宏說：「他們多年來得『豐義隆』恩惠，說要來賀大典，共帶了族裡寶物，貢獻給新老闆。」

他看見老允臉上的疑惑之色，又說：「羅孟族有老例，出山十里就得穿這衣裳，勿得給人看面目。」

老允露出恍然的表情，朝那四名羅孟族使者拱手。四人站起來略一點頭。老允猜想他們只會說土語，也就沒再理會。

「儘管吃喝。你這桌酒菜，我買了。」老允熱情地拉著馬宏粗糙的手掌。「就當我老允敬給馬老頭子的。」

兩人又寒暄了一會，相約明天一起往九味坊總行，老允這才回到自己的飯桌。馬宏拿起桌上酒杯，遙遙跟其他幾個不相識的「豐義隆」掌櫃互相敬酒，這才坐下來。

四個羅孟族人從袖口伸出手掌，原來連指掌都包纏著布條。他們不會拿筷子，就用手來抓食物，伸進臉巾底下送進嘴巴。

馬宏沒有吃，只是乾喝酒，眼睛瞧著父親的骨灰罈。

他帶著父親的遺骨千里而來，不是爲了拜祭龐文英和謁見新任的章老闆，是要圓父親一個秘密的遺願。

來還馬家一個大恩。

那恩人現時正身在京都。

□

蒙眞這天很早就起床。吃過清淡的早點後，他泡了個漂著花瓣的熱水浴。妻子謝娥細心地替他梳好髮髻，又把鬍子修得整齊。

蒙眞穿起了一個月前已經做好的翠綠色錦袍。謝娥爲他整理衣領和腰帶。

兩人一直沒說話。這個原本屬於容小山的房間，一片寧靜。半年前入住「鳳翔坊分行」時，蒙眞已把房裡所有豪華裝飾移走，換上雅淡的陳設。他知道妻子喜歡這樣。

他垂頭看著比自己矮小得多的謝娥，心裡很感激這個爲他生了三個孩子的女人，卻從來不知道要怎麽說出口。打從成婚那天，她就很明白是怎樣一回事：他們並不是愛人，只是夫妻。她接受了這樣的命運，而且一步不差地履行妻子的一切責任。

當蒙眞把帖娃接回來時，謝娥一句話也沒說。她很清楚丈夫跟帖娃的過去。她甚至衷心覺得，這個令她成爲了蒙眞妻子的女人有點可憐，因此每次跟帖娃碰面總是很客氣，甚至親自買了批衣物用品送過去。

反倒是有點內疚的蒙眞，向謝娥作出了承諾：「她永遠不會取代你。」並且把帖娃安置在最遠的房間。

「你今天臉色不太好。」蒙眞握著謝娥的手說。

「沒有。」謝娥臉色鎭定地聳聳肩。畢竟相對這麼多年，蒙眞當然聽出是謊話。

「沒有甚麼好擔心的。」蒙眞撥撥妻子的頭髮。「今天只是個儀式吧了。凶險的事情早就過去啦。」

「你說的對。」這是她最常在丈夫面前說的一句話。「我也想不起來，你有遇過甚麼應付不了的事情。」

謝娥說話不多，可是每次都令蒙眞更添信心。他無言撫摸著她的臉。比起美麗的帖娃，她的樣貌確實很平凡，卻能令蒙眞感到心情放鬆。

得回朝思暮想的帖娃後，蒙眞卻意外發覺，彼此分開了八年多，年輕時的激情原來早已變淡，甚至有些陌生；反倒這髮妻，蒙眞發現自己比想像中更喜歡她，她已經成了他生命中不可分割的親人。

蒙眞看看窗外天色。差不多是茅公雷來接他的時候了。

「今晚酒宴，我會盡量少喝。」蒙眞按著謝娥的手掌。「宴會完了我就回來。等我。」

□

假如不是「豐義隆」與朝廷關係密切，這種情景絕不容許在京城裡出現：以「豐義隆總行」為中心，充塞著近二千名到來觀看典禮的人群。除了各地分行掌櫃與隨行部下外，還有京都本地的豪商及與「豐義隆」私鹽生意有直接關係的官吏。

建築宏偉的「鳳翔坊分行」本來更適合舉辦這次盛典，但章帥堅持仍要在九味坊舉行。此決定有其深意：「豐義隆」的領導層如此全面改換，更需要「九味坊總行」這個具有歷史意義的聖地，來加強新任領袖在幫眾們心目中的權威印象。

「豐義隆」早就把總行方圓五條街內的所有食肆酒館都包下，卻仍不夠招呼所有觀禮的賓客。章帥和蒙真合共派出了三百名負責禮賓的部下，臨時從城裡各處集合來大批桌椅，佈置在九味坊街巷上讓客人歇息，並且來回分派食品酒水，把二十幾條街道全化為露天宴會場所。

「再找些女人來就好了！」一個分行掌櫃滿嘴都是油膩，喝得面紅耳赤，用筷子敲著碗得意地高呼。附近的同門兄弟也都哄笑。

還沒到正午吉時，像他這樣喝得半醉的傢伙已經為數不少。也有在幫中素有嫌隙的同門在這場典禮上重逢，不免吵起來，幸好都給其他人按住，沒有真的演成衝突。

原本纏在眾人臂上的白巾，在進入九味坊時也都解下燒掉了——今天是新老闆的好日子，總不成還戴著不吉利的東西。但也有好些從前得過容玉山與龐文英提拔恩惠的幫眾，臉上依舊掛著嚴肅的表情，坐下來聚頭時，更不免聊起兩位祭酒的英雄事蹟及其他幫中掌故。

「章帥當老闆，我不是不服。」其中一人壓低聲音說：「可是如果由龐二爺來當……那該多好啊……」

「龐祭酒就算還在生也太老了吧，還能幹多少年？找個年輕的也是好事，往後十年八載都不用擔心……」

「十年八載？」先前那人冷哼一聲。「江湖事，誰說得準呢？……」

街上每個人不時都會瞧向「豐義隆總行」所在的方向。可是彎折的街巷加上重重樓房，根本無法看得見那座細小的建築。

今天眞正能夠進入總行裡觀禮的人不足五十個。其中自然包括了何泰極與倫笑的代表：何太師派來了蕭賢；倫公公則以多年前早在他口袋裡的一名禮部三品大官代表出席。此外能夠進入總行的賓客，還包括京都最有力的五個豪商、三名刑部高官、「豐義隆」十三條「鹽路」的「押師」等重要人物。

圍繞總行的四面街道，地上鋪滿了雪片般的紙錢。正門外街口立著一個雕鑄出虎豹造型的大銅爐，上面密麻麻插滿焚燃的香燭，煙霧昇上清朗的天空。

自從獲得韓亮的任命後，章帥就長期駐宿在「九味坊總行」，今天他也早就穿妥禮服，等待在行子正堂。

總行那兩個老僕人，今天穿著非僧非道的古怪服裝，手上握著鑄滿祥瑞獸紋的銅刀與搖鈴，在大門前主持傳統的幫會儀軌，半唱半吟的禱文伴以鈴音，彷彿在召喚四十多年來爲「豐義隆」偉大事業犧牲的眾多英靈。

在總行東面遠處，街巷上傳來起鬨的聲音。即使沒能親眼看見，人們也知道是甚麼事。

蒙眞和茅公雷進入九味坊了。

街巷兩旁的「豐義隆」漢子，向經過的兩位新任祭酒興奮歡呼。氣氛如此熱烈，一半是因爲酒精，另一半是蒙眞預早就派出部下，混在人群裡帶頭呼叫喝彩。

領在隊伍前頭的卻並非蒙、茅二人，而是兩個特別挑選的壯健部下。兩人穿著一式一樣的黑色勁裝，頭上包覆布巾，並各自捧著一柄兵器：左邊是把套在破舊羊皮鞘裡、柄頭刻成羚羊頭顱的寬刃短彎刀；右邊則是一柄沒有帶鞘、半像鋸子半像砍刀的古怪兵刃，厚重的啞色金屬帶著波浪般的斑紋。兩名壯漢捧著兵器的姿態甚爲恭謹，踏著沉實的步履前進。

只有京都出身的「豐義隆」老幫眾才認得出：它們就是當年「三祭酒」蒙俊與「四祭酒」茅丹心愛用的兵刃。

——正如章帥堅持使用「九味坊總行」舉行大典一樣，蒙眞也要藉這次盛事，強化自己一方繼位的合法性。身爲「豐義隆」英烈的後人，是他與茅公雷的重大資本。

騎著精挑的駿馬，蒙眞把穿著禮服的身軀挺得筆直，在道旁幫眾眼裡更顯得英挺高大。蒙眞深深明白，自己不凡的外表，亦是執掌權柄的另一項本錢。

與他並騎而行的茅公雷則輕鬆得多，甚至偶爾跟街上一些認識的部下微笑揮手。名義上他雖與蒙眞平起平坐，但幫眾都知道他是蒙眞的義弟，並非今天接位大典的主角。

比起蒙眞，茅公雷較常親身與「豐義隆」下層接觸共事，也不時赴外地處理鹽運糾紛，因此在街上他得到的歡呼還要比蒙眞熱烈一些。更何況他最近才平定了邊關幾家分行的叛亂，在「豐義隆」的人望上昇了不少——黑道的漢子，當然都傾向崇拜純粹的武力。

兩騎後頭還跟隨著三十名部下，高舉著巨大的黑色漆金「豐」字旗幟。

街上的群眾漸漸隨著蒙眞的隊伍前行，不一會隊伍已變成二、三百人，還在繼續聚集增加。越是接近總行，隊伍越是寸步難行，可是已經進入亢奮狀態的「豐義隆」幫眾，仍然忘形地湧上前去。

當中包括緊緊抱著父親骨灰的馬宏，還有那四個全身包藏的羅孟族使者。他們在人群裡穿插擠前，盡量朝著蒙眞接近。

有些「豐義隆」老將，原本只是懷著淡然旁觀的心情到來出席典禮，可是看了這情景，心頭也熱起來，不禁回想從前的風光。

「當年韓老闆立『六杯祭酒』，雖然沒有這般熱鬧，我們的心情可跟這些小夥子一樣……」

「那個嘛，我太遲進幫，可惜沒親眼看見……當年的龐祭酒眞是英雄人物！他還拍過我的肩呢……」

「依我看，茅祭酒的兒子也不差，有點龐老的風範！」

九味坊街巷的氣氛異常高漲，不斷湧近蒙眞的人群已幾近失控。幸好隊伍終於抵達「豐義隆」總行正門外。

守備在門前的護衛，把隨同湧來的幫眾都擋在外圍。蒙眞跟茅公雷一同下馬，接過部下遞來的燃香，朝天空和地面各拜三次，然後把香交回部下，代為插進銅爐內。

兩人又接過父親的兵器，高舉過頂跪下來，口中唸著禱詞，內容全被鼎沸的人聲掩蓋了。

馬宏跟四個使者已經走到外圍的最前頭。負責擋駕的護衛瞧見這些打扮古怪的傢伙，立時生出懷疑。

「吾是『噶拉穆分行』馬掌櫃。」馬宏舉起那個白石造的骨灰罈子。「帶先父骨頭來看這台大典。」

「他們呢？」護衛指指四個羅孟族使者。馬宏卻不回答。

他閉起眼睛，牙齒咬著下唇。下定了決心。

雙手把罈子往地面猛摔。

白色的粉塵往上空與四方飄揚。護衛們瞇著眼睛退開，一時不知發生了甚麼事情。

他們瞬間就在白霧裡倒下。

四個高壯的羅孟族人全速奔過防線，藉著白霧的掩護朝總行正門跑過去。四人的粗麻袍上都染了倒地者的鮮血。兵刃仍然收藏在袍底。

第一個警覺有異的是茅公雷。原本跪著的他矯捷地躍起回身，馬上看見從白霧間衝出來那四人。

——其中一個是鎌首？

茅公雷雙手握著鋸刀，嚎叫著迎了上去。

四人從袍底下亮出染血的砍刀。

茅公雷一時無法分辨**哪一個才是鎌首**。

他把鋸刀舉往肩後拉弓，準備攔腰一刀把四人都斬了！

街巷裡原本沸騰的歡呼聲，變成怒罵和驚叫。

蒙真也站了起來，手握父親的彎刀。他保持鎮定立在原地。數以千計的眼睛都在看著他。

他不可以露出半點畏縮的模樣。

他以關切的眼神瞧著茅公雷的背影。對義弟的戰力，他具有絕對信心。

——但如果刺客是鎌首的話……

護衛與幫眾都拔步趕來救助。

四個殺手跟茅公雷相距已不足十尺——

茅公雷突然急煞步，旋身奔回蒙真這邊！

曾經跟鎌首全力交手的茅公雷，在剛才短短瞬間，已然從對方跑姿和態勢判斷出來：

——**四個都不是鎌首！**

——他們是要引我離開哥哥身邊！

茅公雷寧可把背項賣給那四個兇悍敵人，也要全速回頭。

全身的感官提升至頂點。

在鬧哄人聲裡，他聽出一記古怪的聲音：

破風聲。自上而下越空而來。

茅公雷雙手猛地往上方虛空處揮出鋸刀。憑的不是眼睛，而是耳朵與本能。

撞鐘般的金屬交鳴。

茅公雷感受到那件飛行物的力量，從刀柄一路傳達到手臂和身體，連臟腑也震得發麻。鋸刀因為反撞力而盪開了。

很熟悉的強橫力量。

那飛行物因為鋸刀的阻擋，稍微偏離了路線，恰恰越過蒙眞臉側，直插到他身後土地。是一枚有小杯般粗細、臂胳一樣長、通體鋼鐵打造的巨大箭矢。箭頭已深沒進土中。

四個羅孟族戰士仍不停步，舉刀朝著茅公雷的背項衝殺。

茅公雷的戰鬥本能發揮到極點。他借著剛才與勁箭交擊的反盪力量，順勢把鋸刀朝後水平反砍，頭也未回。

一股血浪橫向捲過他背項。

茅公雷根本沒理會這一斬是否命中，把鋸刀拋去，躍前抱著蒙眞，在地上翻滾數圈。

「進去！」茅公雷半跪著，以怪力把蒙眞整個人舉至站立，一把將他推往總行正門。蒙眞已無法再顧慮形象，順著這一推之力奔往門口。

茅公雷站了起來，跟隨在義兄的身後，卻是面朝相反方向，整個人倒後著跑，準備再接下續來的箭矢。

他手中已無兵刃，假如射來的是一樣的巨箭，勢難空手擋下。

但是他估計，即使以鎌首的怪力，要趕在蒙眞進入門裡之前，再射出第二支這樣的勁箭，也是不大可能。

果然，這次射下來的只是一支普通大小的箭矢，同樣瞄準著蒙眞的背項。茅公雷如猿猴般迅疾伸臂，用手掌揮打將之擊落了。

這次接箭，茅公雷已經有所準備，看得見箭矢的來處。

他伸手指向東側一幢三層樓房的頂端。「豐義隆」許多雙憤怒的眼睛，全部順著他的指頭瞧過去。

蒙眞已然奔入「豐義隆總行」。茅公雷瞥見，鬆了一口氣。

——接著就是把敵人揪出來的時候。

人群開始往那座樓房湧過去。負責守備總行的護衛則先跑到附近房屋，拿取預先收藏的兵刃——畢竟是隆重的典禮，他們沒有隨身佩掛凶器。

茅公雷此時才有空察看四周情況：那四個羅孟族戰士，全數倒在血泊中，三個猶如死物，只有一人身體還在蠕動。剛才完全憑著本能斬出的一刀，竟然如此精準命中，連茅公雷自己也有點意外。

至於渾身沾滿白灰的馬宏，早就被「豐義隆」群眾圍毆至奄奄一息，正被兩名護衛踩在地上。

茅公雷跑過去，揮手喝退那兩個護衛，俯身揪住馬宏的衣襟。茅公雷不認識馬宏，但知道他的老爹馬光乾，是第一代老闆韓東時代已入幫的老臣子。如此忠誠的家族，竟然會做出大逆之舉，茅公雷甚感奇怪。

「為甚麼？」茅公雷搖著馬宏的身體喝問。

馬宏已將失去意識，臉上卻仍掛著自豪的微笑。

現在不是深究這個的時候。茅公雷放開馬宏，再次起步奔跑，卻不是走往那座樓房，而是到達總行西側一座小屋。

茅公雷推開屋子正門。內裡充滿熱烘烘的男子氣息。

「要你們上場了。」

刺客所在那所樓房，四周已被人群迅速包圍，卻沒有人敢率先攻進去。

雖然這是在京都頭兒們面前建功的好機會，可是既不知道內裡藏著何等厲害的敵人——剛才那支勁箭實在太過懾人——而觀禮者都沒有兵器在手，誰也沒把握打頭陣。

——更何況這些來自各地分行的掌櫃，多年來託庇在「豐義隆」旗幟下，早就安享權位和豐厚收入，實在不想貿然為了高層權力鬥爭而以身犯險。

拿到兵刃的護衛這時趕到，沒有等待茅公雷命令就把樓房正門踢開，一擁而進。外頭圍觀的幫眾緊張地屏息觀看，場面反而奇異地寂靜了下來。

樓裡傳來叱喝，然後是激烈的打鬥聲。物件粉碎的聲音。接連的慘呼。刀子與身體從高處墮地聲。更多的慘呼。木階梯上急激的奔跑腳步。不知道是甚麼破裂的聲音。憤怒的叫罵。絕望的求救。更多粉碎聲。木階坍塌的巨響。更多身體墮地的聲音。慘叫……

三樓頂層一口窗子，赫然出現了一條人影。外圍所有人仰首觀看。

那人影提著似乎是棍子的武器，猛地從三樓一躍而下。群眾發出驚呼，窗戶下方的人們倉皇退開。

那人隆然半跪著地，身體四周揚起波浪般的煙塵。

塵霧落下後，人群看見著地的人是誰。

「是他！」有十幾人高呼，指著被包圍的鎌首。他曾經兩次周遊各州「豐義隆」分行，在場許多人都沒有忘記這名雄偉又神秘的奇男子。

「他不是自己人嗎？」認識鎌首的人一時都摸不著頭腦。對於京都近年的狀況，他們所知不詳，只聽說鎌首的老大是個姓于的傢伙，在幫中冒起極快，但去年突然被逐出了幫會……

然而眾人回心一想：既然連龐文英和容玉山，都在幾年間先後死得如此突然，會發生這樣的內亂，也沒有甚麼好奇怪啊。

鎌首以木杖支地站了起來，冷靜地瞧向街道前後兩頭堵塞著的厚厚人陣，心裡仍在想著剛才那一箭。

——就只差一點點……

他滿頭長髮因剛才樓內激鬥而散亂，髮絲黏貼在汗濕的臉頰上。

那樓房的正門，這時才有幾個僥倖生還的總行護衛陸續逃出來，其中一人頭側凹陷了一記印痕，艱苦地用四肢爬出，臉上七孔都冒出血珠，明顯已意識模糊；其餘幾個不是手臂就是腿足折了，斷骨插破腫脹成紫黑的皮膚，一個個在痛苦呻吟。

看著的幫眾皆爲之瞠目，更想像樓裡的狀況必定倍爲淒慘。這情景簡直不像打鬥，而是災難。

有些未有隨同攻進樓內的總行護衛，心底裡不免暗自慶幸。此刻這刺客已然站在光天白日下，但他們空自握著刀，誰也不敢攻過去，一時只是遠遠站在人群之間。

鎌首立在街心，提著那根沉甸甸的木杖，也未能決定該如何殺出重圍。

一人與千人，就這麼對峙著。

其中一邊人群突然往兩旁分開，空出一條通路。

茅公雷手握著他那條愛用的古怪黑棒，帶著十三人穿越群眾前來。

其中十二個以孫克剛爲首，全是「隅方號」的精壯石匠，此刻拿著的武器卻並非平日的鐵鎚，而是十二面一式一樣的大盾牌，通體以精鋼鑄造，全部等同人身長寬，更厚達寸餘，每一面怕不有六、七十斤重。

最後一人是佟八雲。他並沒帶砍刀，身上的飛刀數量卻加倍了，三十柄滿滿插在腰間、背後和腿側的皮鞘裡。

這些人排眾而出，直走到鎌首跟前二十步外才停下來。這時孫克剛與十一個「隅方號」的同伴，把手上盾牌一字排開，構成一堵鐵牆。十二人緊抓著盾牌後的皮革手把，按照預先排練過許多次的步伐，整齊邁進，朝鎌首所在迫近過去。

鎌首沒想過會遇上這種怪陣，一時愕然站在原地。

——他們早就準備了對付我的方法……

趁著還有距離，鎌首飛快踏步向左，試圖繞過盾陣側翼——這陣式移動不快，是其最大缺點。

卻在快要越過邊緣時，兩柄飛刀旋轉著呼嘯迎面飛來，封住了鎌首去路。正是躲在盾陣後的佟八雲。他雙手指間又已挾住另外四柄待發的飛刀。

鎌首煞步躲過那兩刀，本來還可再前奔，卻瞥見茅公雷已經舉起黑棒，站在盾陣後準備迎擊，只好收住了步伐。

他曾經面對過茅公雷這條厲害的黑棒，知道即使硬接下來，佟八雲的飛刀必定會乘隙攻襲，到時他再沒有躲避的把握。

鎌首知道，自己即使繞向另一邊側翼，茅、佟兩人也會用同樣方法封鎖他逃脫的去路；另一條路線是從上方躍過盾陣，但其時人在半空，更加變成了黑棒和飛刀的靶子……

在鎌首苦思戰法的同時，盾陣又再逼近數步。他只好後撤，爭取多一點走動的空間。

——這是鎌首第一次在戰鬥中後退。

他漸漸被迫向街道後頭的「豐義隆」幫眾，如此腹背受敵，更是大爲不妙，鎌首當機立斷，改往左後方退卻，靠向一座磚砌的房屋。

孫克剛等十二人從盾牌縫隙看見鎌首的移動，也相應調整陣式的方向，始終仍用盾陣正面朝著鎌首。

不一會，鎌首就被迫退得幾乎背貼牆壁。盾陣已到達他跟前不足十步。後方的茅公雷喊了聲：「變！」十二面盾牌從一字變化成弧形，更緊密地把鎌首兩側包圍。

無路可走的鎌首露出憤怒切齒的神情，掄起木杖猛地揮擊盾陣。

那材質特殊的木頭，鋼鐵激撞下發出沉實的響音。接下這一擊的石匠，即使仗著盾牌的沉厚分量，抵消了重木杖的殺傷力，還是在鎌首非同常人的蠻力下後退半步，盾陣頓時裂開空隙。

一道銀光間不容髮地從那空隙穿越而入。

鎌首旋身閃躲，但距離實在太近，已經來不及，左肩肌肉釘進了一柄飛刀。

那個石匠緩過一口氣，又再提盾補上，空隙馬上消失。

身在陣列後的佟八雲異常興奮異常，畢竟他是京都裡第一個令「三眼」流血的人。

——桂慈坊兄弟們的血債，你就在今天一次償還吧！

鎌首終於也被迫背貼牆壁。盾陣化爲半圓，兩邊側翼都碰在壁上，就像半邊鐵桶，把鎌首圍困在中心。

茅公雷雙腿大張，坐成一個騎馬步。佟八雲踏上他大腿，叱喝一聲躍起，身體高於盾陣之上，同時雙手揮出，四柄飛刀自高而下狙擊鎌首的不同部位！

鎌首沒有空間閃躲，只好旋揮木杖，擊落其中兩柄飛刀，另一柄射向臉的，被他側著頭僅僅閃過，但最後還是有柄飛刀刺進了左大腿。

佟八雲著地後冷笑：「比射靶還容易呢！」雙手並沒停下，又拔出三柄飛刀。

鎌首中刀的兩處血流如注，渾身都浴在汗水中。他再次揮杖擊打面前的盾牌，但此刻「隅方號」的大漢已經站定不動，把沉重的鐵盾牢牢立在地面，木杖撼擊之下，只能造成一點搖動。

「本來我很想讓你投降的。」茅公雷冷冷說。他極力保持木無表情的臉，眉宇間還是透出哀傷。「但這是我大哥的命令。今天你就死吧。」

另一支「豐義隆」護衛這時排眾出現，攜著弓箭和一面帶倒鈎的羅網。

鎌首就如墮入陷阱的受傷野獸，呼吸變得重濁，眼瞳卻仍然閃亮。

他突然笑起來。

「我的義弟說過一句話。」鎌首鎮定的聲音，令茅公雷有些意外。「他說：『**能夠殺死五哥的人，到現在還沒有生下來。**』」

他接著猛然發出吼叫。

在場千人均感心頭一震。

鎌首身體急激轉了半圈，雙手握木杖順勢反劈，把他身後磚牆硬生生轟出一個洞來！

聽見這爆炸般的聲音，茅公雷馬上叱喝：「散開！」

「隅方號」十二大漢散開盾陣。茅公雷及時看見鎌首竄進了那洞穴。十幾個「豐義隆」箭手奔前，火速搭箭拉弓往牆洞裡射擊，佟八雲也朝內接連擲出刀子。刀箭越過沙塵煙霧飛入去，卻沒傳來命中肉體的聲音。

茅公雷憤怒前奔，同時喊叫：「所有人都別跟著來！」走入牆洞前，他先揮了一輪亂棒開路，之後才跳了進去。

那是一家米糧店後的倉庫——由於「豐義隆」舉行慶典的關係，當然沒有開門，室內甚是漆黑，茅公雷剛從外面的正午街道進入，眼睛一時未習慣。

他只聽見前方又發出了另一記爆烈聲。顯然鎌首破開了又一堵牆壁。

——媽的，他是從哪裡找來這根棍的？

因爲那股震動，屋頂瓦片紛紛掉下，幾線陽光從瓦面的破洞射下，讓茅公雷瞧見又越過另一個牆洞的鎌首。

鎌首早就把腿上飛刀拔走。此刻他的心神無比專注，完全不覺大腿傷痛，雙足無間疾走，手上木杖則摧枯拉朽，把所有擋在前頭的物體破壞轟飛。

鎌首就用這麼暴烈的方式，硬生生穿越三所連接的房屋。接連破牆畢竟太耗氣力，他朝右拐了個彎，在那屋中穿房過廳，終於找到正門。

鎌首用前衝的餘勢把那木門撞開，不料門身比他想像中脆弱，他勢道太猛，在外頭街道的地上翻滾了一圈，才消去衝力跪定下來。

正好有五名「豐義隆」護衛守在那街頭，看見這突然出現眼前的怪物，一時都呆若木雞。

鎌首想也不想，木杖橫揮向最近一人的頭側。重擊帶動那人整副身軀離地橫飛，鮮血與腦漿潑散，眼珠脫眶而出，飛到牆壁上黏附。

目睹這麼恐怖的一擊，其餘四人惶然後退，當中一個更錯步扭到足踝，重重摔在地上。

鎌首也不再理會他們，虛掄木杖一圈，就逕直奔過。

茅公雷這時才追出那房屋門口，卻見鎌首的背影已在三、四十步外。

——他腿有傷，再跑下去我必定追得及……

鎌首這時卻突然停下，轉身遙遙與茅公雷對視。茅公雷也止步。

鎌首用木杖拄著地，另一隻手因肩頭中刀而軟垂。血珠從指尖滴下。

「五爺！」一聲呼喊夾帶著馬蹄聲，從側面一條支道傳來。「終於找到你了！」

是「八十七人眾」裡最擅騎術的班坦加。他還牽了另一匹馬來，策騎到鎌首身旁停下。

「爲了躲避那些傢伙，我拐了許多彎，幾乎迷路了……」班坦加說著，卻發現鎌首並沒有看他。他又瞧瞧另一面街上的茅公雷，也是同樣凝立著，似乎沒有要追擊的意思。

「五爺，快上馬，那些傢伙很快就會追來……五爺……我可不想給亂刀砍死啊……」

鎌首聽見班坦加這話，彷彿從夢中醒來，視線離開了茅公雷。他瞧著班坦加一會，露出苦笑。

「嗯。我也不想死。」他說著就躍上班坦加爲他預備的馬。

「鎌首！」茅公雷從遠出發出洪鐘般的呼叫。鎌首正要策馬離開，又回頭看著他。

茅公雷身後的街道，已經出現幾十個追趕而來的「豐義隆」幫眾。

「你回去吧！」他繼續說：「回去你的『大樹堂』！我跟大哥很快就要過來！**那就是我們最後一次交手！**我會讓你跟你的兄弟死在一塊！」

鎌首聽完沉默了一會，也張開喉嚨高呼。

「謝謝！」說完雙腿就踢踢馬腹。

茅公雷把黑棒擱在肩上。他的臉因爲激動而漲紅。悲哀的眼神，目送著兩騎絕塵而去。

□

鎌首和班坦加一路沿街疾馳，沒有遇上任何攔阻，就到達九味坊的北門。

北門前橫七豎八倒臥著十幾具屍體，地上還散著一堆兵器，也有的仍握在死者手中。

一群人馬等在北門外，爲數三、四十人，其中十餘個騎著馬匹，全數帶著刀槍弓矢。

「五爺不必緊張。是自己人。」班坦加說著收慢了馬。鎌首也馬上辨認出門外人群，全是他的「八十七人眾」部下。

鎌首騎馬踱出北門，從那十數騎裡，找出了一個矮小的白衣身影。

狄斌重重地吐了一口氣，露出放下心頭大石的神色，無言瞧著接近來的五哥。

「五爺！」部下們都興奮地呼喚。獨眼的陳寶仁以怪責的語氣說：「五爺，怎麼這次殺人不帶我們？是看扁我們嗎？」他側首瞧瞧狄斌又說：「幸好六爺帶我們來接應！」

「你們沒有人受傷吧？」鎌首並未回答他，只是微笑著關切地問。

「沒有啦！」另一個徒步的部下說。「我們本來就是『豐義隆』的人嘛，就索性裝作來觀禮，趁著他們不留意，從後面一刀砍一個，哈哈……」其他人也哄笑起來。

狄斌這時策馬踱前數步。其他人都靜了下來。

「你來了。」鎌首不知道該怎麼面對白豆。

「嗯。」狄斌只是點點頭。

「我失手了。只差一點。」

「可惜啊。」

「白豆……」鎌首猶疑著不知該說甚麼。

狄斌再趨前一些，伸手握住鎌首的上臂，仔細瞧著肩上仍然插著飛刀的傷口。

「要緊嗎？」

「還能動。大概沒傷到骨頭。」鎌首感受到狄斌手掌的溫暖。「我……」

「別說了。」狄斌放開手。「你不是以為我跟老大真的惱你吧？這傷口等回去後再料理，行嗎？」

鎌首點點頭，咧開嘴巴笑了。狄斌那寬容的神情和聲音，令他忘卻失敗、傷痛和疲倦。

「騎馬的全部一起回去。」狄斌高聲下令：「徒步的人在街裡散開，回頭再在武昌坊集合。」

眾人點頭呼應。

「武昌坊？」鎌首奇怪地問：「我們不回家嗎？」

「老大今早已經決定：放棄吉興坊那大宅，所有人轉移到『大樹堂』店子。」狄斌神色凝重地說。「經過今天，蒙眞必然全力來復仇。**那是我們最後的城堡**。」

□

典禮很快就完結。因爲剛才一場刺殺擾攘，蕭賢和其他官員爲免惹上閒話，沒有觀禮就匆匆告辭了。簡單的儀式進行過後，蒙眞和茅公雷也在加倍的人馬保護下離開，打道回「鳳翔坊分行」。而原定接著舉行的盛大宴會也都取消了。

這一切章帥都不在乎。他只是要在眾人的眼前，坐上那張顏色深沉的交椅。

此際他仍然坐在那椅子上。「豐義隆總行」正堂裡再沒有其他人。下午的陽光從狹小窗戶透進來，但這老闆首座的位置，卻沉入了陰影中。

章帥閉起眼睛，背項緊緊貼著椅背，撫摸著兩邊椅把。

他從來沒有坐得像今天這般舒服。

右面階梯傳來聲音。兩個老僕還沒脫去祭祀用的道服，其中一人把帶著滑輪的椅子抬了下樓，另一人則抱著韓亮拾級而下，再小心地將他放到輪椅上。

韓亮乾咳數聲，揮揮手示意，老僕就把他推近到章帥跟前。韓亮再揮了揮，兩老僕馬上躬身行禮，自正堂後門離開。

「爲甚麼不上來？」韓亮的表情十分嚴肅。「聽不到我在上面搖鈴嗎？」

「我想多坐一會。」章帥仍然閉著眼，沒有看這個從前的老闆。

韓亮又咳了一陣。兩人沒有交談。

「爲甚麼？」韓亮終於打破沉默。「爲甚麼幹這種事？」

「跟我沒有關係。」章帥的表情仍舊很輕鬆。「是于潤生。」

「你說謊的專長，留給對著別人時用吧。」韓亮皺起稀疏的眉毛。「我們在一起多久了？三十年？」

「太久。」章帥嘴角牽起，卻並不是眞的在笑。「你不相信，我也沒辦法。」

「一切不是都說好了嗎？你還有甚麼不滿意？」韓亮那五官細小的圓臉激動得涌紅。「『豐義隆』的交班已經完成了。你不是已經坐上這位子了嗎？跟蒙眞好好合作吧。再這樣胡搞，『豐義隆』就要散了。」

「你已經很久沒坐這把椅子吧？」章帥這才眞的笑了。「很舒服。」

「小棠，聽我的。」韓亮雖然惱怒，但聲音仍然柔和。「當了老闆，還不是一樣？我的爺爺跟我，還有你們，當初還不是爲了吃一口飯？爲了不給人家欺負？現在這樣也足夠了吧？好好把『豐義隆』守下去就行了。」

「那是因爲你坐在這個位子太久了。」章帥睜開雙眼睛，笑容同時消失。「坐得甚麼感覺都沒有。而且它本來就是你爹傳給你的。你從來沒有試過，站在下面仰望這位子的感覺。」

「你這是甚麼意思？」韓亮的表情突變。單眼皮的雙瞳，射出久未出現的光芒，圓滑的雙頰因爲抽緊而凹陷。從前「豐義隆」每一個人，最害怕看見的就是這張臉。

「你忘了那些日子嗎？」韓亮繼續說：「整座京城裡，滿是想我死的人。爹留給我的，不過是個在幾條街收『規錢』的小角頭。那十年，我沒有一晚睡得好。沒有我，根本就沒有今天這樣的『豐義隆』。」

「善忘的人是你。」章帥站起來，從高俯視著韓亮。「那都是你一個人的功勞嗎？有多少事情是我替你策劃的？多少計謀是我替你想的？」

他上前搭著輪椅的背。「人家都說：『豐義隆』第三代韓老闆是個天才。沒有人知道那個『天才』後面還有我這影子！容玉山跟龐文英，在台前風風光光，幫裡的人都豎起拇指說是大英雄；我呢？在他們眼中就像妖怪。

「我不是在低貶你。你確實有你的才能。你很有用人的眼光，而且敢用。這是京都裡其他幫會輸給你的原因。可是沒有像我這樣的人給你用，一樣也沒有今天的『豐義隆』！」

章帥放開輪椅，回頭再次看著那副梨木造的老闆寶座。「我沒有甚麼遺憾。我已經拿到應該屬於我的位置了。不是容玉山跟他那混帳兒子。不是龐文英跟燕天還。是我。」

「既然你坐上了這位子，就當個稱職的老闆吧。」韓亮的臉軟化了。畢竟章帥只有在他面前，才會如此坦白。「好好地用蒙眞。」

「我九歲時就明白一件事。」章帥背對韓亮說。**「世上只有兩種人：奴役別人的，還有給別人奴役的。我很早就決定了，這一生要做其中哪一種，而且死也不要再變回另一種。」**

「小棠……」

章帥重重坐回交椅上。「你大概忘記了：現在你已經不是這裡的老闆。你的戲已經演完了。」

他在俯低上半身，滿含深意地朝韓亮微笑。「畢竟曾經一起那麼多年。你安靜地在一旁看著，我們就還是『朋友』。」

□

茅公雷凝視著父親的遺物。

鋸刀的刃身上有道深深的凹痕，正是截下鎌首的巨箭時造成的。

那支箭如今就放在刀旁。箭簇是片像蛇舌般分岔的精鋼，厚達兩分，加上足以造成刀身凹痕的強橫力量，假若眞的射中蒙眞的身體，肯定會帶著大片撕裂的肌肉和內臟，透背而出。

「大哥，對不起。想不到會這麼險。」

蒙眞負手站在窗前。回來「鳳翔坊分行」後，他還沒見過妻子。她必定已經知道正午發生過甚麼事情。他暫時不想看見她擔心的眼淚。

「算了吧。是我自己決定這麼做的。」蒙眞沒有回頭。「鎌首。果然很可怕。連我們預備多時的盾陣，結果也被他逃過了。今天這麼好的機會卻殺不了他，總是個禍胎。」

茅公雷臉泛愧色。幸好蒙眞看不見。他有點後悔把鎌首放走。畢竟大哥冒了這麼大的危險把鎌首引出來，結果只是白白折了許多部下。

「那個馬宏……」蒙眞又說：「死了嗎？」

「是的。我派人向其他來自西南方的掌櫃打聽了。原來鎌首幾年前去過噶拉穆——當時于潤生還在漂城，是龐祭酒給他去的。大概就是在那個時候，跟馬家有了交情。至於羅孟族爲甚麼也來協助，也就不知道了。眞是奇怪，那些人應該都知道，這種任務必死無疑……」

「鎌首這個人，確實有種特殊的力量，會讓別人拚命跟隨他。」蒙眞這時才回頭，盯著茅公雷的雙眼。「是嗎？」

茅公雷知道大哥看透了他對鎌首的敬佩，不發一言。

「蒙祭酒，接下來你要怎麼做呢？」

房間裡還有第三個人。花雀五。

只是下午時份，江五卻已喝得微醉，手裡仍然握著酒杯。自從正午時知道竟然殺不掉鎌首，他就一直靠喝酒鎮定心神。

蒙眞瞧著這個帶著「鎌首要來行刺」的情報到來投誠的傢伙。他們本來就是一起長大的舊識，因此蒙眞對於花雀五離開于潤生並不感到意外。畢竟這傢伙連自己的義父龐文英都出賣了。而現在京都的情況已經非常清楚，「大樹堂」根本就沒有將來。

「你看呢？」蒙眞凝重地問花雀五。

「鎌首能夠混入這麼接近總行的地方，更證明背後的是章帥。」江五那張刀疤臉雖已漲紅，但腦袋仍然清晰：「不管鎌首是否得手，章帥都有好處：蒙祭酒你死了，自然遂了他心願；即使失手，你必定大舉進攻『大樹堂』。于潤生雖則必敗，但他們還保留著好一批強手，這一戰我方必也耗損不小，章帥就可以趁這機會收拾成果。」

「可是我們沒有選擇吧？」茅公雷嘆息。「大哥在這麼多各地幫眾面前被行刺，假如也不還以顏色，我們下不了台。這些章帥必定也早算定了。」

「他就是這麼可怕。」花雀五苦笑點頭，又呷了口酒。

背叛于潤生並不是件輕鬆的事情，自從決定之後，花雀五每晚都睡不好。原本以爲過了今天，于潤生失去鎌首這條右臂，自己可以安心一些，沒料到茅公雷竟然失敗而回。花雀五暗裡在咒罵他的無能。

「但這麼一來，章帥也暴露出他的心思。」茅公雷抓起桌子上的箭。「他根本容不下我們。」

「即使沒有發生今天的事，這一點我早就知道。」蒙眞說。「章帥就是一個這樣的人。」他說時露出微笑。雖然今天差點就被射死，蒙眞的臉上卻看不見一絲憤怒。

「大哥，你要決定怎麼做？」

蒙眞撫摸鬍鬚，藍眼睛透出只有于潤生堪比的異光。

「等各分行掌櫃都離開京都。我不要借助他們任何一個。要讓所有人知道，我自己可以擺平這事情。」蒙眞握著拳頭。「現在開始籌備集結所有直系人馬。今天的刺殺，我正好可以利用，令容玉山留下的各路部下歸心。再加上『三十舖』的全體兵力。我們用十倍的數量壓倒『大樹堂』，這樣能夠盡量減少我方折損。只要一舉取勝，乘著那股信心和士氣，章帥在我們面前，不過一隻螻蟻。」

茅公雷聽得熱血沸騰，不禁站了起來，雙手不自覺在用力，把那根鐵箭拗得彎曲。

「春天之內，我們把『大樹堂』夷為平地。」

□

「大樹堂京都店」四周都滿佈守護的漢子。光天化日的武昌坊大街上，他們當然不能佩兵刃，但狄斌在籌建藥店時，早就在四邊外牆設計了許多收藏器械的暗格，守衛們只要稍覺有異，隨時都可以武裝。

店後院子有一半劃作馬廄，共可容納十五匹馬，另有一輛鑲有鐵板的馬車隨時備用。鎌首和狄斌在這裡下了馬，由部下們護衛，匆匆進入店後倉庫。

「快！拿刀創藥來！」狄斌緊張地呼喝，硬把鎌首按到椅上。

「白豆，別這樣。我沒事。」鎌首微笑坐定，表情顯得輕鬆，但是誰也看得出來，他的姿態流露出罕有的疲倦。

鎌首環視倉庫，這才看見站在另一頭的李蘭。她手裡抱著他最小的女兒。于阿狗、黑子和其他孩子也都圍著她。

「嫂嫂……」鎌首一臉歉意地站起。狄斌又再把他按回去。

「五叔叔不要起來。」李蘭把女孩放下。走了過來。孩子們就像一群小鴨般跟在後頭。

「你沒打緊吧？」

鎌首嘆息搖頭。他察覺李蘭臉上，溢滿了焦慮和不安。突然放棄家園移到這裡，她當然知道是甚麼一回事。鎌首低下頭，不敢看她。

部下把藥物拿來時，狄斌早就把鎌首的衣袖割開。他先用一塊布壓在傷口旁，才慢慢把飛刀拔出。鎌首沒有皺一皺眉。

狄斌用布繼續壓住傷口好一輪，確定血已經流得慢了，這才移開來，把藥粉仔細撒上。

「嫂嫂……」鎌首想說些甚麼安慰她，卻又覺得自己沒有這資格。這時他感覺到右手尾指被人抓住。

是黑子，他握著那隻手指，圓滾滾的眼睛瞧著父親。鎌首朝兒子報以微笑。

「我也來。」班坦加蹲在鎌首身前，同時幫他處理大腿的刀傷。

「嫂子，沒事的。」狄斌一邊包紮一邊說。「五哥回來了，就沒有人能夠欺負我們。」

李蘭只是「嗯」了一聲，沒再說甚麼。有兩個孩子看見血就哭了。她蹲身把他們抱住，用身體擋著他們的視線，輕拍他們的背項。哭聲收小了。

三名部下匆匆過來，幫李蘭把孩子都抱回另一邊。只有黑子仍然握著鎌首的手，留在他身邊。看見鮮血淋漓的刀口，這孩子卻沒有害怕。

于阿狗比黑子還要大，而且早就看過死人，可是看見鎌首的傷口，也不禁被嚇得臉色蒼白。然而瞧見黑子如此勇敢，他強忍著沒哭，但也跟隨媽媽遠遠走開。

這時附近幾個部下都站得挺直。鎌首抬頭，看見到來的于潤生。

「老大……」鎌首起立，也不顧班坦加還在包紮他的大腿。

于潤生並沒露出甚麼表情，只是瞧著鎌首不發一言。

「老大……」鎌首咬牙低頭。

「老大，他已經回來了。」狄斌挽著鎌首的臂胳。「你就別惱他吧……」

「我像在惱他嗎？」于潤生伸手搭著鎌首沒有受傷那邊肩頭。「我從來沒有答應讓你退出『大樹堂』啊。只要你仍然叫我『老大』，其他的甚麼都不必說。」

狄斌鬆了口氣，笑著看看鎌首，又看看于潤生。

——就算到了最後只剩下我們三個人，「大樹堂」還仍然存在……

「而且你令我很自豪呢。」于潤生繼續說。「以你一個人的力量，幾乎就把整個形勢改變了。有個這樣的弟弟，是我的光榮。很可惜，只差了一些。」

「他們早就預備好方法對付我。」鎌首壓低聲線。「老大，我恐怕消息走漏了，『大樹堂』裡……」

「我知道。」于潤生沒有顯出意外的表情。他瞧瞧狄斌。「花雀五。他已經倒向蒙眞那邊了。這是當然的事，江五從來不笨。」

狄斌的笑容消失了。「接下來會演變成怎樣？」

「蒙眞必定傾盡全力來攻打我們。」于潤生放開鎌首的肩，雙手負在背後。「就算他知道是章帥的計謀，也沒有選擇。這樣被公然行刺，他不來討這個仇，『豐義隆』裡就再沒有人會服他這個新任祭酒。」

「他們會派多少人來？」狄斌憂心的問。

「五弟還在，蒙眞知道這是一場硬仗。他要盡量減少折損——因爲下一個敵人就是章帥。我若是他，必定發動所有兵力，由茅公雷指揮作戰。容玉山直系的人馬，加上『三十鋪總盟』，我猜至少有一千二百人。」

狄斌眉頭緊皺。「大樹堂」如今只剩大約二百人——其中更只有百餘人是拿刀子的硬手。即使加上鎌首那八十幾個親兵，連三百人也不到。

雖然守在這座堅固的「大樹堂京都店」佔著地利，但對方兵力多達數倍；己方有鎌首，對方卻也有個旗鼓相當的茅公雷，另外還得加上「三十舖」的幾個高手。

一想到自己的指揮判斷，隨時會決定這一戰的結果，狄斌不禁緊張，胃囊彷彿縮成一團。

「這實在太危險了。」狄斌搖搖頭說：「而且這不是普通的打鬥啊。這裡已經是我們最後的地盤。對方圍過來打，我們贏不了，就統統都得死在這裡……老大，你想清楚啊。」他別過頭，朝部下揮揮手。所有其他人都離開了倉庫，除了黑子仍然站在父親旁邊。

「白豆，你想說甚麼？」于潤生等到最後一人都出去後才開口問他。

「有些想法我一直不說，是不想打擊大夥兒的士氣。」狄斌吞吞喉結，繼續說：「可是現在……老大，說實的，我們在京都已經輸了。雖然我也不想承認，而且還有二哥的血仇未報，但是現在沒有辦法了。不如趁我們還有些本錢就離開吧。以我們三兄弟的力量，到了哪裡都可以從頭幹起……」

「白豆——」鎌首咬著嘴唇。

「五哥，我知道你還念著她。」狄斌打斷他的話。「可是你也得為大嫂，還有那些孩子著想啊！那些死心塌地跟著我們的好兄弟，你都要送他們去死嗎？小語的事情，等我們在別的地方安頓後，回頭再想辦法。」

鎌首無言。他知道狄斌說的話都正確。他當然想留在京都拯救寧小語。但「大樹堂」沒了他，要安然撤退就危險得多了。

他垂頭看看黑子。

——這個沒了母親的兒子，我已經虧欠他許多……

「不。我們不走。」于潤生卻斷然說。「走了，我們過去一切的努力都將白費。」

「可是……」狄斌知道要說服老大不容易，但現在已經是最後機會。

——是時候利用藥店裡的「那個」了……

「白豆，我不是跟你說過，要相信我嗎？」

「我記得。」狄斌回答。「我永遠也相信老大。」

「那就好。繼續相信我。」于潤生眼瞳中又再出現那種異采。狄斌記得，每次看見這光彩後，奇蹟就會出現。

——**每次都出現的，就不再是奇蹟。**

可是狄斌無法想到，「大樹堂」還有甚麼別的活路。

「**只要我們留在京都，勝利最終將會屬於『大樹堂』**。」于潤生直視狄斌說。「**那些背叛我們的傢伙，全部都要付出代價。**」

他彷彿看穿狄斌的想法，又說：「白豆，最初建這藥店時，我決定造『那個東西』，不是給我們逃走用的。」

狄斌怔住。

——也就是說，老大在很久以前就另有計劃……

「那到底是怎麼用的？」

「反正已經快到最後關頭了。我就把一切安排告訴你們吧。」

狄斌和鎌首聽見這句話，眼睛都亮起來了。

三個結義兄弟把頭聚攏在一起。于潤生開始講解他深藏已久的計劃。

□

在桂慈坊「總帳樓」裡，崔丁一邊拿手帕抹著臉上跟手掌的汗，一邊在聽取部下的報告。

今年春季雖然回暖格外早，但他流汗不是因爲天氣，而是緊張。

「三條座／三十舖總盟」已經十多年沒有籌備過如此大規模的動員。崔丁年紀輕，沒有參與當年的京都黑道大戰，但那時候老爹崔延力保「聯昌水陸」的戰況如何凶險，少年的他仍然印象深刻。

崔丁一絲不苟地執行了蒙真發出的動員令。下面雖然有佟八雲和孫克剛協助組織人馬，但要安排這次調動也不輕易。食宿和兵器倒還易辦，最要命是這次「三十舖」出動的兵力，接近組織人數的七成，在備戰期間仍要維持各種生意的正常運作才最困難。崔丁不得已，只好把較不重要的生意統統暫停。

當然他知道，「三十舖」在這期間的損失，蒙真事後必定動用「豐義隆」的資源完全補償。

比起許多「三條座」老一輩，崔丁可說是義無反顧地支持蒙眞的指揮。「豐義隆」這條大魚翻翻身子，京都黑道就湧起了掀然巨波，像「三十鋪」這群小魚若不順著大魚來游，只有給沖走的份兒。

經過一個月前「豐義隆」接位大典那事件，誰都已經知道「三十鋪總盟」是蒙眞的一支親兵。這事情並未引起「豐義隆」內的反感——「三十鋪」本來就是「豐義隆」的附庸，如今蒙眞能夠直接指揮，更顯示出他的權威。

而「三十鋪」成爲「豐義隆」實質最大權力者的直系勢力，在黑道上也獲得了前所未有的地位。

崔丁當然知道：待將來一切都穩定下來後，蒙眞把「三十鋪」直接併入「豐義隆」只是時間問題。他覺得這也不是甚麼壞事。只要得到合理的地位和回報就行了。幫會的招牌算得了甚麼？

崔丁這個「三十鋪」副總管，已經在蒙眞面前充份展示出自己的才幹。他深信未來自己加盟了「豐義隆」，前途只會更加光明……

聽完報告後，崔丁走到「總帳樓」窗前，俯視那片不久前才令「三條座」命運發生重大轉折的空地。

超過三百名「三十鋪總盟」的戰士，此刻已經齊集在空地上。其中以巴椎爲首那群壯碩的石匠格外顯眼，一副副身軀堅硬得像他們每天雕鑿的石塊一樣。「隅方號」八十餘名石匠全數出動，而巴椎也是「三條座」裡唯一親自出陣的頭領。

佟八雲當然也在其中，他正親手檢查著部眾的兵器和竹片護甲。崔丁知道，佟八雲這一年來花了偌大心血，調練出這群精悍的部下。上次殺不死「三眼」，佟八雲在桂慈坊市集裡足足喝了兩天悶酒。現在機會又來了，他的情緒極是亢奮。

佟八雲這時抬頭，也看見樓上的崔丁。他朝崔丁豎起拇指，表示一切都已準備完成。

現在就只等「豐義隆鳳翔坊分行」那邊傳來的進攻命令了。

「豐義隆」人馬同時已在四處不同地點集結。崔丁無法確定數目，但他估計必定超過千人。對手是那頭已經名震京都的「怪物」，蒙眞絕不會吝嗇兵力。

在京城裡進行如此大規模的進攻，蒙眞當然已取得倫公公批准。崔丁猜想，倫笑定然不喜歡這事，但蒙眞確實險遭刺殺，倫笑並沒有拒絕他的理由。

這場戰鬥早就有許多人預料發生。崔丁聽聞，在京都的街巷裡有人開出盤口，賭的當然不是「豐義隆」與「大樹堂」誰勝誰負，而是一旦開打，「大樹堂」能夠挺多久。

再有另一名部下登上樓來，向崔丁報告京都街上的準備。從桂慈坊出發往武昌坊路途不短，但爲免造成混亂，所有人都只能徒步，因此崔丁在路上預備了兩個休息點，以盡量保持戰鬥前的體力。「記著，有的傢伙可能想喝酒壯膽，絕對不許可。只能喝水。」崔丁吩咐說。那名負責傳信的部下點點頭，又下樓去了。

這時崔丁聽到樓下雷動的歡呼，馬上走到窗前察看。

果然有三騎進入了空地，其中一人手中握著黑底金字的「豐」字旗。「三十舖」漢子個個把兵器提起，準備隨時出發。可是那三騎卻並未在空地上停留，繼續馳來「總帳樓」正門。佟八雲瞧著三人在門前下馬，心裡大感不妥。

崔丁匆匆下樓，在地面前堂迎接三名使者。

「是蒙祭酒下令進攻了吧？」崔丁心急地問，卻發覺三人臉色沮喪。

他們互相看了一眼，最後還是握旗那人開口。

「蒙祭酒下令大家解除武裝，馬上散去。各自繼續平日的幹活。」

「甚麼？」崔丁很少這樣高聲叱叫。「這是在開甚麼玩笑？」

「『豐義隆』那邊也一樣。」使者嘆了口氣。「今天取消了。」

「改日子嗎？」

使者搖頭。「我也不知道。」

「總有原因吧？」崔丁的聲音接近呻吟：「你要我怎麼向外面這許多兄弟交待？」

「蒙祭酒也是迫不得已。」另一名使者回答。「剛才魏一石過來找他。並且帶來了倫公公的命令：京都裡一滴血也不許流。任何人不得生亂，否則『鐵血衛』就要做事。」

崔丁臉色大變。「鐵血衛」。事情比他想像中還要嚴重。倫笑要求京都絕對平靜。也就是發生了關乎朝廷的事情……

「又要打仗了。南方叛軍又來了。」

第二十四章
行深般若波羅密多時

彭仕龍輕輕撫摸著那副跟隨自己十八年的戰盔，滿懷感觸。他驀然了解當年陸英風的心情。

頭盔造型有如某種深海古魚的頭，滿布半像鱗片半像尖稜的逆角，通體以薄鐵打造，表面又鑲了打磨得燦爛的銅片。

彭仕龍也不知道這副頭盔有多久歷史。它是當年父親驅逐西北蠻族時，從敵將首級上取下的。雖有如此不吉祥的來歷，父親卻從此視之爲至寶，還傳了給他這個繼承父業的長子。

是時候了。兩名侍從兵替他戴正戰盔，縛好下頷的皮革帶。彭仕龍提起佩劍，步出元帥營帳，登上高大的戰馬。

在眾多參謀、傳令兵和百名親衛重騎兵的包拱之下，一身澄亮金甲的「平亂大元帥」彭仕龍昂然出陣，策馬離開中軍帳營地的棚寨，進入主力野戰軍的陣勢中央。

他放眼望過去。在前鋒軍的防線外，藤州鹿野原遍地翠綠，顯出一片春夏之交的蓬勃生機。但他深知再過不久，這片美麗平原就要化爲血肉激撞的場所。

戰陣正前面乃西南方向，清晰可見草原盡頭的地平線。敵軍雖然還沒進入視界之內，平亂王軍眾將士已然完成臨戰準備。

二十萬兵馬的浩大軍勢，在鹿野原東北部完全展開，前、中、左、右、游擊五軍布成森嚴的迎擊陣式。數千不同顏色的旌旗，在和暖微風中懶洋洋地飄動。各種形狀的戈矛長兵垂直高舉，密密排列連成一里長，遠看猶如一條反射著陽光的巨大銀蛇。

就在前鋒的盾陣後，步弓軍之間昇起了一股股黑煙。是弓兵生起了爐火，準備點燃火箭。每處兵陣的戰鼓手，合和敲擊出不徐不疾的節奏，動人心魄的鼓聲在平原上迴盪，掀動所有將兵的情緒。

在軍陣最外圍，游騎兵策馬來回巡弋，捲起一陣接一陣的塵霧。

鼓仕龍與親兵帶著巨大的紅色帥旗出陣，隨即在軍中引起哄動。他高舉提劍的左手，回應眾兵歡呼。

在陣中安頓後，他眺視眾部的陣勢，確定一切都按照他的指示佈置後，這才滿意地點頭。

「元帥，看來士氣很不錯。」旁邊的心腹軍師楊遜興奮地說。

彭仕龍沒有表示贊同，只是繼續眺望。他當然明白：如此浩大的軍勢裡，將士互相感染，情緒必然高漲；但到了真正對敵交鋒之時，可能又變成另一回事。

——何況朝廷拖欠軍餉的問題，始終還沒解決……

彭仕龍並非從沒帶過這麼龐大的軍隊。當年「關中大會戰」後，正是他奉著聖旨（實際上是倫公公的命令）接管陸英風的帥印。當時戰爭雖然已近尾聲，彭仕龍也曾經領軍三次清剿敵方殘餘，好歹算實戰指揮過。

當然他心知肚明：那次自己能夠一躍拜帥，靠的並非甚麼過人本事，只是得倫笑一力提拔，被利用來打壓功勞太大的陸英風而已。當時彭仕龍年資尚淺，亦自知在軍中聲望不高，因此戰後出任鎮撫經略戍守北面邊關，一直非常謹慎經營防務，多年來令夷族不敢進犯，才眞正累積起實績和人望。這次戰爭再起，朝廷視他爲平叛主帥的不二之選，一方面是政治關係上夠可靠，二來也確實具有不俗的領軍才能。

彭仕龍聽取著斥候回報，繼續眺望前線。他並不驚慌。各種不同來源的情報都顯示了，南藩今趟起兵雖號稱二十萬，實際大概只有十萬人，再撇除遠道行軍所需的輜重支援，眞正的戰鬥兵員估計不到八萬。

這與彭仕龍初期的估算相差不遠。畢竟南方眾藩上回慘敗，距今才剛剛滿十年，這麼快又再次興兵，動員的極限大概就是如此。平亂王軍的兵力既逾其雙倍，又以逸代勞，戰場更定在這片適合大軍正面交鋒的鹿野原，無論怎麼看，我方都佔盡上風。

南藩這個出兵時機，倒是令彭仕龍有點納悶。與過去三次叛亂不一樣，這回叛軍選在春季而非秋收後出兵，顯然汲取了過去的教訓：南方軍士無法適應北地秋冬的寒冷天氣，每次都大大削弱了他們的戰力。

不過選擇這個時節，叛軍的糧草相對亦不如秋收後充裕，不可能持久作戰。叛軍今次沒有取道關中，而改走較平緩快速的關東路，而且大軍全體行進，並未分路行軍再會合，顯然渴望速勝。

故此這次會戰，王軍根本不必取得決定勝利，只要把叛軍牢牢牽制，曠日持久下，對方將不戰而敗。

彭仕龍也很清楚，自己並不是陸英風那種猛將，因此這一戰他只求壓制，不求一舉殲敵主力，只要令叛軍推進受阻一段時日，其戰志自然隨著糧草不繼而瓦解。

旗下眾將對這套戰略都一致贊同。彭仕龍深知這堆將領一半以上都是倫笑和何泰極安插進來的馬屁精，當然不懂說相反意見，故此他又與幾名親信參謀推敲過許多次，最後仍斷定這就是最穩當的策略。

——而彭仕龍選擇這策劃，也是受私心驅使的：他從來沒有忘記，上一任的「平亂大元帥」，就是因為勝得太漂亮太徹底，才會引起京都裡那些傢伙的猜忌……

一切的作戰準備都已落實，各種情報也都掌握，唯獨一件事令彭仕龍心裡很不安：細作探子直到今天還是調查不出，南藩叛軍到底由誰人掛帥。

他們只打聽到幾個不確定的說法，一是由南藩裡勢力最大的靖安王親征；另一說是以寧王世子領軍。此外也有傳聞是海盜出身的名將岑大航……

幾個說法他都很懷疑，除了寧王世子。聽聞此人甚有手腕。

想到這裡，彭仕龍不禁冷笑。南部十四藩的聯合叛軍，指揮組織上本來就不易統合，如今竟連總帥也沒有公開宣揚，似乎根本找不到夠份量的人選。他心裡又多了一分把握。

王軍前鋒的號角驀然響起。

出現了。

在鹿野原盡頭地平線上，彷彿浮起一條聳動的巨蟲。是南藩先鋒軍。

彭仕龍嗅到，四周全體萬計士兵一同冒出了緊張的體味。

弓隊把箭矢搭上。原本在喘息的步兵，紛紛再次整裝。戰鼓手停了下來。叛軍一出現，王軍陣營反倒變得靜默。

探子快馬奔來彭仕龍這邊。

「如何？」

這探子身手極是靈活，還沒完全勒停馬兒已從鞍上躍下來，跑到元帥跟前。「叛軍主力到達九里外，就停止不前了。兩邊側翼暫時還沒有動靜。」

彭仕龍聳眉。敵軍爲何停下？他想到兩個可能：一是背後有計謀；二是行軍疲乏，需要竭息。

「怎麼看？」彭仕龍問身邊諸參謀。

「賊軍遠道趕來，也許要重整陣容。」副總參駱大祖躍躍欲試地說。「我們正好迎頭痛擊！」

「我反對。」年輕的楊遜說話十分直接，令駱大祖不悅。「可能是計策，引誘我軍深入。」

「但探子回報，兩翼並沒異樣啊！」駱大祖抗辯。

「沒看見，不是沒有。」楊遜的回話尖刻，但正中要害。

此話正合彭仕龍心意。寧可放敵人喘息，也不該冒著墮入陷阱的風險。反正我軍有兵數優勢，在這邊待陣，怎樣看也立於不敗之地。

「傳令下去：各軍堅守原地，看敵方的動靜，再行應變。」

不過彭仕龍也知道，等待和拖延，會令軍士間生起不安緊張的情緒。於是他指示中軍帥陣的鼓手擊起三聲號令。眾軍馬上和應，揚起兵械高呼三聲，呼聲響遍山谷，再度提振起士氣。

遠方敵陣卻仍然沒有移動。

「那是甚麼？」駱大祖以馬鞭指向前方。

遠處叛軍中央，升起了一股煙霧，並似有一團旌旗在搖動，似乎正在舉行甚麼儀式。

彭仕龍在納悶。其他探子繼續回報說，敵軍並未有結營立寨的跡象，那麼今天交鋒勢在必行。如此拖延戰事雖然確令王軍不安，但對於主動來犯的叛軍，其實影響更大。

——他們到底在玩甚麼把戲？……

風中隱隱傳來鑼鼓喧囂的聲音，接著是一曲萬人合唱。唱詞當然不可能聽得出，可是仍能辨出那圓轉細微的南方音律。叛軍陣中似乎真的在舉行甚麼重大儀式。

「哈哈，是在陣前祈求神鬼庇祐嗎？」駱大祖訕笑。「太遲啦！」

前鋒軍的傳令兵突然到來帥陣。

「元帥！叛軍有三騎使者，正朝這邊過來！」傳令兵喘著氣說。

「恐防有詐！」駱大祖高呼。

「只是三騎，能使甚麼詐？」彭仕龍平靜地說。我方堂堂王師，兼且兵力倍於敵人，假如竟不敢接見三名來使，只會助長對方士氣。

口裡這樣說，彭仕龍還是非常謹慎，先令三十名衛兵拿著大盾，在前方和左右築起移動的護牆，才親自在陣中前移，到達前鋒軍陣的最後即停下。另有一支強弩兵已上好箭矢，守在這盾陣前頭，隨時射擊使者。

三騎並無下馬，只是停在王軍前鋒線僅十步外，與彭仕龍相距不過四、五十步，中間隔了許多劍拔弩張的人馬。

當中一騎是名穿戴著輕甲的中年軍官，看戰甲的材質材和佩飾，軍階顯然不低，必就是使者之首。左右兩騎皆是身高肩廣的壯士，三人都沒有兵器，只有右面那騎，手上高舉一面黑色旌旗，上面織滿了十四南藩的家紋。

彭仕龍覺得那軍官有點眼熟，但因距離太遠無法辨認。

「我方諸位藩王，終日憂心國事，眼見朝政日衰，深知乃奸佞所致；爲清掃君側，不得已起兵勤王……」那軍官循例覆述南藩的討檄文告。「……今與貴師會獵於鹿野原，我軍統帥命末將前來，與彭大元帥見禮，以合自古『先禮後兵』之風。」

——所謂「會獵」，當然是會戰的委婉詞。

「末將替我元帥傳話：望彭大元帥以社稷蒼生爲念，退兵讓道予我軍；若能幡然悔悟，加盟勤王之列，更是萬幸。」軍官氣量甚足，每個字皆讓彭仕龍清晰可聞。

這套話語早在意料之中，彭仕龍也懶得親自回應，只是朝嗓門最大的駱大祖招招手。

「爾等聚兵作亂，心中豈有王道？遭遇我堂堂王師，竟還敢求讓路？如速退還本籍，解甲歸田，朝廷尚可從輕發落！滾回去吧！」駱大祖得意地高喊。最後那突兀的一句，當然是他自己加上去的。彭仕龍聽了不禁失笑，其他參謀亦忍不住哄笑起來。

這自然亦是預料之內的回答。那使者微笑，又高喊：「末將離開才一段日子，想不到今日北陸將士裡，就只餘這等粗鄙之人！」

彭仕龍和楊遜皆聽出話中似有玄機。楊遜立時接口：「貴師統帥是何名諱？我軍尚未得聞！」

那軍官咧嘴笑了。

「我軍剛才停駐良久，正是舉行登台拜帥之禮。延誤多時，尚請見諒！」

彭仕龍愕然。竟在會戰的陣前才正式拜帥，這可是千古未聞的奇事。

——如此大膽行事，只爲了把元帥身分保密，必定有古怪。

他透過盾陣空隙，再次細看那名使者。確實在哪裡見過他……

回憶在彭仕龍腦中飛快轉過，突然停在某一天。

——是那天……我奉倫公公命令去接收帥印那天。

彭仕龍戰甲底下，驀然冷汗淋漓。

——他是管嘗！

「我元帥名諱，諸位早已聽聞！」管嘗特意再提高聲線，好使王軍整個先鋒陣的將士都聽得見：

「**『無敵虎將』陸英風元帥是也！**」

□

齊楚與他帶來的二十名漂城部下，正要步入「豐義隆總行」正門時，被守在門前的護衛攔阻。

齊楚怒瞪那些護衛。對方卻毫無表情，只是冷冷說：「他們進不得。」

齊楚雖然知道，如今「大樹堂」人馬只能龜縮在武昌坊內，但他在京都行走仍然非常謹慎——畢竟被鎌首這樣的怪物盯上，並不是甚麼輕鬆的事情。他每次出外若不帶著這等數量的人馬，感覺就像沒穿衣服上街一樣。

可是眼前情況，他只得順從。「你們都等在這裡。」他沒再看那些守門護衛一眼，逕直就走進去。

正堂之內，章帥依舊安坐於他鍾愛無比的那把古老交椅，正在閉目養神，左右兩旁各有十五名壯碩守衛。章帥過去從來沒有擺過如此架勢，但今天的他，已經不再是從前常常能夠藏在陰影裡的那個「咒軍師」了。

齊楚連招呼也沒有打，直接朝章帥喝問：「怎麼到現在，于潤生還沒有死？」

「他會的。」章帥連眉毛也沒皺一下。

「這不是我們的約定！」齊楚頓足，秀氣的臉漲紅著。

「你已經得到你想要的人了。」章帥失笑，像看著個淘氣的小孩。「你也履行了承諾。京都裡再沒有要拜託你的事情。爲甚麼還不帶她回漂城？那邊的生意，你丢下許久了啊。」

「你放心。漂城那邊的錢還不是源源不絕地送過來嗎？」齊楚雙臂交疊胸前。**「在親眼看見于潤生他們那三條屍體之前，我是不會離開的。」**

章帥露出不耐煩的表情。他當然十分倚重漂城這大財源，但齊楚同樣需要「豐義隆」的支援，才能夠維持威信。

「你來就是要告訴我這些嗎？」

「我是來問你一件事。」齊楚的情緒仍未平復。「我早就告訴你，于潤生跟南面勾搭的事！還有那個陸英風，是龍拜親自把他送過去的。這些對朝廷來說，全是一等的情報！現在仗都開打了，爲甚麼你不向何太師告發他？勾結叛逆，這罪名一揭發，于潤生就算有一百條命也得死！」

章帥嘆息搖頭。「齊四爺啊，你以為這裡是漂城，擺平查嵩一個知事就萬事皆通？京都裡的事，可不這麼簡單。」

齊楚這才稍稍冷靜。「說來聽聽。」

「于潤生跟南藩私通時，仍然是『豐義隆』的人。這事情要是揭發了，你以為『豐義隆』可以完全脫得了關係？」章帥的語氣像在教訓齊楚。「何泰極這人，表面上道貌岸然，骨子裡還不是個頭號大貪官？倫笑已收攏了蒙真，何泰極在私鹽販賣裡所佔的甜頭已經削減；看見漂城這座金礦，他會不會借這個『叛亂』藉口，把它一口氣沒收？別忘了，查嵩是他的人。」

一想到可能失去漂城，齊楚心頭涼了一截。他知道自己公然背叛了「大樹堂」的義兄弟，卻仍然能夠維持這麼多部下，只是因為手頭財帛充足；要是錢銀見底，他不敢想像自己的下場將會如何……

章帥看見齊楚已平靜下來，露出了滿意的笑容。這個愛女人多於愛兄弟的傢伙，已經被他完全操縱在掌心。

他沒有向朝廷密告于潤生，當然還有些原因並未告訴齊楚：如今戰爭才剛剛開打，王軍與南藩鹿死誰手，誰也無法肯定；萬一他告密之後，南軍卻勝利了，真的直搗京都「勤王」，其時朝廷大權易手，隨時查究起來，到時最後的勝利，也就會輕鬆落在蒙真手上。

何況蒙真與于潤生目前勢成水火，雖然礙於朝廷的干預而沒法開打，早晚還是要拚個死活，章帥又何必急在此時改變這局面？

——當然章帥很清楚，齊楚是絕不會贊同這一點的。這傢伙眼中就只有于潤生。

「齊四爺，你要是想留在京都看完這場戲，我也不勉強你。放心吧，無論如何，**于潤生只是個等待行刑的死囚**。你就安心在京都等一些日子。有甚麼需要，隨時告訴我。」

「還有一件事。」齊楚的臉色泛起陰黑。「別再喚我甚麼『齊四爺』。**我不再是誰的老四。**」

「對，對……」章帥帶點嘲弄地笑著說。

一名部下匆匆進入了正堂，手裡拿著個火漆密封的厚信封。

「老闆，這是蕭文佐派人送來的。」那部下恭敬地雙手把信封遞上。

章帥接過信封，神情變得嚴肅。左邊一名衛士從腰間拔出匕首，給章帥割開漆封。

是蕭賢送來前線的最新戰報。爲了跟朝廷同時得知軍情，章帥向蕭賢送了不少金子。

章帥把信封裡的紙片打開。戰報只有簡短數語。

但已足夠令章帥的心狂跳。

□

率領南藩叛軍的元帥，竟然就是出走多時的「安通侯」陸英風，此一消息震動朝野上下。

「陸英風」三個字的威力，當然不止於政治上。

彭仕龍率領的二十萬平叛王軍，一聽聞對手就是當年威鎮關中的「無敵虎將」，軍心大爲動搖。這場「鹿野原會戰」，還沒開打已經決定了勝負。

由於潰敗太過突然，王軍目前現況還未能完全確定，只知彭仕龍成功撤退到藤州城死守時，所帶兵馬只餘三萬，估計在鹿野原戰死的王軍將士，約在三至四萬之數，另有四萬餘人被俘或投降，恐怕都已投誠。其餘的軍隊在亂局中亡命潰逃，能否再次集結，仍是未知之數。

至於叛軍在會戰中折損多少則更難確知，有估計可能在一萬以下。由此可見陸英風的用兵才，與彭仕龍實有天壤之別。

——而彭仕龍已是當今朝廷唯一寄予厚望的大將。

壞消息當然不只這些。鹿野原大勝後，陸英風再次施展大膽奇策：把大部份主力留在藤州，繼續牽制彭仕龍殘部，不讓他喘息和招回失散的士兵；自己則親自率領大約三萬精銳，號稱「裂髑軍」，正繼續長驅北上，直指京都。

此舉簡直違反一般兵學常識。然而人所共知，陸英風任朝廷主將多年，對各地佈防駐軍的虛實，全部瞭如指掌，這次急襲是否瘋狂，很快將有分曉。

平亂主力潰敗，京都防線告急，朝廷裡的氣氛就像一鍋炸開的沸油。第一個倒楣的，就是把戰報帶回皇城的使者——皇帝盛怒之下，下令把這帶來不吉利消息的人推出斬首分屍。

之後幾天皇帝都躲在後宮，拒絕上朝與群臣商討應對之策。他認爲戰事不利，完全是因爲去年御獵祭天的儀典受賊民干擾，以致損害了國運。

極少向「鐵血衛」親自下命令的皇帝，從後宮直接降旨予魏一石，再次搜捕和清剿賊民的餘黨。京郊貧民早就殺光了，還哪來甚麼「餘黨」？魏一石只好在京都內胡亂抓捕一批毫不相干的平民，以殘酷的拷問手段迫使他們招認。在供詞上簽了字後，痛苦才得以解脫。

倫笑與何泰極在每次平亂戰事都異常團結，南藩打著「清君側」的旗號，「君側」當然就是指他倆。朝中所有提倡跟南藩議和的聲音，全部都被何太師壓制了下去。

倫笑則警覺，京城裡因爲陸英風來犯的消息，早已弄得人心惶惶，「鐵血衛」若繼續在城內亂捕濫殺，難保民心不會思變。他好不容易才勸服皇帝，終止了對「鐵血衛」的命令，同時馬上籌備另一次大祀禳，以平息了皇帝的怒氣。

何太師同時亦入宮求見陛下，極委婉地陳述目前形勢及各種利害。加上倫笑在旁唱和，皇帝這才眞正明白事態何等嚴重，終於發出詔文，號召守備北方邊關的諸將，盡快帶兵回京勤王。

——但距離最初收到戰報之日，這已足足拖延了十天。

倫公公與何太師都知道，陸英風那支如狼似虎的「裂髑軍」來勢甚急，勤王邊將未必趕得及到來救援；更何況戍邊軍隊被拖欠軍餉多時，守將說不定還會故作拖延，以還顏色。

也就是說，他們有必要準備自行守城了。

京都禁衛軍約有二萬五千之眾，與「裂髑軍」數目相差不遠。但何泰極深知，這些表面精挑細選的禁衛軍，大多虛有其表，而且缺乏野戰經驗，戰力根本成疑。

他馬上奏請皇帝再下另一道聖旨，在京畿內緊急徵募壯丁，組織「義勇民旅」協助守衛。

何泰極預計，若是徵得三五萬人，加上原有的禁軍，配合京城堅固的防禦工事，要抵抗陸英風那三萬精銳，也並非不可能。

徵集「民旅」的工作如火如荼。臨時拉入軍旅的平民男丁，當然難以期望他們有多勇猛；但倫笑跟何泰極想到，在民間仍有一支隱藏的武裝力量：

黑道。

□

歐兆清拖著疲乏的身軀與濕透的衣服，跟著老大返回鳳翔坊。

同行那二十幾人都沒有說話。他們一個個蓬頭垢面，身上衣服全都是汗水和泥塵。其中一人先前被跌落的石塊砸傷了腿，走路一拐一拐。

老大倒是最乾淨的一個。他沒有親自做工，只是指揮著手下幹活——不，正確來說是聽從禁衛軍的監工，把指令傳達給手下。

緊跟在後的歐兆清看見：老大雖然並不疲倦，但神情跟後頭那廿幾人一樣，憋著滿腹怨氣。

「操他媽的，累得要命……」後面不知是誰在抱怨，聲音不低。老大聽了沒有回頭。

歐兆清走著，看看自己給磨得粗糙的手掌。從前不是拿刀子就是擲骰子。現在卻是捧石頭。

京都的城郭表面高聳壯實，其實除了最主要的南面城壁較穩實外，其餘三面都多處崩塌。

朝廷當然有定時撥款修築，但是官僚的層層貪污盤削，最後眞正發到工事上的銀兩，只夠作點門面整修，表面簇新堅固，若眞是打起仗來，比豆腐渣還要軟。

現在眞要守城了，官僚們擔心自己身家性命，這才眞正緊張起來。陸英風的「裂髑軍」聽說已打到雲州，越過了屯泥江，途中遇到的反抗甚少，恐怕不出一個月，就要兵臨京郊了。朝廷火速下令招集民工，協助禁軍趕快修補城郭。

工事實在太過趕急，民工不敷應用，於是連被徵入「義勇民旅」的「豐義隆」人馬也要加入。歐兆清等人正是其中一夥，負責修東牆的北端部份，跟他們平日甚鄙視的「獐子」混在一起幹活——「獐子」是京都黑道中人對普通平民百姓的暗語稱呼。

歐兆清越想越不是味兒。當初他拚了命加入「豐義隆」，是爲了賺錢喝酒玩女人，爲了走在街上的威風。他知道要得到這些就要付出代價，但想不到現在卻要幹這些。

——媽的，要做這種粗活，我入「豐義隆」幹嘛？不如去當個腳伕甚麼的，至少不用殺人，也不用怕給人殺。

一行人回到「鳳翔坊分行」，從一道側門進內。也有其他幾批行子裡的兄弟回來了，正在後院淋浴。歐兆清也加入去。

幾十個漢子赤身露體默默在洗身，相對無言。他們的想法都跟歐兆清大同小異。有的更不是在想幹不幹粗活這問題，而是不久之後，他們還要上牆頭守城。

——我們是不是正在堆自己的墳墓呢？……

京都「豐義隆」的士氣已然跌至前所未有的低點。自從倫笑下令，要蒙眞派人加入「民旅」開始，陸續就有出走的人，雖然並不算很多，但對留下來的兄弟卻已造成影響。

走黑道的人也許膽子比常人大一些，但也不是不怕死。一想到要打仗，要爲那些平日舒舒服服坐在府邸或官衙裡的人，冒著死亡的危險，他們覺得半點也划不來。何況他們知道，就算到了這種緊急關頭，那些官宦子弟依然不用充軍。

「眞不甘心啊。」終於有人忍不住說。一個人開口了，其他人也都七嘴八舌，把鬱藏在肚裡的怨氣吐出。

「爲甚麼我們要幹這種事？」歐兆清也開口。「再過一陣子，說不定還要打仗，要是死了，可眞他媽的冤枉！」

「我可不要死呢。」身旁的同門苦笑說。「街上還有幾百兩銀的帳目，我還沒收回來。」

「唉，有甚麼辦法？都是上面的吩咐。」一個較年長的幫眾嘆息。「朝廷一句話，就是讓我們去擋刀槍。人家的性命是框金包銀，我們的……」

「爲甚麼蒙祭酒不跟那些狗官說幾句？」歐兆清的聲音越來越大。「打仗，我不怕。我就是不要幹這種狗屎活！」

老大瞪了他一眼，可是他並沒察覺，繼續自顧自說：「蒙祭酒就只管巴結那條老閹狗，忘了我們……」

「你吼甚麼狗屁？」老大終於按捺不住，大聲喝止歐兆清。歐兆清這才察覺自己失言，原本挺起的胸膛縮了回去。

這時一人從大樓後門步出，到來了後院。是「右祭酒」茅公雷。眾人臉色頓變蒼白。他們不太肯定茅祭酒，有沒有聽到剛才那些話。

「茅祭酒，這其實……」歐兆清的老大上前，想爲手下失言說幾句。茅公雷卻沒理會他，逕自走到歐兆清跟前。

「你剛才說不怕打仗？」

歐兆清惶然不知如何回答，只能點點頭。其他人都緊張地瞧著他倆。

茅公雷這才微笑，用拳頭輕輕擂了擂歐兆清胸口：「很好。」

茅祭酒似無責難之意，眾人這才鬆了口氣。

「我倒是有點怕呢。」茅公雷失笑說。「到時候城牆下面的敵人，是那個陸英風啊。聽說他眞的很可怕。」眾人哄笑起來。

茅公雷也不顧被淋浴的水弄濕，左右伸臂搭在另兩人肩上。他的臉變得嚴肅。

「朝裡那些官爺們怎麼想，我不知道。大概他們想：平日的私鹽給了我們這麼多好處，現在有難自然也要找我們來消。好像我們平日都是白吃白拿的。在他們眼中，我們就像夜壺：沒事就擱在床底，急起來才趕忙拿來用。」

「豐義隆」漢子的情緒都給掀動，一個個揑緊拳頭。

「茅祭酒，我們要怎麼辦？」歐兆清大著膽問。「假如那些叛賊眞的攻入京城……天都變了，『豐義隆』會變成怎麼樣？」

「這次確實是個難關。我也不瞞你們。」茅公雷誠懇地回答。「可是兄弟們，無論如何也要咬牙挺過去。蒙祭酒必定會想到辦法的。相信我，也相信他。我們絕不會讓你們送死。」

眾漢子聽到這話，又見茅公雷信心滿滿的樣子，心裡這才寬慰。茅公雷掏出兩錠金子，吩咐手下買些酒食回來。京都裡因爲備戰，物資食料都很緊張，價錢更漲了不少，他們已經好一段日子沒有痛快吃喝。看見這金子，眾人不禁歡呼。

茅公雷見部下們情緒好轉，這才離開後院，回到分行的大樓裡。他登上了二樓，進入原本屬於容玉山的書房。

蒙眞正在裡頭批閱一大疊帳目，眉目緊鎖。因爲戰事的關係，好幾條私鹽的運輸線都被截斷，上繳回京都的資金減少許多。

看見義弟進來，他放下那疊帳單。

「兄弟們怎麼樣？」

「還好。」茅公雷把門掩上。掩不住的是臉上愁色。「應該不會再有人開溜了。」

「那就沒問題。」

「大哥，我最擔心的不是這個。」茅公雷走到蒙眞的書桌跟前，神色極是凝重。「是于潤生。他之前明明已經敗了，卻死也不願離開京都。我想他就是在等這場仗。」

「于潤生……」蒙眞嘆息一聲，靠在椅背上撫摸著鬍鬚。「我得承認，這個人眞的很厲害。」

蒙眞默想：當他與章帥都在這場黑道鬥爭中費煞思量時，原來于潤生的思慮早已跳出這個框框，眼光落在另一個更龐大、規則完全不一樣的遊戲上。

蒙眞疑惑：難道于潤生當初刺殺龐文英以晉身京都，根本就志不在「豐義隆」？不，他必然是兩手準備。奪取「豐義隆」的權力固然重要；但失敗了，也有另一條路可走。

「他跟南方藩王關係如此密切，不單協助他們籌備軍資，更送了陸英風這份大禮。」蒙眞沉靜地說。「假如叛軍眞的攻陷京城，朝廷改了主人……」

蒙眞不說下去，茅公雷也知道後果：新政權必然倚重立了大功的于潤生；京都黑道成爲他的天下；「豐義隆」將從歷史上消失……

形勢就是如此微妙：于潤生勾結叛逆，只要一通告發，就可以讓他罪誅九族；但只要叛軍得勝入城，改朝換代，他就是貴不可言的新霸主；而知道此中內情的蒙眞和章帥，卻又不敢告密，恐怕他日受新政權清算……

「難道我們甚麼也做不到嗎？」茅公雷一拳擂在書桌。

「有的。」蒙眞肯定地回答。「倫笑和何泰極也好，將來南藩的王爺們也好，當政的人，想法都是一樣。**在他們眼中，我們只是供他們差使的獵犬。只要會咬人，那頭獵犬是熟悉的還是新養的，名字叫于潤生或蒙眞，對他們都沒有分別。**」

茅公雷眼睛一亮。他明白了。

——只要在南軍入城之時，我們是京都裡餘下的唯一那頭「獵犬」，對方就沒有不養的理由。

——要在城破之前，消滅于潤生與「大樹堂」！

難處是：現時京都軍情緊急，已經實行宵禁，滿街都是禁軍士兵。要再進攻「大樹堂」，比兩個月之前更不可能。

「有甚麼辦法嗎？」茅公雷恨恨地說。「假如那次殺了鎌首，現在也還好辦，我領十個八個人去偷襲，應該沒問題。可是現在……」

「章帥也應該了解現在的形勢吧？」蒙真忽然說。「那個背叛了于潤生的齊老四，仍在他那邊。」

「大哥！」茅公雷驚訝地問：「你要找章帥？可是他……」

「我們畢竟都是『豐義隆』的。我當然沒有忘記，上次刺殺是他在背後煽陰風。可是現在情勢變了。**讓于潤生活著，我們兩個都要死。**」蒙真的藍眼閃出智慧的光芒。

「他可是『咒軍師』啊。一定有辦法的。」

□

位於京畿東南四十八里的繩山瞭望台，衛戍兵程文三原本正在打盹，忽然被一陣奇怪的聲音弄醒。

那聲音隱隱如江海浪濤。但是不可能。繩山距離最近的一響河，也有五十多里遠。

程文三站起來，手掌貼在眉上遮擋陽光，朝著下方山谷底的原野俯瞰。視線轉向南面。聲音傳來的方向。

他眼睛瞪大著。守衛這座瞭望台已經十五年，程文三從來沒有見過這樣的情景。

一股滾滾如潮的塵暴，正朝這邊捲來。

程文三想起兒時在鄉下農田，曾經見過襲來的蝗群。當時他站在田裡，也像今天般忽然聽見古怪的聲浪自遠方傳來，接著看見一團像烏雲的東西從地平線冒起，朝著他漸漸變大……跟現在一樣的感覺。

更加接近了。塵霧裡出現的，是一團巨大的聳動黑影。聲音也變得更清晰。是無數動物的足音。

黑影當中，閃爍著金屬的反光。也就是說，並非禽獸動物。

他一時忘記了自己的職責，惶然看著這大支兵馬，在下方的原野奔過。

開路的是一支數量龐大的騎兵，全數穿著漆成黑色的鐵甲。無數矛槍隨馬蹄奔馳而晃動。戰馬之間高高豎起了十多面黑色大旌旗，迎風激烈飄揚。

瞭望台實在太高，程文三看不清楚旌旗上印了甚麼圖紋，只能辨出是銀白色。

假如他身處山谷裡就會看得到：每面旌旗上是個以白漆繪畫、鑲織了銀線的巨大圖案，畫的是個破裂的髑髏。

程文三仍呆在原地。騎兵越過後，接著是近百輛馬車的行列，全數是四馬並馳的大車，載著各種軍械和糧草。

殿後並且人數最多是步兵，同樣身穿黑色盔甲，攜帶各式兵刃盾牌。士兵步行甚速，全都帶著一股躍躍欲試的銳氣與無可阻擋的能量。

——就像蝗群……

程文三不由自主跪伏下去，驚恐地躲在瞭望台欄柵後。

直至聽到急行軍的聲音漸往北遠去，他才再次站起來。

谷底除了大股未散的塵霧外，已然回復原有的寧靜。

程文三這才想起自己的職守。他急忙攀階梯，走到西北端的山崖前，在長燃的柴堆中拿起其中一根，投進一個巨大銅台。

銅台內堆積的滲油木柴迅速點燃，昇起向京都示警的烽火。

□

當今世上最繁榮的都市，彷彿化爲了死城。

一切商業都已停頓，所有店舖重門緊鎖。就連最大的桂慈坊市集亦全體停業，寂靜的巷道上只有偶爾步過的流浪犬。

城內唯一仍然活動的就只有軍隊。三千員精銳的「神武營」軍士，留守在北面皇城，於內郭宮牆佈下最後一道防線；其餘禁衛軍已全體動員，率領近月徵集的「義勇民旅」，合共五萬六千人，在各城門及外城牆頭佈防。各處城牆上早就聚集了大量守城兵器，包括箭矢、沸油、落石等等，預備與攻城叛軍一決死戰。

「裂髑軍」已然突破京畿的最後警戒線，到達京都正南明崇門外十二里，以戰爭而言只是一步之遙。他們卻停駐不前，在京郊安營結寨，也許是因為急行多日需要休息，亦可能等待黑夜才正式攻城。

在京都街道上，不同的大隊兵馬頻頻調動經過，那無數滲著汗的身軀，令初夏街頭的空氣瀰漫一股濃稠張力，彷彿呼吸也變得比平日吃力。

其中有支為數近二百人的鐵甲步兵，卻沒有奔赴城牆任何據點，而是從鎮德大道轉入東都府裡，再往武昌坊的方向走去。

儘管因為戰爭爆發，迫使「豐義隆」與「三十舖總盟」放棄了上次的大進攻，「大樹堂」部眾始終未敢鬆懈，三個多月以來，仍然堅守著武昌坊「大樹堂京都店」及四周街道。

因此當那支鐵甲兵甫從街頭出現，已經被「大樹堂」的哨衛發現。

「怎麼回事？」負責守在那邊的陳寶仁，獨眼瞪得大大。他既非京都出身，也不像「大樹堂」裡打過仗的腥冷兒，看見了官軍總不免緊張。

「我去告訴堂主！」他身旁的班坦加往藥店飛奔。

兵隊確實是朝著這邊接近過來。陳寶仁帶著同伴往藥店退卻，心裡有股不祥的預感。

——他們要來攻擊「大樹堂」嗎？假如是蒙眞的人馬，還可以跟他們拚，可是這些是禁軍……

在法令森嚴的京都，即使是太平日子，對禁衛軍動一根指頭都是叛逆死罪，更何況如今正在戰時？

那支鐵甲兵一直進逼過來，卻似未有動武之意。他們終於到達「大樹堂京都店」前的街口。士兵往兩旁分散，迅速形成圈子，把整家藥店團團包圍。守在外頭的「大樹堂」部眾，見來襲者竟是禁軍，一時不知所措，都呆立在原地，更不敢去取收藏在附近的兵刃。

兵隊裡只有兩人騎馬而來，都在藥店正門前下鞍。左邊那人全身戰甲，腰間佩刀，明顯是隊長；右邊那個卻非軍人，穿一身文官服飾。

「任何人不得妄動！」那隊長發出威嚴吶喊。「否則立斬無赦！」

「開門吧！」文官朝著藥店呼喚：「我等奉太師之命前來。你們不開，我們就只有破門。」

藥店四周依然靜默。眾兵的目光都落在那道厚重木門上。

那文官等得不耐煩，正要再發話，卻聽見門閂打開的聲音。木門左右開了一線。

「進去！」隊長一揮手，數十名提刀的鐵甲兵一湧而入。

士兵闖進去後，只傳出一陣孩子哭喊聲，並無其他聲息，並不似有人反抗。隊長跟那文官互看一眼，點了點頭，就也一起進內。

內裡店面四周，全部都已被士兵控制，「大樹堂」部眾統統都給趕到店後的倉庫集中看管。

一文一武兩個官員走到店後，越過同樣有士兵看守的中庭，進入管帳房。

孩子哭聲正是從那裡傳來。他們擁著李蘭縮躲在帳房一角，李蘭不斷安撫他們，哭啼才稍稍停止住。

鎌首和狄斌各抱著黑子和于阿狗，站在端坐桌後的于潤生兩旁。鎌首殺氣騰騰的雙眼，掃視著那些士兵。狄斌則盯著進來的兩個官僚。

戴著鐵皮眼罩的田阿火，守在狄斌身旁，捏起兩顆嬰兒頭顱般大的拳頭。

「別亂來。」那步兵隊長冷冷地說。「只要聽話，沒有人要捱刀。」

「誰要是敢動刀，我保證，第一個死的人是你。」鎌首視線落在隊長臉上。

隊長臉色大變。最靠近鎌首那兩個士兵惱怒起來，其中一人晃晃砍刀喝罵：「他媽的混混，不認得禁軍麼？你有多少顆頭顱？」

鎌首的視線轉向那士兵。「第二個是你。」

那士兵被鎌首的氣勢懾住，一時不敢再罵。

隊長咬牙切齒，正要再開口，卻被那文官按住肩頭。文官直視正中的于潤生。

「于先生？」

丁潤生點頭。從禁軍闖入藥店開始，他一直只是坐在原位，冷冷看著一切，臉上沒有任何表情。

「我們沒見過面。我叫林靜之，是『太師府』的人。」文官拱拱手，補充說：「本來應該是蕭賢來的。可是現在情勢非常，他要緊跟在太師身邊，所以由我來找于先生。」

「太師有話要告訴我，不必帶禁軍來，召我到『太師府』就可以了。」于潤生聳聳肩說。

「情非得已……」林靜之頓了頓，又說：「今天京都的情況有多緊急，于先生必定都了解。我也不拐彎說話了。何太師希望向于先生借兵。」

于潤生失笑：「我還有甚麼兵可以給太師借？看看現在這裡。」

「應該說是借將。」林靜之目光轉移，落在鎌首臉上。「太師聽聞，于先生有位義弟，具萬夫不敵之勇——之前在九味坊發生的事，很多人都親眼目睹。現在城外告急，要借這位鎌首老兄一用。」

「要我幹甚麼？」鎌首頗感意外。

「今夜出城，乘黑偷襲，取下叛軍元帥人頭。」林靜之一字一字清晰地說。「老兄可以帶這裡『大樹堂』的部眾一同出擊。當然，也包括這位兄弟。」他指指狄斌。

「兵器和盔甲，都在東門那邊替你們預備了。」隊長接口說。「若是不夠人手，守門的秦琳將軍會再調撥些軍兵給你。」

「不行！」狄斌斷然拒絕。「我們還有敵人。我跟五哥一走，那就等於邀請他們來殺我老大！」

「所以我才帶這些士兵來。」林靜之馬上應答：「兩位出城突襲期間，這支兵隊會一直守在這店，確保于先生一家妻小安全。」

這根本就是要脅。

「用我來換陸英風首級。」于潤生微笑。「我的性命倒很值錢。」

「這一戰關乎朝廷存續。只要一戰功成，他日天下安定後，何太師必定保證『大樹堂』在京都的地位。」林靜之直視于潤生的眼睛。「請別拒絕太師的請求。**拒絕了，請求就會變成命令。**」

□

穿上全副黑漆鐵甲的陸英風，坐在元帥營帳裡，陪伴戎馬生涯多年的五尺長鐵劍，橫放於面前的羊皮地圖上，劍柄旁擱著他的虎頭狀戰盔。

從帳篷空隙透進來的夕陽，已然漸漸變淡了。

放棄爵位出走；江湖間逃亡躲藏；然後遠從千里回來，等的就是這夜。

十年前「關中大會戰」，陸英風以爲是自己人生最後一戰。想不到如今又有另一次創造歷史的機會。

——而給我這機會的，竟然是一個流氓頭子。

他苦笑。

眼前要攻下的，是世上最大最堅固的城市，擁有最高聳厚實的城壁，保護著天下最高的權柄。

對於一般良將，這簡直是天大的噩夢。

可是對百年一遇的名將而言，這是美夢成眞。

身在軍旅多年，陸英風早就無數次想像過要如何攻打京都。他根本不必看那地圖，已對京城各處的防守強弱及城內佈置了然於胸。

然而今夜，他卻選擇了正面攻擊最堅牢的正南方明崇門。對方守將看見這陣勢，必然正大惑不解。

差不多是時候了。陸英風朝帳外傳令兵呼喚。

「帶他進來。」

進入營帳時，棗七的嘴巴仍咬著半截烤羊腿。他蹲在陸英風對面，牙齒猛裂咬嚙，連皮肉帶碎骨都吞進肚子。守在陸英風左右的管嘗和霍遷都皺眉。

「你吃得夠飽嗎？」陸英風滿帶興味地問。

「差不多。」棗七說話本來就不靈光，現在邊吃邊說更難聽得清楚。幸好他會說的話通常都很簡單。

「那就好。今夜有很多事情要做呢。你知道是甚麼嗎？」

「知道。」又吞下一口羊肉。

「你清楚記得那地點嗎？」

「記得很清楚。」

「要在黑夜裡走路啊。肯定找得到？」

棗七用力點點頭。

「這次你要爲七千人帶路。是我們軍隊裡最強的七千人。」陸英風神色凝重，仔細瞧著棗七的臉。「他們的性命都在你手上。你能辦得到嗎？」

棗七吞下最後一截腿骨。「辦得到！」

陸英風滿意地笑了。棗七像一頭狼狗多於人類。陸英風喜歡這種單純的傢伙。**他們是最好的士兵。**

棗七看見陸英風的笑容，也咧嘴報以笑臉，露出四顆異於常人的尖長犬齒。

「好。」陸英風揮揮手掌。「出發吧。」

□

在京都東面的顯儀門前，鎌首、狄斌與包括「八十七人眾」在內的近三百名部下，正在整理身上戰甲與兵刃。

戰甲上他們再套上黑寬袍，臉部也用炭灰塗黑，好使全身都能隱藏在夜色中。

狄斌瞧見這情景，不禁回想當年被選入刺殺部隊，跟著于老大、龍爺和葛小哥一同出擊的那夜。

——現在只剩我跟五哥了。

「過了這麼多年……」狄斌苦笑說：「我們又再當兵了。」

鎌首報以同樣的笑容。「對呢。可是那時候我們卻身在敵對兩邊。」

「還記得當天你射的那箭嗎？」狄斌嘆氣。「假如那天你把老大射死了，一切都改變。」

「我射的箭，總是差那麼一點點。還是龍老二比較厲害。」鎌首自嘲著，並且生起一股懷念之情。兩人不禁對視而笑。

切都妥當了。眾人一一登上馬鞍。

狄斌牽起韁繩，再次瞧著旁邊的鎌首。

「五哥，也許這是我們最後一次一起上戰場了。」

「嗯。」鎌首點頭，卻沒再說甚麼。狄斌知道他仍在記掛寧小語的安危。

狄斌回頭瞧往武昌坊的方向。經過討價還價，最後只有田阿火一人獲許留在于堂主身邊。

狄斌很是擔心「大樹堂」的安危。

可是他沒再說話。此刻不是憂心的時候。

不管成或敗，今夜一切都將有個了結。

要活著。**這是戰場上唯一的鐵則。**

城門打開。

□

鎌首和狄斌並未察覺：在顯儀門城樓上，蒙眞和茅公雷正目送他們策馬出城。

蒙眞一身披掛，把頭盔捧在手裡，站在城樓邊緣。他的水藍眼睛，在黑夜中顯得格外明亮。身居高處，夏風颯颯吹動他的頭髮。

朝廷臨時授予蒙眞「撫順將軍」之銜，責令統率「義勇民旅」二千餘名「豐義隆」及「三十舖總盟」民兵，戍守京都東面。

今天下午他曾經登上南部明崇門，遙視「裂髑軍」駐紮的營寨。當時他在想：假如自己是守城統帥，必定考慮馬上出城襲擊敵軍。對方急行多日趕來，人馬必定疲乏，又未及佈置陣勢，正面擊之，大有取勝可能……

可是蒙眞也很清楚，現今京都朝廷之上，並沒有具這等膽氣的將領。

——陸英風必定也看穿了這一點。

蒙真又猜想：陸英風竟敢領一支孤軍如此深入，必然有信心能夠迅速攻陷京城，否則一旦演變成漫長的攻防戰，只要再拖延數天，北邊的勤王援軍就陸續趕至，「裂髑軍」其時不戰自敗。

——他到底有甚麼厲害的殺著？

「今夜一開戰，我們要盡量避開攻城軍的鋒銳。」蒙真吩咐茅公雷。「不要讓太多兄弟折損。假如形勢變得不妙，我們馬上全體撤退，在『鳳翔坊分行』集合。」

茅公雷從城牆上眺視著鎌首騎馬離去的背影。

「假如撤退後形勢又改變了，陸英風攻城失敗，我們可要背上逃兵的罪名啊。」

「到某個時刻，總要賭一賭。」蒙真回答。「陸英風跟城裡那些傢伙相比，我寧可押在他身上。」

鎌首等三百人，終於消失在黑暗中。

「他們此去必定是向陸英風投靠，然後加入攻城行列吧。」茅公雷皺眉。

「到他們回來時已經太遲。」蒙真撫摸下巴鬍子。**「失去了老大，他們就失去一切希望。」**

茅公雷點頭。他很了解。正如他也不能失去蒙真，否則只是另一個只懂衝殺的武夫而已。

蒙真再俯視了下方東郊一會，確定鎌首並未折返。

「好了。通知佟八雲，可以出馬。」

□

沿路上，佟八雲不時都瞧像跟著他們來的那個獨臂怪人：一身寬長白袍，卻白不過那死屍般的膚色，披散的黑髮卻異常烏黑。此人沒帶任何兵刃，但佟八雲察覺他走路竟是全無足音。高手。

他只知道這人是章帥派來的。佟八雲當然也聽說過京都裡冒起叫「飛天」的邪教，也猜到他們在紙符上畫的那個仙人，就是眼前這傢伙。他不清楚章帥跟「飛天」有甚麼關係，亦不想深究。

唯一肯定的是，此人跟于潤生有很深的仇恨。因爲他今晚只說過一句話：

「**姓于的，留給我。**」

佟八雲沒甚麼所謂。直至此刻，他連于潤生的臉也從沒親眼見過。

今夜是第一次，也將是最後一次。

唯一令佟八雲感到可惜的是，這次又殺不了那「三眼」。不過他知道，只要于潤生一死，之後必定有很多機會。

——我要把他額上那隻「眼」挖下來，祭告「雙么四」兄弟們在天之靈……

佟八雲和孫克剛率領著五十餘人，大部分是「二十八舖」出身的好手；九個是「隅方號」

最強壯的石匠；兩個屬於「聯昌水陸」。他們一早就被蒙眞收藏起來，沒被徵召進「義勇民旅」，爲的就是必要有一支人馬能隨時自由派遣，進行像今夜這樣的任務。

眾人此時已進入武昌坊範圍。上次的進攻雖然胎死腹中，但「三十舖總盟」人馬亦因此熟記了武昌坊「大樹堂」附近的所有街道佈置，如今派上用場，即使在全無燈火的暗街裡，依然行走自如。

他們按照預定的計策，停留在「大樹堂」的兩條街外，先派兩人前去偵察。

「今晚眞的沒問題嗎？」孫克剛趁著這段等待的時間問佟八雲，同時把玩著手中鐵鎚。

「盟主已收到確報，『三眼』跟『大樹堂』所有部下都已出城。」佟八雲肯定地說。「于潤生除了妻小之外，身邊只剩一個打手。假如我們連這也對付不了，就該死。」

「我們只有五十幾人……」

他瞧瞧鐵爪，又說：「今夜我們只殺兩個人，于潤生跟他的護衛。女人和孩子盡量不要殺傷，明白嗎？」

眾人點點頭。唯有鐵爪毫無表示。

佟八雲看見：鐵爪的眼裡，閃現出一股瘋狂亢奮。

——瘋子。

佟八雲只能祈求，待會兒別出現甚麼失控場面。

探路的兩人回來了。其中一人豎起拇指。

佟八雲左手拔出短砍刀，右手指間挾著三柄飛刀，領著眾人馬上出擊。

他們看見了「大樹堂京都店」。店外四周一片死寂，空無一人。原本答應守衛藥店的禁軍步兵，果然依約撤走了。

「媽的……」孫克剛露出鄙夷神情。「其實他們乾脆把于潤生幹掉就行了，不用我們出手。」

「何泰極不想弄污自己雙手。他怕『三眼』萬一活著回城，會找他報復。」佟八雲微笑。「他不是沒聽聞過上次九味坊發生的事，知道『三眼』就算只有一個人也是多可怕。」

其實佟八雲不清楚，這也是章帥和蒙眞的政治考慮：假如于潤生死在禁軍手上，萬一京都被攻陷，南方藩王執政，有人查究起來，「豐義隆」就難脫告密者的嫌疑；現在親自動手，那麼整件事只是黑道鬥爭的層次，面對將來的新主子也就容易解釋……

「動手吧！」孫克剛心急地說。「還等甚麼？給于潤生溜了就不妙！」

佟八雲點頭。已經再沒隱藏的必要。他猛揮手，五十多人一擁奔往「大樹堂」正門。

這次行動他們早就排演過。開路的是孫克剛跟五名石匠，他們同時前衝揮鎚，猛擊那道夾有銅板的厚實木門。門板仍能抵受者衝擊並未斷裂，但門閂和活栓都被震得鬆動。孫克剛等六人以划船般的整齊節奏，一同提起鐵鎚、拉弓、揮打，如此再合擊三次，木門終於抵受不住，朝內裡轟然崩倒。

佟八雲先向門內店面射出飛刀開路，再帶十多人奔進去，各據店面的有利位置。至今仍未遇上任何抵抗。

這時鐵爪就像一縷沒有實體的幽魂，在這許多壯健漢子之間的僅有縫隙中穿插而過，一下子就越過店面，從店後進入露天的中庭。

佟八雲和孫克剛看著鐵爪這等妖異身手，不禁也看呆了。他們隨即領眾人緊隨鐵爪進攻。

「大樹堂」藥店前後沒有半點燈火。中庭三面窗戶，全部漆黑無光。

「他必定躲在其中一個房間！」佟八雲說時把砍刀高舉。

這是早就約定的手勢。站在中庭的眾人會意，同時放盡喉嚨猛吼。

在正前方的管帳房裡，傳來一記孩子驚叫。叫聲被手掌迅速掩蓋。

「是那裡！」佟八雲興奮地擎刀指向帳房。

鐵爪領著孫克剛與眾人，全速朝那房間奔殺。

帳房前門和兩邊窗戶，突然整排打開。

窗內似有金屬的反光。

鐵爪飛奔最速，亦是最快發現情況有異而改變了方向的一人，他的身體硬生生往上拔起。

孫克剛高舉鐵鎚，仍然向房間奔過去。他發出夾雜著愕然和憤怒的吼叫。

——**可是他的鎚子永遠也揮不出去**。

成排三十枚強勁弩箭，從窗戶齊射而出。

箭簇不是深深貫入肉體，就是撕破肌肉繼續飛行。中庭內血雨紛飛。

中伏的悲叫。

孫克剛胸腹中了三箭。仍然站立。

他身旁八個戰友，卻已全數倒下。

鐵爪躍高的身體，僅僅越過箭雨之上，躲開了這致命伏擊。但是在他著地之前，窗裡已經換上第二批弩手。

夾在人群中央的佟八雲，全因四周部眾用身體擋箭而毫髮無傷。他奮力把飛刀擲進一扇窗戶，窗裡有人應聲倒下。

但這絕望的反擊，無法阻止第二輪弩箭襲來。

更多人悲叫倒地。

鐵爪右手旋揮，以驚人的反應撥走迎面射來兩箭，右腹還是被另一箭貫入。

「于潤生！」他發出野獸似的憤怒吼叫。

左右兩側屋頂又各出現十名弩手。強弩指向中庭，這次並沒有齊射，而是一一瞄準仍然站立的十餘人才扣扳機。

其中一箭斜下射入孫克剛頸項。他終於帶著不甘心的目光倒下來。

佟八雲只感到身體一陣陣火灼感覺，已經無法確定自己哪些部位中箭。

鐵爪卻仗著流星般的速度，朝著來路急退。弩手一時無法瞄準這麼迅疾移動的目標，紛紛射空。

最後一枚箭才剛射出，右面倉庫的木門隨即往外打開。

棗七和田阿火率先奔出，後頭跟著數十個一身黑甲的戰士，如飢餓狼群湧上。

佟八雲感覺雙腿已無法活動，只能站在原地。他染血的右手伸向腰間，欲再拔出飛刀。

——至少也讓我多帶幾個敵人一起下去……

可惜他的右手已經不聽使喚。佟八雲側頭看看，才察覺右肩關節被一枚箭深深釘著。

而田阿火已然奔到他面前。雙拳穿戴著鑲有鐵片的皮革手套。

他那顆獨目，爆閃出積藏已久的暴烈火焰。

佟八雲勉力舉起左手砍刀，卻被田阿火雙手擒住握刀手腕。

田阿火雙手一扭一挫。佟八雲腕骨頓時碎裂。

砍刀已然墜地，田阿火卻仍不放手，扯著那手臂把佟八雲硬生生拖前。佟八雲無法站穩，頭臉狠狠仆在地上。

田阿火的右拳從高轟下。

在鐵拳與地面的夾壓下，佟八雲頭骨爆裂。鮮血同時從眼睛、鼻孔、耳朵、嘴巴激噴而出。

田阿火仍未滿足，再伸腿在佟八雲腦袋狠狠踏了幾下。佟八雲的身體全無反應。

餘下幾個僥倖只受輕傷的「三十鋪」打手，此時要正面跟全身披掛、習於野戰的「裂髑軍」戰士對抗，根本沒有生還的可能。

單方面的屠殺很快結束。所有還剩一口氣的人都被補上一刀。

棗七眼裡卻始終只有一個人。

他一直追趕鐵爪，進入店面。

在黑暗的店舖裡，鐵爪本來正全速向正門逃逸，卻突然毫無先兆地回身，一爪揮向棗七的臉！

棗七就像上次保護于潤生時一樣，雙臂交叉護頭，擋住那隻魔爪。

這次卻沒有發出皮肉破裂之聲，代之以金屬鳴響。

棗七伸腿猛踹向鐵爪腹部。鐵爪及時縮腰閃過，卻被棗七的腳踢中釘在腹間那箭桿，肚裡有股內臟被翻攪的劇痛。

他手爪往下一撈，棗七反應亦速，把腿縮了回去。

棗七這才把穿戴著鐵皮甲片的雙臂放了，朝著鐵爪獰笑。

他像頭猿猴般猛撲向鐵爪。那完全是出於野性的動作，連格鬥經驗甚豐的鐵爪，也無法分辨對方用身體哪部份攻擊。

但他不必分辨。鐵爪只需伸出他那五隻能破壞一切的手指就夠了。

爪影投在棗七臉上。

棗七那異於常人的反應，卻也在鐵爪的意料之外，他間不容髮中堪堪側頭閃過那魔爪，頭臉順勢一搖，咧開那兩排尖利牙齒，近距離噬向鐵爪的右臂！

鐵爪並沒縮手，而是把手臂彎折躲過利齒，同時化爲發出肘擊，右肘如斧刃橫擊向棗七太陽穴！

棗七及時低頭，再次縮身閃過。

鐵爪的手臂屈而復伸，五指狠狠抓住棗七的頭髮。他以此爲圓心，身體平空翻騰，以全身的力量扭扯棗七頭顱！

——硬拔首級。鐵爪最得意的招術。

棗七怪叫。他異常粗壯的頸項，抵住了鐵爪的拔扭，而且以全身之力猛地回拉脫出。鐵爪手指間只剩下幾把粗硬的頭髮。

頭皮劇痛的棗七，凶怒地盯著鐵爪。

「裂髑軍」黑甲步兵這時在棗七身後出現。鐵爪再有自信，也知道在這裡跟許多重裝軍士拚鬥，必死無疑。他再次運起雙足，朝藥店正門奔逃。

棗七和眾步兵卻並沒有追出去。

越過門檻的一刻，直覺告訴鐵爪有危險。但他沒有選擇。身體越過去。

原來站在左右屋頂的弩手，此刻已聚集在正門頂上，提著第二把預早就扳弦上箭的強弩。

二十柄弩，一起瞄準逃到街心的鐵爪。

同時扳機。

鐵爪的白衣變成紅衣。

他卻竟然沒有因此停下來，帶著一條血路，以驚人的速度逃進對面黑暗街巷。

門頂上那些弩手都呆住了。在戰場上他們從沒見過，有人能夠在這種齊射下活命。

棗七也在門裡看見這一幕，正想再追出去，卻聽見後面有人呼喊。「別再追了。」

只有這聲音，棗七絕對服從。

于潤生站立在中庭，低頭瞧著地上橫七豎八的屍體。

陸續再有士兵從「大樹堂」倉庫走出來，已達二百多人，藥店裡已擠不下，部份軍士分批走出藥店，佔據了鄰近的房屋。

一個軍官指揮著部下：「把這些屍體也搬到後院。跟那些禁軍一起堆著。」

「你們共有多少人？」于潤生問那軍官。

「七千。」

「不可能等他們都到達才出動吧？」

軍官點頭。「等到有二千人以上，我們就開始進攻。」他頓一頓又說：「**不過有個人，元帥說必定要等他。**」

于潤生微笑。「我知道。」

陸續有「裂髑軍」士兵從倉庫下的秘密地牢源源而出。他們穿戴全副裝備，摸黑穿越接近三里長的地道到來，顯得頗是疲乏。于潤生吩咐田阿火，指示軍士取用安排在倉庫及鄰近各房屋裡的糧水。士兵洗了臉喝過水後才比較清醒。

這地道正是「東都大火」之後，于潤生乘著興建「大樹堂京都店」和重建武昌、合和兩坊時，以工事作掩飾暗中挖掘的。它所耗費的金錢和物力，把兩坊工程的利潤全都花光，還令「大樹堂」欠下許多債務。

——但現在它帶來的回報，卻不只百倍。

從藥店湧出的戰士越來越多。武昌坊自大火後才剛重建，完成的樓房未及一半，居民本就不多，「裂髑軍」士兵輕易就把大半個武昌坊佔據控制。

于潤生一直站在倉庫裡等待。

終於從那地牢出口，出現了他期待已久的人。

狄斌策馬出城後，就立即奔赴位於京郊那隱蔽的地道入口，緊接又徒步走過漫長狹窄的黑暗地道。雖然經歷了一番奔波，他身心卻沒有自己預想那樣疲倦。每當到了這種重要關頭，狄斌身體裡總是能夠生出一股令人驚訝的潛在能量。

緊隨在他後面的鎌首，當然更是精力充沛，好像永遠也耗不完。

一看見老大，狄斌立即上前緊緊跟他相擁。

「我還擔心棗七趕不及……」狄斌吁了一口氣，這才放開于潤生。「嫂嫂和孩子呢？」

「都還在帳房裡。沒事。」于潤生拍拍狄斌肩頭，然後瞧向鎌首。「老五，上次在九味坊堵你的那些『三十舖』人馬，全都死了。」

「只有他們嗎？」鎌首問。「茅公雷呢？」

于潤生搖頭。「他沒來。倒是鐵爪出現了。」

「死了嗎？」狄斌立時緊張。

「不曉得他搞的那個『飛天』，是不是眞的招了鬼神來保祐他……竟然還是逃脫了。可是已經受了很重的傷，不會活多久。」

「好。」狄斌恨恨地說。「三哥的仇，我們還有機會親手來報。」

其餘的「大樹堂」部下，還有「八十七人眾」也都陸續自地牢現身。他們一個個比「裂髑軍」的戰士還要精神，齊向于堂主問安。

「現在不是想報仇的時候。」于潤生說。「沒時間了。你們準備動身吧。」

剛才那軍官這時走過來，後面還跟著兩個士兵，他們捧著一套鐵甲和一具虎頭戰盔，還有柄五尺長的鐵劍。全都跟陸英風的裝備一模一樣。

「這位是五爺吧？」軍官朝鎌首恭敬地說。「元帥希望你能夠穿上它，令城裡的人以爲，他已經親自帶兵攻進來。」

鎌首接過鐵劍，拔出尺餘，細看劍鋒。鐵劍非常沉重，對他來說卻正好稱手。

「很好。」鎌首微笑。「**我就當一夜的元帥吧。**」

那軍官也不禁開懷笑起來。眼前這高大男人雖然只一介草民，但他聽元帥說過，此人在上次的戰事裡，曾是南藩「勤王師」先鋒的軍人。而從身姿氣勢，一眼已看出不是凡人，眞的隱隱可與陸元帥相捋。

「你們去吧。」于潤生目中再度出現那股懾人異采，語氣和表情跟當年進攻「大屠房」前一模一樣。

「去收取屬於我們的勝利。」

□

京都南郭明崇門守將艾嵐一直在想：自己接下了一件最沒人願意做的工作。

駐守京師多年，他努力巴結賄賂倫公公，仕途步步高昇，可從沒想過有天要打這種硬仗。

偏偏就是因爲長年以來得到倫笑信任，當京城告急之際，防守正南城門這個最吃重崗位，就支派了給艾嵐。一想及此，他心裡不免大嘆倒楣。

可是他已經沒有選擇。對於京都的防務，人人都知道艾嵐是倫笑系勢力在禁軍裡的頭號人物，叛軍若是攻陷京城，他即使不戰死也勢難得免。死守京都，是他唯一活路，因此對於防務他比任何一個禁軍將領都要緊張。

艾嵐帶著親衛隊，站上了明崇門城樓，遠眺著黑夜彼方發光的敵陣。

——最好今夜不要過來。多延一天也好……

他心裡明白，禁軍加上「義勇民旅」不可能正面抵敵「裂髑軍」；但是憑靠高聳厚實京都城牆，要多守幾天也並非不可能之事，若能等到邊戍軍南來勤王，形勢就會很不一樣。因此陸英風發動攻勢的時間越遲，艾嵐生還的機會就越大一分。

可是他這個願望已經落空了。

「動了！」他身邊一名參謀指向前方高呼。

黑色的「裂髑軍」大隊，正穿越黑夜朝著這裡接近。

「備戰！」艾嵐拔出佩刀朝天高指。城樓頓時噪動。工事兵在四周忙碌奔波，不是為燃煮沸油的火堆添柴，就是把落石推近城牆邊緣。長弓手隨時準備把火箭燃點。眾多守城兵戴上戰盔，無數流汗的手掌握住兵刃柄桿。

同時艾嵐指示傳令兵，把這消息通報其他城門的將領。他並沒期望他們會派來多少支援——人人都知道陸英風用兵鬼神莫測，誰也不敢把自家兵力分薄。

「裂髑軍」猶如一股黑浪，尤在遠處時仍不覺其勢，但越是接近，就似乎前進得越快。

——眞的是要正面攻城嗎？

敵軍前鋒快將進入射程。防守的禁軍據於城牆高處，弓箭佔有絕對優勢。成排的步弓手隨時準備拉弦彎弓，他們的手臂都緊張得發抖。

「裂髑軍」卻突然停止前進，剛好就在守軍箭矢的射程外。

艾嵐咬牙頓足。陸英風對京都防衛武力的各種界限，實在瞭如指掌。

「裂髑軍」突然就全無動作。情勢一張一弛，令城樓上的八千守兵更為緊張。

——這就是陸英風的策略嗎？

「將軍，軍情是不是有誤？」參謀這時向艾嵐說。「這個距離目測，叛軍數量好像沒有預計般多啊。」

艾嵐聽了，戰甲底下不禁滲出了冷汗：「難道對方分兵了嗎？其他的到了哪裡？」可是根據情報，急行進入京畿的「裂髑軍」，應該只有兩、三萬人，以這兵力，按理並沒有分頭攻城的本錢啊……

突然傳來雷動般的起哄動。對面的「裂髑軍」主陣，眾將士向天高舉軍械，一記接一記地發出吶喊。

城樓上的守兵只能默默注視。

「將軍，我們也要喊幾聲。」那參謀說。「否則士氣會被比下去！」

「好！」艾嵐指示鼓手擊起節奏。全軍隨即和應，也發出整齊的喊聲。

幾乎全部守軍，這時都把注意力放在這場隔空的士氣戰上，只有城牆後一批負責搬運的民兵，發現門內附近街道有點不對勁。

「剛才好像看見有人……」

「是其他城門的禁軍過來支援吧？別嚇人啊，敵人明明還在外頭呀。」

透過「大樹堂」地道潛入京都的「裂髑軍」接近二千名戰士，此刻已成功潛至明崇門內數條街處。他們從武昌坊一路到這裡，只遇過一些零星的發現者，不管是守兵還是平民，全都無聲無息地被消滅。

那幾名搬運的民兵商量了一會，覺得還是去探看一下比較好，於是沿著鎮德大道前行。

這時前方傳來馬蹄急踏石板路的清脆噠噠聲。

只有一騎。

幾個民兵們好奇地向前看。

一名身材雄偉的黑甲將軍，策騎著同樣通體黑毛的西域駿馬，單獨沿著這條世上最大的街道，奔馳而至。

將軍單手提韁，另一手高舉巨大得嚇人的長劍，劍鋒反射月光，泛著令人膽顫的寒芒。

民兵被這詭異情景所懾，竟都呆站在原地。這黑甲將軍彷彿來自幽冥世界，不像人類，而是一股能量。

死亡的能量。

鐵劍乘著馬的衝勢，水平揮斬。

兩顆帶著血尾巴的頭顱，旋飛而出。

黑甲將軍奔近明崇門時，所過之處，道路兩側都立時冒出人群，每個同樣身穿黑色盔甲，就像平空出現的鬼魅一樣。

餘下的民兵，迅速被黑甲戰士的浪潮吞噬。

策馬的鎌首當先殺向明崇門內側。守備城門及城樓下的王軍士兵，盡皆震驚。

「『無敵虎將』在此！」鎌首勒住韁繩，前蹄高高揚起。「東城門已破！」

數以百計「裂髑軍」戰士，陸續也隨著他奔赴明崇門。他們最初得知，要讓這個連軍籍也沒有的男人，穿著元帥盔甲率領部隊，心裡極是不滿；但第一眼看見全身披掛的鎌首之後，眾兵都再無話說。

——他們感覺就像在跟隨著真正的陸英風。

鎌首躍下馬鞍，領導眾兵向城門衝殺。

壓倒性的數量，加上突然從城內突襲，守在明崇門裡側的三百餘王軍，連投降機會也沒有。

熱血潑灑在城門上，門前土地漫成一血海，滲流到下底的縫隙外。

「裂髑軍」迅速動手，拆除門後的加固工事，另一隊則佔據著門側的巨大絞盤，準備開門。

城樓上的守軍原本還沉醉在鼓聲和吶喊裡，這時才發現下方的變亂。艾嵐大驚，馬上指派最接近樓階的步刀隊下樓去反攻。

——絕不可讓敵人開門！

鎌首察覺了敵方的反應，當先奔上階梯迎擊。跑在最前那個守軍步兵，料不到敵將身手如此迅猛，還沒來得及舉起盾牌，頸項已被鐵劍斜斜劈裂！

在狹窄的城樓階級上，鎌首的長鐵劍捲起一道接一道血紅旋風。沒有閃躲的空間，也沒有任何人或物能阻擋劍鋒。

鎌首不斷揮擊前進，轉眼已經斬殺三十餘人。這種速度，打破了他以往的殺人紀錄。

有兩人只為躲避劍鋒而失足跌出石階，一個當場肝腦塗地，另一人跌斷了腿，馬上就被一堆「裂髑軍」用矛槍刺死。階梯形成一條小血河，汩汩往下流淌，令跟隨在鎌首後面的黑甲兵險些滑倒。

同時城外的「裂髑軍」，這時察覺明崇門城樓有異，知道潛入城裡的部隊已經發難，於是他們也再度推進。守將艾嵐一直分神應付下方門裡的敵人，待城外大軍衝近了一段距離，他才醒覺而下達放箭的號令。

「裂髑軍」早有準備，整齊地把盾牌向天高舉，擋下第一陣箭雨。中箭折損的士兵甚少，大軍仍繼續衝鋒。

因為守軍被內外夾擊產生了混亂和延誤，結果他們只換過三排弓手放箭，就被「裂髑軍」衝到城牆下。

守在牆上的將士要前後同時拒敵，城樓上的指揮和行動變得一片混亂，艾嵐將才有限，更無法處理如此局面。每支部隊都不知道應該先打哪一邊，許多因為胡亂作出反應而混撞成一團。

鎌首率先登上了城樓。他的鐵劍已經砍得多處崩缺，上面沾著六、七十人的鮮血。

「降者不殺！」鎌首舉劍高呼。跟隨他身後登上城樓的黑甲戰士，也都一起和應呼喊。

「降者不殺！降者不殺！」

但他們一邊喊叫，一邊還是衝向混亂的敵陣，手中兵刃亦沒有停過下來。

城樓守軍的士氣已崩潰，根本無法作出任何有組織的抵抗。城下「裂髑軍」的主力陸續把攻城梯搭上，但未有士兵爬上來。

——他們在等待一條更直接的通道。

明崇門內的最後一堆加固工事都被拆除了。三十幾名黑甲兵合力將門上重達百斤的橫門抬起。

絞盤開始轉動。鐵索一寸接一寸收進盤輪。

聽見那鐵索絞動的聲音，艾嵐窒息了。

明崇門打開一線的同時，鎌首斬殺了今天第一百人。

城外第一個「裂髑軍」先鋒兵，從城門縫隙踏入京都。

嚴格來說，這場戰爭在這一刻已經宣告結束。

□

在東都顯儀門的城樓，蒙眞看見京城中央多處燃起熊熊烈火。

火光影照著他失卻了神采的藍眼瞳。

其他守城將士也都看見這情景，驚慌地議論著。

「是哪邊被攻破了？」

「怎會這麼快？先前艾嵐才派人來請援！」

「就算有城門被攻破了，也沒理由這麼快就深入到這裡啊……」

蒙眞始終不言不語。他眺望了火光一會，就率先往城樓石階走過去。茅公雷和「義勇民旅」中的「豐義隆」及「三十舖」部下，亦一起緊隨。

「你要去哪裡？」鎮守顯儀門的秦琳將軍從後焦急呼喚。

蒙眞彷如未聞，拾級下樓。

「陣前怯逃，你知不知道是死罪？」秦琳把腰間佩劍拔出一半。

茅公雷停下來，回身狠狠盯著秦琳。堂堂禁衛將軍，反而被個黑道流氓的氣勢懾住。

「笨蛋，你看不見嗎？」茅公雷指向京都腹地的火焰。「這場仗不用再打了。」

「軍令如山，你……」秦琳氣得說不下去。

茅公雷把手上那桿黑棒提起少許。

「你是想此刻死在這裡，還是待會死在入城叛軍手上，隨你選擇。」

秦琳的胸膛縮了下去。

茅公雷沒再理會他，回頭繼續緊隨在蒙眞身後。

他從旁瞥見了蒙眞冰般的面容。

蒙眞雖然沒說一句話，但是看見京都裡燃燒起的大火，還有遲遲等不到佟八雲等人回報，茅公雷已經清楚義兄心裡在想甚麼。

他現在唯一能做的事，就是繼續邁著沉重步伐，伴隨蒙眞走下這座已然士氣崩解的城樓。

到達下面的城門前，茅公雷終於忍耐不住。

「大哥。」

蒙眞這時停下步。

「我知道你想說甚麼。」蒙眞沒有把臉轉過來。「那是沒有意思的。走到天涯海角，他始終也會把我找出來。**我已經當了那對父子的走狗那麼久，可不想再當一條被人追趕的喪家犬。**」

蒙眞說完又再邁步，朝著回「鳳翔坊分行」的路繼續走。

在茅公雷眼中，義兄的背影從未顯得如此小。

□

在「猛虎」狄斌帶路下，三千餘名自地道潛入的「裂髑軍」，在京都中央腹地各處衝殺放火。

城內居民惶恐逃走，到處散播著叛軍已經攻佔整座京城的消息。其實陸英風的主力大軍這時才剛剛攻破明崇門，還在收拾艾嵐的殘餘部下，只不過佔領著京都南面部份區域。

其他三面城郭的禁軍知道已無城可守，士氣頓時崩壞，好些本來就不想打仗的將士乘機逃散。西面昭禮門守將陳智平更下令打開城門，率領全軍往西郊逃逸——半個月後他才領著殘部回京投降。

其餘守將也都沒有要死戰的準備，正心急地等待「裂髑軍」出現，好就地投降。

午夜時分，艾嵐的首級被高懸在明崇門頂。

把三千餘降兵綁縛後，「裂髑軍」主力稍作歇息，並且整頓重編軍陣，然後再度以勇猛的鎌首爲先鋒，整齊地在寬廣的鎮德大道上行軍，朝著京都北面僅餘三千「神武營」堅守的皇城進發。

□

回到「鳳翔坊分行」後，蒙眞仍是甚麼話都沒說。獨自走到兒子房間。

謝娥還未睡，正坐在兒子床前。蒙眞進來並沒有令她驚訝，似乎早就預料丈夫會在這時刻回家。

她才剛剛站起來，蒙眞就一把擁抱著她。謝娥感覺丈夫抱得很緊，令她幾乎無法呼吸。

良久，他才把妻子放開，到床前看看兒子。

根據蒙札孚家族的慣例，孩子到五歲之前都不會正式起名，現在只喚他「小三子」——在關外，男女孩子都一同排輩。

不過夫婦倆早已決定，兒子將來要改名做蒙越。他期許這個孩子，要成爲人上之人。

「他睡得好嗎？」蒙眞撫摸兒子額頭。

謝娥點點頭。她沉默了一會，然後問：「你……不過去看看她嗎？」

蒙眞知道妻子在說帖娃。她就是一個如此寬容的女人。

他搖搖頭。

「這一夜，我要跟你和孩子在一起。」蒙眞的視線沒有離開還未滿兩歲的兒子。「把女兒也帶過來。」

謝娥壓抑著憂傷的神情，匆匆步出房間。

蒙眞把兒子從床上輕輕抱起。那孩子醒過來，半睜眼。跟父親一樣的水藍色。

「爹……」仍在牙牙學語的兒子，最先會說的就是這個字。

蒙眞再也按捺不住。淚水滴到兒子臉頰上。蒙眞伸手將之抹乾。

「你繼續睡吧。」

不知道兒子是否眞的聽得懂。但在那寬厚又溫暖的手掌輕輕撫拍下，他再度闔上眼睛，在父親懷裡沉入睡夢。

□

皇宮的金鑾正殿寬廣已極，平日是文武百官列位朝覲之地，如今卻空無一人。

陸英風元帥獨自一人從殿門走進來。五尺鐵劍佩在腰間鞘上。除了殿前禁衛，能夠帶劍進入金鑾殿的人，過去一個也沒有。

陸英風把戰盔抱在左臂，右手則垂下揪著一件濕淋淋的東西，從殿中央直走而過。

正前方的黃金龍椅上並沒有人。

陸英風一直走到皇座下的殿階前，方才止步。

「臣下回來了。」他朝著空椅說話。

龍椅微微動了一下。

「別……別殺朕……」一把顫震聲音從椅背後傳來，當中充滿驚惶。「人來……人來啊……」

當然沒有任何人來。

陸英風無法忍耐著不笑。**這是他人生最高峰的時刻。**

「大逆不道之事，臣下是不敢做的。今次回京，檄文早就說過是爲了『清掃君側』……」

陸英風說著，把右手上的東西往金鑾一擲。那物事落在殿階上，又滾滾而下，最後停在階梯最下方。

倫笑的頭顱。

龍椅後發出被驚叫。

「奸佞之首，已除其一。」陸英風即使親手斬下了倫笑首級，但積藏多年的鬱憤似未全消，眼睛仍狠狠盯著地上倫笑那張僵死的醜臉。

「南方諸位藩王，日內亦將到京都，助陛下重扶社稷秩序。」陸英風繼續說。「臣下立了如此大功，陛下不讚臣下幾句嗎？」

「要……要朕……說甚麼？……」

「臣下站在哪一方，哪一方就勝利。古往今來，有像臣下這般將才嗎？」

「沒有沒有……陸卿家用兵，古今第一……這江山多年來都是賴卿家撐著！只怪朕誤聽奸臣……」

鐵劍突然「嗆」地拔出來。那把聲音頓時被唬得窒息。

陸英風以劍尖指向倫笑人頭。

「輕蔑陸英風之人，下場正是如此！」

龍椅後那聲音不敢再發一言。

陸英風這才滿意地收劍。回身從來路步出殿門。

宮外廣場上，逾萬「裂髑軍」仍然整齊列陣。他們看見這從大殿昂然步出的高壯身影——這個曾經是他們最懼怕憎惡的仇敵，如今又是他們尊崇到極點的男人——發出震動皇宮的歡呼。

陸英風仰首，瞧向微亮的天空。

——天，這次你也看見嗎？

第二十五章
照見五蘊皆空

不知道是誰開始傳出的消息。

那些在戰爭晚上，驚恐地鎖門閉戶躲在家中的朝廷高官，次天清早都紛紛湧往吉興坊。

在吉興坊的于潤生府邸外頭，密密麻麻圍滿了豪華馬車，一直排到五條街外。在府邸四周守衛的「裂髑軍」士兵，對這奇景都感到意外：那些平日連多走幾步路也嫌辛苦的朝廷高官，全部下了馬車，親自提著各種寶貝和名貴禮物，爭先恐後向守門的「大樹堂」護衛報上名號官銜，謙卑地請求通傳讓于潤生接見。

誰要在新政權裡活下來，就得找于潤生說話——這是他們聽到的消息。

于潤生昨晚雖徹夜未眠，但仍然從最高品階的官員開始，逐一接見。

見完于潤生出來的官員，有的滿臉歡喜，有的仍然滿腹不安。

因為這個事蹟，一年半載之後，「大樹堂」堂主于潤生在道上漸漸擁有一個外號，名為「蔭天下」。

□

狄斌帶著田阿火及一隊「大樹堂」部眾，進入了九味坊「豐義隆總行」大門。

這也是狄斌第一次進來此地——那次于老大的「登冊」儀式，他並未獲准觀看。看見威鎮天下的「豐義隆」，其發跡之地竟是如此殘舊狹小，狄斌不免有些意外。

他並不需要尋找章帥。

一踏進門口，狄斌已經看見「豐義隆」最後的老闆。

就坐在正堂裡那張古老交椅上。

失去生氣的眼睛直視前方，但並非瞧向狄斌，而是看著面前的虛空。

身體沒有任何動靜。

鼻孔和嘴角沾著已乾的血漬，在那張完全蒼白的臉上，紅得格外刺眼。

狄斌上前細看章帥的屍體。田阿火則帶著部眾奔往樓上。

一名部下在章帥的椅旁，撿起摔落的杯子。

良久，田阿火下了樓回來。

「韓亮也死了。一樣是服毒。」

那部下拋掉杯子，恐慌地用褲擦拭手掌。

狄斌撫著左腰。在袍底下，「殺草」斜斜插在腰帶裡。

他本來還在期待手刃章帥的痛快，如今很是失望。

「六爺……」田阿火皺眉說：「從前聽道上傳聞說，『咒軍師』有幾個面貌相似的替身。你說這屍體會不會是……」

狄斌看了章帥的臉一會，又瞧瞧那張曾經象徵黑道最崇高權力的交椅。回想這麼多年來，有多少人因爲這座位而死去。

他細想之後搖搖頭。

「是他。」

「你怎麼知道……」

「像老大說過，章帥就是這樣的人。他一生就是想坐上這個位子。**失去它，他不可能活下去。**」

這時陳渡從正門匆匆奔進，壓低聲線向狄斌說：「已經抓到了齊……楚。」

狄斌面容一緊。他深深呼吸了幾口才問：「是你們抓到他的嗎？」

「不。他的手下早就縛住他，等我們過去。就在隔壁街的一幢屋裡。」

「找到寧姑娘了嗎？」狄斌甚是緊張。他害怕聽到凄慘的答案。

「沒有。我問過他，他不肯說話。」

狄斌嘆息：「先把他押回藥店。」

陳渡點頭：「那些人要怎麼處置？我是說齊楚的手下……」

「全部殺光！」狄斌斷然下令。「那夥人裡，也許有下手殺二哥的人。就算不是，這種叛徒也沒有活在世上的理由。」

「讓我幹！」田阿火切齒說。「把頭顱斬下來後，我會用『豐義隆』的私鹽醃好，帶回漂城祭龍二爺！」

「很好。」狄斌拍拍田阿火肩頭。「但是過一陣子才幹掉。先讓陳渡拷問他們，看看是不是問得出寧姑娘的下落。你現在還要跟我去一個地方。」

「去哪裡？」

狄斌從衣襟裡掏出一封信箋。「有人今早送了這封信給老大。我代老大去見他。」

狄斌吩咐陳渡把章帥和韓亮的屍首包好，送回去給于潤生親自檢視，然後就步出這座陰鬱的小樓，帶著田阿火和部眾離開。

狄斌攜著陸英風元帥親授的令牌，即使帶著五十騎馬，在戒備森嚴的京都街道上也通行無阻。他們飛快疾馳到西都府敬利坊。敬利坊是個中等人家的住宅區，無甚特別重要的價值，在昨夜戰事裡絲毫無損。

狄斌等人停在一座甚不起眼的平凡樓房前。若不是房子面對路口有株高大楊樹爲標記，他也找不出來。

他只帶著田阿火和三名部下，走到房子正門前，敲了三下。

開門的是蕭賢。

兩人連招呼也沒打。蕭賢示意狄斌等人進內。

非常簡陋的廳房陳設，而且有股霉味，看來很久沒人居住。

坐在廳裡的就只得一個人。昨夜之前，他還是朝廷數百文官之首，京都裡——以至這個國家——最具權力的兩個人之一。

「爲甚麼是你？」何泰極捋著長鬚，坐姿神態仍保持威嚴。「于潤生呢？」

狄斌忍不住咧嘴微笑。

「老大正忙著見你從前的那些下屬。」

「你是……姓狄的那個吧？」何泰極仍是一臉高傲神情。「你作得了主嗎？」

「那得看是甚麼事情了。」

「別拐彎抹角。我沒這種閒情。」何泰極以命令般的語氣說。「替我安排出城。」

狄斌聽著，毫無反應。

何泰極顯得不耐煩：「怎麼啦？忘了從前你們得過我多少好處嗎？忘記我雪中送炭那箱財帛嗎？」

他猛地拍桌，又繼續說：「我這又不是讓你們白幹！爲官多年，我在外面存的錢可不少。安全離開京都後，我會分一份給你們。那堆黃金保證亮得令于潤生眼睛都睜不開。」

狄斌失笑：「說完了嗎？」

何泰極臉色大變。

「太師，你知不知道，我第一次陪老大去見你那天，就覺得很浪費時間？」狄斌撥開外袍。「這次也一樣。」

他把腰間「殺草」連鞘拔出來。

何泰極惶然站起，哇哇怪叫。

「等等！」

狄斌拔刀出鞘。

「別叫。**死在這柄刀下，是你的光榮。**」

何泰極想逃，但狄斌的兩個部下早撲上前，左右按住他肩膊。

「殺草」的兩尺鋒刃，如燒熱的鐵條插進雪堆裡般，輕鬆貫穿何泰極的心臟。

狄斌刺完馬上躍開，不讓何泰極胸膛濺出的熱血弄污他的白衣。

兩名部下也把何泰極放開。何泰極仰倒在地，眼睛不可置信地瞪著屋頂，身體沒有怎麼掙扎，就漸漸失去生命力。鮮血從胸口擴散，把那身華貴至極的衣衫濕透。

——權力再大的人，死的時候都是一個模樣。

田阿火上前踏著何泰極屍身，輕易就把「殺草」拔出來。他略揮了一下，刀鋒上不沾一點血漬。

「眞是好刀。」田阿火敬畏地雙手把「殺草」交回狄斌手裡。

狄斌一邊還刀入鞘，一邊瞧向臉色煞白的蕭賢。

「何泰極的錢藏在哪些地方，我都知道。」蕭賢一字一字很清晰地說。

「很好。」狄斌微笑。「跟我們回去。老大很久以前就跟我說過，你這人很不錯。他會在那些藩王跟前舉薦你。」

蕭賢這才鬆了口氣。

「帶走他的首級。」狄斌瞄瞄地上何泰極的屍體。「是老大送給陸元帥的禮物。」

□

看見包圍在「豐義隆鳳翔坊分行」外頭那隊「裂髑軍」，鎌首驚怒地躍下馬鞍奔跑過去。在他身後，「八十七人眾」緊緊相隨。

「裂髑軍」將士全都認得這個昨晚曾經穿戴成元帥模樣的勇猛男人，看見他衝過來的氣勢不禁緊張。鎌首高舉著陸英風親自發給他通行令牌，另一隻手提著那根古舊又沉重的木杖。

帶兵到此的人，正好就是昨夜把戰甲和長劍送遞給鎌首的那個軍官。

「誰叫你們來的？」鎌首的質問聲線接近怒吼。

「是于先生的吩咐……」軍官猶疑著說。「他怕五爺你意氣用事，會有危險，所以要我們先來清掃障礙……」

鎌首聽見，分行的大樓上仍然有傳來零星的叱喝打鬥聲。

「住手！所有人住手！」鎌首的叫聲震撼分行內，就連在場能征慣戰的老兵也為之震懾。

鎌首奔進正門，匆匆跑過「鳳翔坊分行」的前院。院子地上早就橫豎躺著十幾具屍體，大都是中了密集的箭矢身亡。

——到了最後，仍然願意死守在此的「豐義隆」部下，就只剩下這些人。

鎌首沒有看這些屍體，逕直走進分行大樓那寬廣正堂。裡面守著一隊拿刀槍弓弩的「裂髑軍」，視線集中在正堂右側通向二樓的階梯。鎌首拾級奔上去。

一到二樓，就看見走廊上堆疊著身穿黑甲的屍體，全都死於極重的手法，甲片破裂，肢體飛脫，鮮血在走廊上積得厚厚。

「你們全等在下面！」鎌首向「八十七人眾」下令，獨自踏著屍體步過走廊。

在一個房間門前，他終於看見走廊上唯一仍然呼吸的人。

茅公雷半跪在地，以那根大黑棒支撐著，身上多處插著弩箭，胸膛因喘息而急促起伏。有幾道刀口深可見骨。胸口那個地獄犬刺青，已被砍得模糊。

「你來了。」茅公雷半睜著眼看鎌首，乾裂的嘴唇微笑。「我撐到……現在，就是要等你來。」

「為甚麼？」鎌首很想上前攙扶，但他知道這漢子必然會拒絕。

「你要是我，裡面的是……于潤生，你也會一樣……」茅公雷說著不住嗆咳。

鎌首咬著下唇不語。

「可惜啊……」茅公雷咳完繼續說。「到了最後……我們還是沒……有……痛痛快快打一場……這裡……又沒有酒……」他的氣息已越來越虛弱。

鎌首呆站原地，不知道應該說些甚麼。

「快吧……我……不行了……」茅公雷用上最後的力量站起來。「我不要死在這些……雜魚手上……只有你……我甘心……」

鎌首眼眶已紅。可是他知道怎麼做，才是茅公雷的希望。

他拋掉手裡木杖，從地上一名弓兵的腰間，拔出一柄匕首。

鎌首上前緊緊擁抱著茅公雷。茅公雷也放開黑棒，雙手交抱鎌首背項。

他感到茅公雷的身體已經變得很冷，並且漸漸放軟。那雙臂從鎌首背項滑落。

鎌首流著眼淚，把身體移開少許，左臂環抱支撐著茅公雷腰背，右手將匕首準確從肋間的空隙刺進他心臟。

茅公雷的臉伏倒在鎌首肩上，咳出幾口鮮血。

最後一次呼吸後，他的臉凝成永遠的笑容。

鎌首慢慢拔去匕首拋棄，把茅公雷輕輕放回地上。

房門這時自內拉開。

蒙眞步出，回身把房門緊閉上後，蹲下來瞧著義弟屍首，輕輕撫摸那堆鬈曲的頭髮。

「你爲甚麼不投降？」鎌首哀痛地問。「他不用死的。」

「我很清楚這個弟弟的性格。」蒙眞沒有流淚。「只有這樣，他才沒有遺憾。」

鎌首無法反駁他，點了點頭。

「我妻兒都在裡面。」蒙眞站起來直視鎌首。「可以放過他們嗎？」

「老大吩咐過：你的妻子和孩子，還有你另一個女人，保證以後都會活得好；會護送到沒有人認識的地方，甚麼都不會缺。」

「那就好。代我多謝你老大。」蒙眞沒有笑。「我也有禮物回送他：容小山我並沒有殺掉，還關在這分行的倉庫裡。」

鎌首知道蒙眞的意思：將來于潤生收編「豐義隆」人馬時，容小山這個傀儡仍然有不少利用價值。當然蒙眞此舉也是希望，于潤生不會爲難「豐義隆」的幫眾。

「花雀五呢？」

「他上吊了。」蒙眞淡然說。「之前他來找過我，叫我帶一句話：『**沒有信任于潤生到底，是我一生最大的錯誤。**』」

鎌首沉默著。

「這說話，你可以親自帶給老大。」

蒙眞苦笑搖頭。

「**我們之間沒有可談的話。**」

鎌首很明白。

「還有甚麼願望嗎？」

蒙真低頭瞧瞧茅公雷。

「我會厚葬他。在你旁邊。」鎌首會意地說。

蒙真終於露出微笑。

「去另一個地方吧。**不要讓我的孩子聽見。**」

「好的。」鎌首撿起地上木杖。「跟我走。」

□

在「大樹堂京都店」的管帳房，齊楚木然坐在椅上。他面容一如以往，像經常帶病地透紅。田阿火雙臂交疊胸前，獨眼眨也不眨地牢盯著他。兩人當然一句話也沒交談。

房門打開來。狄斌提著鎮堂刑刀「殺草」，獨自進入帳房。他將「殺草」放在書桌上，瞧著田阿火。

「你先出去。」

田阿火擔心地看著狄斌。

狄斌用威嚴的目光瞪著他：「出去幹你要幹的事情。陳渡已經問完了。」

田阿火這才點頭出去，自外把門緊緊帶上。

狄斌這才終於站到齊楚跟前。

「他呢？」齊楚懶洋洋地說。「他不來？沒有臉來見我？」

「你說誰？」

「你的五哥。」

「沒有臉見人的是你。」狄斌皺眉，神情裡悲痛多於憤怒。

「是嗎？」齊楚的聲音像嘲笑。

「你有好好葬二哥嗎？」

一說到龍拜，齊楚的笑容消失。他緩緩點頭。「在漂城東郊。他的頭，我帶來給章帥看過後，就命人送回去入土。」

狄斌強忍眼淚。

「爲甚麼？就爲了一個女人？兄弟都不要了？」

「甚麼兄弟？」齊楚側著頭質問：「那傢伙？那個搶了我女人的傢伙？還有你們——我的女人明明給他搶去了，你們一句話也沒說過！這就叫兄弟？」

狄斌一時語塞。

「那當然了。鎌首是我們『大樹堂』的首席戰將嘛！」齊楚繼續那嘲弄的語氣。「我不過是個管數的。找誰都幹得來。」

「她喜歡的是五哥，你也知道的……」

「哈哈，黑道的傢伙，甚麼時候把女人的想法看得這麼重了？」齊楚搖搖頭。「我只知道，我是老四，他是老五！我的女人就是他嫂嫂！」

「這就是你殺龍爺的理由？」

齊楚的臉頓變煞白。他帶著哽咽說：「二哥……我唯一對不起的人就是他。只有他。不是于潤生。不是其他人……」

狄斌憤怒地揪著齊楚衣襟：「你在漂城吃飽穿暖，是因爲誰？你敢說沒有欠我們？記不記得還是逃兵那時候？不是老大，三哥已經砍死你了！還有那次在『萬年春』！不是老五救你，你在哪裡？沒有大夥冒死打拚，你有甚麼『齊四爺』可當？」

狄斌流著淚繼續罵：「你說那是你的女人？你的銀子從哪來？沒有銀子你進得了『萬年春』？你睡得到那樣的女人？**沒有兄弟，你根本甚麼都沒有！連命都沒有！**」

「白豆，你罵完了嗎？」齊楚卻似已對這一切都不再在乎。

「不許你叫我這名字！」狄斌把齊楚推回椅上。「只有我的兄弟可以這樣叫我！你已經不是！」

「你說得對。」齊楚閉起眼睛。「**都是為了銀子。我們其實都把命賣了給于潤生。所以別再說甚麼兄弟了。**」

「不是這樣的！」狄斌激動地高叫。

「**是不是這樣，將來有一天你也會知道。**」齊楚乏力地說。「再怎麼爭論，我也得死吧。」

你也就別再說甚麼了。」

狄斌看見齊楚這副完全放棄的表情，情緒倒是冷卻下來。

「我只想問你：你把她藏到哪裡去？」

「又是爲了你的五哥嗎？」齊楚睜開眼直視狄斌。「也對……你對鐮首是有點不一樣的……可是對你來說，小語不在不是更好嗎？」

被齊楚看穿了他的秘密，狄斌滿臉通紅，但他知道現在不是尷尬的時候。陳渡已經徹底拷問過齊楚的手下，似乎他們眞的不知道。看來齊楚在這件事情上也不信任他們。

「你是眞心喜歡她的吧？你也不想她受苦……」

齊楚的目光如冰般冷。

「我只知道她是屬於我的。永遠也屬於我。」

狄斌在齊楚的瞪視下有點心寒。心裡有股不祥的預感。

齊楚的動作卻毫無先兆。他從椅子撲向書桌，手已經抓住「殺草」。

狄斌絕沒想到，平生最軟弱怕死的齊老四會有這樣的反撲。然而走了黑道多年，他早就對突然而來的危險養成了過人的反應。齊楚才剛把「殺草」拔出鞘，狄斌已經雙手擒住他握刀的手腕，往外翻扭。

齊楚吃痛，手指頓時放鬆。狄斌劈手就把「殺草」奪下來。

這正是齊楚的希望。

他以身體迎向刀鋒。

狄斌來不及收回刀子，只能往下略垂避開齊楚胸口，「殺草」鋒銳無比的兩尺霜刃，爽利地洞入齊楚腹內。

狄斌感到熱刺刺的鮮血，湧到他握刀的手背上。

狄斌心裡包藏的記憶，也彷彿一下子被割破了，無數回憶的畫面流瀉不止。

齊楚握著他手指，教他在沙上寫字。

齊楚回到破石里木屋，笑嘻嘻地掏出一塊偷來的豬肉。

齊楚在「老巢」倉庫裡，睡覺時的夢囈像個孩子。

齊楚每逢冬季生病時的咳嗽聲。

往京都進發之前，最後一次看見齊楚的那張冰般的臉……

「**四哥！**」狄斌痛哭著擁抱齊楚。白衣早染成血紅。「**為甚麼我們兄弟要弄成這樣子？為甚麼？**」

腹腸被金屬貫穿的痛苦程度，齊楚前所未嘗。他卻還在笑。雙手十指緊抓狄斌衣袖。

「白豆……其實我想跟你說……對不起……只對你一個說……不是他們……」齊楚每說一段話也要喘好幾口氣。那張秀氣的臉已經白得像紙。他低頭看看傷口，苦笑說：「**白豆……看……我喝過你的血……現在都還給你了……**」

「我知道，我知道……」狄斌猛地點頭。

「眞正的兄弟……就只有……你……還有二哥……啊，龍爺……對不起……對不起……對不起……」齊楚的意識已經模糊，腦海生出許多幻覺。

「三哥的刀……好邪門……」他以沾滿血的手撫摸狄斌臉頰，似乎眼睛已經看不見了。

「白豆……離開吧……別像我……」

「四哥，告訴我！她在哪裡？她在哪裡？」狄斌托著齊楚的後頸，在他耳邊問。

「啊……很美……很美……」齊楚失卻焦點的眼睛向上仰望。狄斌不知道他看見了甚麼。

抓著狄斌衣袖的手指，終於也無力鬆開來。

□

十五天後，南藩勤王大軍主力的先鋒部隊，進入了京都。

京畿一帶的情勢其實早已完全平靜。原本北來救援朝廷的邊戍將領，赫然發現難攻不落的京城早已被陸英風閃電攻陷，變成「裂髑軍」固守的要塞，無不震駭。要反擊陸英風本來就極困難，加上諸將欠缺統一指揮，誰也不肯率先出兵。

不久後，彭仕龍在藤州向南軍投降的消息也傳來了。眾將商議一次就有了決定。原本「勤王」的聲討檄文燒掉了。換成歌頌陸英風元帥勝利的賀文。

爲表示向新政權效忠，他們更自願解除部隊的武裝，把軍械全數送入京都，然後遠遠停駐在二十里外，等候南藩諸王發落。

南藩大軍由寧王世子率領，軍容整齊地進入大開的明崇門，在鎮德大道上耀武揚威地向皇宮進發。數以萬計的京城百姓夾道歡迎。

有的民眾激動得哭泣。當然其中不乏僞哭之人，但也有人是眞心期待，新政能一洗倫笑、何泰極所營造的種種腐敗制度與風氣。

寧王世子的坐騎經過大道同時，一個看來表情痴呆的白衣「飛天」教徒到了吉興坊，送了一封信給鎌首。

信裡只有歪歪斜斜的字體，寫著一個地點。還有個血紅手印。

那手印指節異常長大，就像鳥爪。

鎌首當然認得。

□

鎌首和狄斌奔下那地牢階梯，馬上就看見鐵爪盤膝坐在那狹窄的走廊中央。

走廊裡溢著一股難以形容的臭味。氣味是來自鐵爪的身體，他身上許多箭傷都沒有治理過，全在結膿發臭，或變成紫黑色。有的更有蛆蟲在爬。

鐵爪身穿的仍是當夜那件破爛染血的白袍。長髮散亂黏結成一團團。

他伸出右爪抓往牆壁，輕輕鬆鬆就挖走一塊石磚，手指在那洞裡掏了把濕冷的泥土，裡面還有條死了不知多久的蚯蚓。他伸指把泥土送進嘴巴，連土帶蟲都吞下。

狄斌想：這個人真的已經徹底瘋了。

鎌首把木杖拄在地上。

「她呢？」他直視鐵爪瘋狂的眼睛。

鐵爪指指自己後頭。「在那道鐵門後。」他又撫撫肚腹。「鐵門的鎖匙，被我吞進肚子裡。**要拿出來，只有一個方法。**」

鎌首踏前一步，卻被狄斌扳住肩膀。

「沒必要。」他指向後面隨同而來的部下。「他們有帶弩箭。在這麼窄的地方，他死定了。五哥不要冒險。」

鎌首卻把狄斌的手撥開。

「讓我自己解決。」

狄斌瞧著鎌首一會，最後還是點頭。他從腰間拔出「殺草」。

「你那木杖，在這種狹小地方不好使。用它。**三哥會保佑你。**」

鎌首把木杖拋落地上，接過「殺草」，起步朝著鐵爪逼近，漸漸加速。

鐵爪看見「殺草」的寒光，當年與葛元昇一戰的回憶驀然湧上心頭，一下整個人從迷夢裡清醒，站起來迎向鎌首。

就在鎌首奔到六步之遙時，鐵爪再抓出壁上一塊石磚，狠狠地擲過去！

鎌首不閃不避，石磚在他胸膛上撞得破裂，卻絲毫沒有阻慢他前衝之勢。

——他不在乎受傷，只想以最快的方法擊殺鐵爪。

——她還等在裡面。

「我來了！」鎌首朝著鐵門那邊呼喊，同時偏身成一線，「殺草」猛刺向鐵爪心胸！

鐵爪那右手化爲掌，在胸前劃了半個圓孤。那極巧妙的軌跡，牽引鎌首的手臂，將這猛刺的力量消融於無形。

鎌首右臂被帶往一側，於是順勢把直刺化爲反手砍劈，刀鋒斜斬鐵爪右頸。

這種程度的變招，早在鐵爪預計內，他那魔爪已然就等在鎌首劈過來的手臂方位，這一刀被鐵爪輕鬆消擋，肘側更被他指頭撕去一片皮肉。

鎌首猶如未覺痛楚，空出的左掌拍壓鐵爪獨臂，右手刀再次反砍！

鐵爪的手臂卻靈敏異常，一感受到被鎌首壓住，立時翻轉反擒其左腕，順勢往上猛拉，用鎌首的左臂交叉架住他劈過來的右臂！

鐵爪以單手封住鎌首雙臂，格鬥技藝可謂巧妙無端。但鎌首近戰搏鬥的經驗絕對不輸他，馬上作出應變，下身腰肢急挺，右膝頂向鐵爪下陰！

鐵爪猛烈縮起下腹，鎌首那膝尖僅僅未及撞上。

鎌首的右膝蹬直，變爲前踢。

鐵爪始終未放開鎌首左腕，此刻猛力往下拉，正單腳站立的鎌首頓失平衡，這踢腿被化解於無形。

即使只用左腳站立，鎌首的強橫力量還是壓倒性的，他硬生生把左腕從鐵爪的擒拿裡拉脫。當然這一拉扯，還是不免被那指爪抓得血花飛濺。

鐵爪沒有放過這空隙，魔爪順勢伸出，襲向鎌首面龐。

鎌首迴轉「殺草」，在自己臉前揮削，但仍是遲了一步，鐵爪的右手指甲帶著幾片皮肉收來，「殺草」只斬了個空，鎌首左頰則多了四道鮮烈的血痕。

再一次指頭沾血，鐵爪興奮地嚎笑。

鎌首反而定下了心神，回想這幾下交手，無論速度和招式變化，自己都在鐵爪之下。他唯一能勝過對方的只有力量一項。

狄斌憂心地觀看戰況。他早已暗中吩咐身後部下等待他的號令，五哥一有甚麼閃失，馬上放出弩箭。

鎌首心想自己不可焦急，隨即把呼吸壓下去，面容也回復冷靜。

鐵爪頓時感受到，鎌首發出的氣息不同了。

鎌首悠然闔上眼睛。

鐵爪大是愕然。從來沒有敵人敢在他面前多眨幾眼——以他的詭異速度，對手每次眨眼，頭顱就可能脫離身體。

——而他竟然敢閉目？

鎌首仍握住「殺草」，雙臂卻自然下垂兩旁，中門胸腹大開，就似在邀請那魔爪進犯。這樣的姿態，違反一切格鬥常識。

但他的身姿卻是何等放鬆自然，令鐵爪一時無法確定應不應該出手。

這時鐵爪好像看見：**鎌首額上那顆黑記，發出了亮光……**

鎌首將「殺草」直刺而出。非常平凡的招式。不快也不慢。

卻逼使鐵爪後退了。

鎌首仍然閉著眼，再進一步，「殺草」又一次刺出。同樣的動作。

鐵爪咬著牙。他下定決心。右爪一把擒住鎌首右腕，猛力往外扭轉。鎌首五指脫力，鬆開了刀柄。

「殺草」離手墜落，刀尖插進地上。

狄斌已準備下令。

鐵爪看著掉落的「殺草」，心頭狂喜。

——**上次那個刀手，失去它之後就死了……**

鎌首卻絲毫沒有動容。

他左手迅速按著鐵爪抓住自己右腕的手背，等於將之挾在雙手之間。在鎌首的臂力下，鐵爪一時無法把手收回來。

鎌首躍起來，整個下半身撐出去，凌空踢擊鐵爪。

鐵爪偏身，閃過那蹬來的雙腳。

但鎌首根本不是想踢擊。

他人在半空橫成水平，右腿彎勾在鐵爪頭頸；左腿則穿越鐵爪右腋，壓住其胸；雙手仍然力擒鐵爪的手，挾在自己腿間，襠部抵住肘彎。

鐵爪渾身冷汗。

鎌首的腰肢在空中猛挺。

他全身的重量與力量，集中壓逼在鐵爪被鎖死的手肘及肩關節上！

擒鎖動作已完成。**被抓的手臂完全伸直**。**無可脫逃**。

鐵爪想飛身翻滾來卸去這強大的壓力，可是已經太遲。

兩個關節同時發出骨頭筋脈斷裂的可怖悶響。

兩人纏成一堆，跌落在地。

鎌首這才放開鐵爪那條已經骨折軟癱的手臂，朝後翻滾半圈跪定，反手把「殺草」從地上拔出。

沒有手臂的鐵爪，像條昆蟲那樣在地上掙扎，還勉力想站起來。可是就在他跪起時，鎌首已到來他面前。

「對不起。」鎌首冷冷說。「**今天能夠替兄弟報仇的人，是我**。」

「殺草」橫貫鐵爪太陽穴。

鐵爪雙眼翻白，舌頭不受控地長長伸出。

鎌首拔出「殺草」，把鐵爪的屍體往後踢翻，用刀尖割開他腹部，伸手進去仍然熱暖的臟腑裡掏挖。在破裂的胃囊內，他摸到那細小的金屬。

鎌首猛地拔出手，質監多了一把染滿血的鑰匙。

鎌首拋下「殺草」，急奔到那鐵門前。猛力拍打。

「小語，我來了！我要開門了！你等著！」鐵門上滿是他的血手印。

可是門內沒有任何應答。

鎌首握著鑰匙欲插進門鎖。可是他的手無法控制地顫抖，鑰匙無論怎樣也插不準。他越是焦急，越是抖得厲害，那顫震更蔓延全身。

「五哥，讓我來。」狄斌來到他身後，伸出手掌。

鎌首大口大口地喘著氣，瞧了義弟一輪，才把鑰匙交到他掌中。

狄斌從來沒有見過五哥這副模樣。他心裡不停在默默祈求，把鎖匙插進去，扭動了兩圈。

鐵門發出令人牙酸的聲音，打開來了。

鎌首看見牢室裡的情景。

他完全窒息。

狄斌跪了下來。

鎌首無聲的流淚。

他拖著腳步，慢慢走入牢房，在地上躺臥的寧小語跟前蹲下，伸手撫摸她已然乾枯的頭髮。

寧小語那張凹陷得像髑髏的臉，仍然帶著一股難以形容的美麗。一雙眼睛因爲消瘦而顯得更大，瞳孔裡彷彿還帶著生氣。

可是鎌首知道，這雙眼睛永遠也不會再看他。

他伸出指頭，觸摸她龜裂的嘴唇。

很冰冷。

——以後你要帶我到哪裡去？

——哪裡都可以，只要你喜歡。

——就去一處別人永遠也找不到我們的地方吧。你不用再殺人，我也沒有人認得。到很遠的地方去。看得見海的地方。你說你喜歡海啊。要遠得那裡的人說著我們聽不懂的話，我們的說話也沒有人聽得懂。**我們要在那樣的地方變成老人……**

鎌首的熱淚，滴落在寧小語臉上。

寧小語懷間那個初生嬰兒，至死仍把嘴巴湊在母親乾縮的乳房上。嬰兒沒有睜眼。也不知道一生是否曾經睜眼。

鎌首的嘴巴張得很大，卻喊不出一點聲音。

他把母子倆一同抱進懷中。

寧小語已經變得這麼輕。

輕得讓鎌首覺悟，自己的人生原來甚麼也沒有握到手。

□

于潤生與「小黃」並肩登上明崇門雄偉的城樓。

先前攻防戰造成的損毀都已修復，城樓上下的斑斑血漬也都清洗乾淨。迎向門外的一邊，高高豎立著南部十四藩的軍旗，在夏風中激烈飄揚。

「小黃」背負雙手，面朝城內，觀賞著黃昏的京都街道。

「這麼大……我也是第一次看。」「小黃」感嘆說。自從入城後，他就有很多工作要做，直至現在才有空閒跟于潤生敘舊。

他的要務包括：參考于潤生提供的名單和情報，決定京內各級文武官員任免；肅清倫笑及何泰極的餘黨；對嫌疑者進行徹底拷問。

能夠安然續任的官員裡，包括了「鎮道司」魏一石。他將會率領「鐵血衛」，爲新主子繼續發揮專長。當然，魏一石以後亦會記著于潤生這份恩情。

「我也是第一次登上這座城樓。」于潤生走到「小黃」身旁，一起俯視那宏偉的街景。無數房頂在夕陽映照下，就如一片黃金海洋。

「比漂城眞的大得多。」

「收復漂城，需要我的軍隊幫助嗎？」

「這種事情也要你幫忙的話，我就不再是你需要的人了。」

「小黃」滿意地微笑。

——沒有看錯人。

他的視線落在皇宮。

「你知道嗎？」「小黃」指向皇城。**「終有一天，我的子孫會坐在那裡。」**

「到那一天，扶助他的人必然是我的子孫。」于潤生微笑回答。

兩人伸手，在這京城最高處緊緊相握。

□

這一年，于潤生三十五歲。

所有阻礙他攀上人生巔峰的障礙都已清除。從這一年起，「大樹堂」將繼承「豐義隆」遺下的一切，並且繼續壯大，成爲擁有十萬之眾、歷史上從沒出現過的巨大黑道組織。這一切都已經在于潤生計劃之內。

然而世上還是有些事情，連于潤生這樣的人也無法預計。

□

滿月的光華清朗得很，庭院裡一花一木都看得見。四周一切淋浴在那詭異月光中，令人感覺有些不眞實。

鎌首赤著雙足，踏過庭院的碎石走到中央。他披散長髮，臉朝上空仰視月亮，一身寬袍在月光下單薄得猶如透明，隱隱可見袍下的完美身軀。

心，卻是空洞無一物。

那四道爪痕，永遠遺留在他的臉頰。

他不在乎。這不是他一生受過最痛的傷。

後面傳來碎石被踏的聲音。

「五哥？」狄斌也只穿著單薄寢袍，從後面走過來。「你睡不著？」

「嗯。」鎌首沒有回頭看他。

「五哥，別再折磨自己了……」狄斌露出痛心的表情。「已經過去一個多月了。」

「沒有。」鎌首的臉在月光下很祥和。「眞的。我只是在想事情。」

「五哥……」狄斌聽著鎌首的語氣，已經預感到要發生甚麼。

他跑上前，從後緊緊抱著鎌首腰肢。

他的胸膛跟鎌首的腰背，隔著薄薄衣袍，貼得很緊。

「你不可以走……」狄斌的眼淚沾濕了鎌首背項。「爲了我……」

「白豆，你記得嗎？很久以前我問過你：**活著是為了甚麼？**」鎌首依舊仰望月亮，那微笑很溫柔。「遇上小語後，我以爲自己已經找到答案。原來我錯了。」

他回身，雙手搭在狄斌肩上。

「雖然我還沒有知道答案，但是我明白了一件事。**人的生命不能寄託在另一個人身上而活。那終究是空。**」

他把狄斌的臉抱進懷中。「**我跟你也是一樣。我們跟老大也是一樣。**」

「我不管！」狄斌在鎌首胸膛上嚎哭。「**我只要……你……**」

鎌首捧起狄斌的臉，以諒解的眼神直視他。

狄斌激動得再無法控制。他嗅到鎌首的鼻息。他感覺到他發出的熱氣。

他雙手攀著鎌首頸項，往上吻在鎌首厚實的嘴唇上。

□

第二天清晨，當狄斌還熟睡在凌亂的大床一邊時，鎌首已經站到明崇門前。

「請開門。」他朝著守門的黑甲士兵說。

「裂髑軍」人人都認得這猛者。他們只是奇怪：他怎麼不騎馬？又沒帶一個部下，而且穿戴成這副模樣。

連鞋子也沒有一雙。

可是他們仍依然聽令轉動絞盤，把城門打開一線。只因鎌首手上有陸元帥的令牌。

鎌首微笑致謝，以那根沉重的木杖當作手杖，踏著赤足，邁向城門。

出門前，他把令牌交到一名軍官的手裡。

「替我還給元帥。我已經不需要了。」

「你不回來嗎？」軍官訝異地問。

鎌首沒有回答，就這樣步出城門。

他站在城郊一片草坡上。南方捲來的風，吹起他的長髮與寬袍。

他眺視郊外三面的地平線，隨手把木杖往空中一拋。

木杖落在草地。鎌首上前撿起來。

然後就朝著剛才杖頭指引的方向走去，開始這段連自己也不知道會走多久的旅程。

京都，還有京都裡的一切，在他身後越來越遠。

他始終沒有回頭看一眼。

《殺禪》卷七【人間崩壞】・完

卷八【究竟涅槃】
Karma Vol. 8 Nirvana

第二十六章 無上咒

一雙長滿厚繭、手背爬著蚯蚓般筋脈的枯瘦手掌，輕輕合起來，朝著土地神拜了三拜。

以赤石雕鑿成的神像，只有兩尺來高，立在一塊花崗岩陰影底下，身上披著沾染黃沙的破布。神的五官因長年風化已崩缺模糊，只隱約可見兩個好像是眼睛的凹洞。

祂在看著甚麼？是面前這個參拜者的虔誠表情嗎？還是岩石旁那口一年有五個月都枯竭的井？這片只能養活野草的黃土？已經三十八日沒有下過雨的碧藍天空？……

誰都不知道。

「幹你娘。」

一把年輕的聲音自枯井那頭傳過來。拜神那個中年男人緊閉著眼，假裝沒聽見，心裡也希望神明沒聽見。他的高瘦身軀依然跪著，朝土地神再次叩頭，喃喃唸出願望。

——保佑今天吃得飽……

「我說，幹你娘！」年輕人嚷著走過來。他身上也沒比中年男人長多少肉，一張臉猶如飢餓的豺狼。「甚麼年頭了？還拜神？」

他的聲線裡夾雜著疲倦和憤怒。花了一整個早上，終於找到這口井，往下一瞧還是滴水不剩。井底那道裂縫，彷彿一張向他嘲笑的嘴巴。

拴在井旁那兩匹馬，顯得比人還要乏力。牠們要是倒下來，他們就死定了。

年輕人越想越惱怒，步行變成奔跑，掛在背後的砍刀劇烈晃動。他伸出穿著破爛草鞋的毛腿，一腳踹在土地神頭上。

早就因風化而脆弱不堪的神像，頓時頸項斷折，頭顱飛到乾裂的土地上，帶著煙塵滾出了十多尺，才慢慢停下來。

「褻瀆！」中年男人驚呼，狼狽地爬起來，想往頭像掉落的方向跑過去，卻被年輕人一把拉住後領。

「要吃飯，就不要拜神！」年輕人往地上吐了口痰，狠狠盯住夥伴。「靠這個！」他拍拍背後刀柄。

那柄砍刀已甚殘舊，柄端及刀鍔多處都發鏽，握柄纏著破爛的布條，而且連刀鞘也沒有，只是用兩條木片夾著刃，再以麻繩繞纏。

他拉著中年男人，往馬兒那邊拖過去。「給我上馬！」

男人仍然瞧著失去了頭顱的土地神，卻不敢再反抗，順從地倒後走著。

到了枯井旁，年輕人往馬鞍旁解下另一柄同樣殘舊的單刀，塞到中年男人的胸懷裡。

「世上要是有甚麼東西能夠保佑我們的話，就只有它。」

「小毛子，我明白。」中年男人低頭說。「可你也不用這麼做啊……我怕會有報應……」

小毛子沒答理他，一躍跨上馬鞍。男人知道不該再說甚麼，也隨同上馬。

他們不敢把馬兒催得太急，只是踱著步往東南方而去。那邊是籽鎮的所在。他們固然不敢入鎮。但只要接近有人居住的地方，遇上旅人的機會就增加。

在空茫廣闊的黃土上，兩騎猶如螻蟻，卑微地朝著食物可能出現的方向，緩緩爬行。

他們拉高頸項上的布巾覆著頭頂下半臉，遮擋那毒熱的太陽。小毛子伸手擋著陽光，雙眼眯著不住在搜索遠方地平線，看看有沒有獵物出現；那個叫哈哥的中年男人，則不住在舔著乾裂嘴唇，手掌不時摸向鞍旁的水囊，但始終不敢拿水喝。在找到新水源之前，喝光這最後一壺水是極度危險的事。

小毛子眼睛突然瞪大。

因爲熱空氣而顯得浮游不定的地平線上，出現一點小黑影。

他和哈哥相視一眼。

「還有力氣嗎？」

哈哥點頭。

兩人拔刀，同時用刀背拍打馬臀，叱喝著朝前方那黑影所在急馳。

越是接近，那黑影就變得越大。

果然沒錯，是人。而且只有一個。徒步。

——在這樣的天下，這樣地上，用腳走？

小毛子也不多想，繼續策馬向前。既已確定對方無處可逃，兩人都把馬速收慢，讓牠們省點力氣。

已經到達百碼內。顯然是因爲聽見馬蹄聲，那身影停住了腳步。

「要命的話，就給我站住！」小毛子在幾十尺外，舉起反射陽光的砍刀吶喊。他這時他看清了對方身姿。

高大得異乎尋常的軀體，從頭到腳包覆在一件大斗篷裡，揹著個好像箱子的東西。

那巨漢仍站在原地，並沒做出任何反應，似乎毫不緊張地在迎接小毛子和哈哥前來。

他們兩人結夥做買賣已經好一段日子，甚有默契，先由小毛子上前試探獵物的虛實，哈哥殿後戒備。

小毛子驅著瘦馬到了那人跟前，這時才看得眞切，對方身材眞的非常驚人，幾乎相當於馬背上小毛子下巴的高度。小毛子有點心虛，即使那人兩手空空。

那件古怪大斗篷，原本用不同顏色的絲線織滿花紋，卻因長期日曬和淋雨褪色，已經看不清織的是甚麼圖案。背項上掛著的是個足有半個人高的大竹篋。

從地上足印可見，巨漢自正西方徒步而來。每個腳印都清楚看見五隻足趾。

他連鞋子都沒穿。

「放下來！」小毛子的刀尖指向竹篋。

巨漢的臉隱藏在斗篷陰影底下，看不見表情。

小毛子正要再命令，那人卻已蹲下身子，輕輕把竹篋卸在地上。

「退後！」小毛子喝叫，躍下了馬鞍，刀尖繼續遙遙指著巨漢。他依言退後數步。

哈哥見巨漢似乎全無反抗意志，也上前來躍下鞍，同時牽著兩匹馬的韁繩，右手伸刀威嚇著對方。

小毛子一腳把竹篋踢翻，才伸手解開篋蓋扣子，再把整個沉重的竹篋倒掀。

從竹篋裡跌出來的全是書。大都已十分殘舊，有線裝的，也有繞著繩的卷宗。還有幾部的封皮，用不明動物的皮革製造。

小毛子帶著絕望表情，不停翻弄書卷，期望當中夾藏些甚麼，但出現眼前的卻只得　頁頁文字。小毛子雖然不識字，卻也辨出其中一些彎彎曲曲的字體來自異國。

——見鬼……

「媽的，你揹著這許多書，來這種鬼地方幹麼？」小毛子暴怒戟刀指向巨漢。

巨漢緩緩盤坐到地上，把斗篷的頭笠撥下來。

又長又亂的頭髮與鬍鬚，把他半張臉都掩蓋，卻仍然可見極爲分明堅實的輪廓。臉色曬得甚是黝黑，顴骨因爲消瘦而高高突出，左邊臉頰有四道年月已久的傷疤，似乎曾被猛獸抓過。雙目又大又明亮，卻透著濃重的倦意。

巨漢把手掌伸進斗篷側的大口袋。小毛子和哈哥不禁退後一步。

他從袋裡掏出一個小小的油布包，以紋滿了彎彎曲曲刺青的手指把布包打開。裡面是兩塊小小火石，還有三根手指般長的紙卷。

漢子拈起其中一根紙卷，放在鼻前嗅了幾下，打火點燃了一頭。紙卷一燃著後，他把另一頭含在嘴巴，用力呑吐了幾下，令它燒得更旺，最後才滿足地吐出一股帶著香甜氣味的青煙。

「書，當然是用來看的。」漢子仰首瞧向空中的煙霧說，聲音裡帶著滄桑。

小毛子想了想，才會意對方是在回答自己。他氣沖沖上前，劈手把巨漢指間的紙卷打飛。

「口袋裡還有甚麼？」刀尖停在巨漢的頸項前一尺。

巨漢慢慢掏出口袋裡僅有的東西：一個只餘小半的羊皮水囊，還有用紙包著的半塊硬餅。全都放到地上。

小毛子退後一步，繼續用刀指著對方胸口。「別裝蒜！站起來。」

巨漢子站立。小毛子和哈哥僅及他胸口。他平靜地俯視著兩人。

「脫光！統統脫光！」小毛子在空氣中砍了一刀示威。

巨漢乖乖解開扣子。斗篷驀然褪落。

他的斗篷裡原來沒穿衣服，只有下體用塊破布包成「丁」字，全身都裸露在火熱太陽光下。身體膚色跟臉一樣黝黑，可是出人意料的是，這副高大身軀消瘦得不像話，兩排肋骨像包著皮的鳥籠。胸腹、背項和手腿筋肉雖然幼細，卻仍然十分結實，優美的紋理清晰可見，令人想像這副身軀曾經何等壯碩健美。他全身幾乎都沒有完好的皮膚，不是舊創疤就是已然模糊的刺青。

肚臍刺的圖案好像是隻眼睛。

哈哥和小毛子都因為這具突然裸裎眼前的詭異身體而屏住氣息，視線完全被吸引著，過了好一會才回神。

小毛子蹲下來，摸索那件掉落在地上的斗篷，發現果然再沒有收藏甚麼。他喪氣嘆息。

哈哥則被那根掉落的紙卷吸引。他撿起來，嗅嗅點燃那頭冒出的煙霧，然後學那巨漢般吸啜了一口。

哈哥從前也抽過煙桿。可是這東西給他的感覺完全不同。身體好像忽然變輕了，連飢渴的感覺也變淡。他竟不白覺笑起來。

「小毛子……這個是好東西……」

小毛子怒瞪哈哥。做買賣時說名字是大忌——雖然鄰近這幾個鎮沒有人不知道他。哈哥卻沒理會，傻笑著把紙卷遞給他。

小毛子把紙卷奪過來瞧了瞧。反正甚麼也劫不到，這東西，不抽白不抽。他狠狠吸了一口。

眼裡的怨怒頓時消失。

那巨漢拾起地上斗篷，慢慢地穿上，再把散落的書卷收回竹篋裡。

「哈哈……」小毛子笑著又抽了口，用刀指著那些書。「你還想揹這堆東西？書有這麼好嗎？」

「讀了書，明白的事情就多了。」巨漢一邊收拾時回答。

小毛子又大笑了幾聲，把刀子指向黃土。「你看！在這種地方，一個人需要明白多少事情？」他舉著明亮的刀刃。「明白這個就夠了。」

巨漢把竹篋蓋子扣上，然後走到小毛子跟前，拿過他手上的紙卷，也抽了一口。對方站得這麼近，但小毛子已完全沒了戒心。

巨漢子把紙卷傳給哈哥，眼睛卻繼續瞧著小毛子張年輕的臉。

「為甚麼要做賊？」

小毛子失笑。這是他聽過最愚蠢的問題。

「我甚麼都沒有。當然就搶別人的。」

「你搶了別人的，別人豈不是很痛苦？」

「他也可以搶別人呀。」小毛子搖搖頭。「沒膽子去搶，也就只好等著別人來搶啦。怨不得人。」

他坐了下來，把砍刀放在一旁，拍拍土地。「我在這裡活了二十年，二十年來這裡就是這樣。人們口裡罵賊，心裡其實希望自己就是賊。呸，一群沒膽的孬種。」

「官比賊搶得還要兇呢。」哈哥在另一頭吐著煙霧說。「對啊，這裡就是這樣。」

那巨漢眺望大地和天空，以沉重的聲音說：**「你們沒有想過改變這裡嗎？大家都不搶，也就可以一起好好活下去。」**

小毛子和哈哥愕然地瞧著他。

——果然是個瘋子。

哈哥舉起紙卷。「我說，你抽這東西太多了。」

「也許吧。」漢子把竹篋揹起來。「剩下的就給你們。還有水和餅。」

他伸手指往東面：「我沒弄錯的話，那頭是有人家住的地方吧？」

小毛子像夢遊般點頭。

「我告訴你：**你快要死了。**」巨漢正要舉步時，突然停下來凝視小毛子。

「甚麼？」小毛子瞪著眼。他被巨漢瞧得心裡發毛。

「**在你死的時候，會遇上一個額頭有鎌刀的男人。**」巨漢把斗篷頭笠拉上。「**到時候，假如你答應那個男人一生都不再作賊，就可以活下去。**」

巨漢說完，踏著赤足，平緩但有力的步履，繼續往東方走。

小毛子心裡驚疑不定，搶過哈哥手上紙卷，又猛抽一口。

兩人目送巨漢再次變成地平線上一點小黑影。

□

徐嫂瞧著那巨漢在田裡幹活的背影，不禁痴了。

巨漢精赤著瘦骨嶙峋的上身，背向著她用耙子把泥土扒鬆。汗水淋漓的背項上，刺著一個大大的十字形紋身，花紋卻早已變淡模糊。黝黑皮膚上到處都是淒厲的傷疤……

——他必定擁有很可怕的過去。

徐嫂想起丈夫。他比這漢子矮小得多，但背項同樣結實得像塊黑鐵。每當看著丈夫下田，她就感到一股安慰的暖意，心裡焦急地等待夜晚到來，在黑暗房間裡緊抱他流汗的身軀……

徐嫂的眼睛濕潤了。她用力抹去眼淚，搖了搖頭。眼前這個不是她已經死了兩年的丈夫。她不許自己再胡想。

兩個多月前的下午，當這巨漢首次在她家門前出現時，她實在吃了一驚。從來沒有見過這麼高大的乞丐。

「可以給我一點水嗎？」鬍鬚沾滿了黃沙、嘴唇乾裂得發白的那張嘴巴，用沙啞低沉的聲音問。「我好渴。」

徐嫂到現在都無法解釋，當天爲甚麼會讓這漢子進屋裡坐。也許是因爲他又大又澄亮的眼睛，融化了她的戒心。

他喝了一整壺水。喝得很慢，好像在仔細品嚐水的味道。她又給了他兩塊玉米餅。他只吃了一塊就停下來。

「你不餓嗎？」

巨漢子沉默了好一會，似乎在想著一些久遠的事情。

「餓不死就行了。」他的語氣裡有種異樣的溫柔。**「每次吃東西，我就想起一個人。想起她，我就吃不下。」**

難道是瘋子嗎？徐嫂不禁有點害怕起來，女兒也怕得很，躲在房間被窩裡不敢出來。

「你從哪來？」她瞧著他那件破舊的大斗篷，看看他一雙滿是泥塵的赤足。

「……**許多地方。**」巨漢仍是若有所思的樣子。

兩人沉默相對了許久。巨漢子突然站起來，雙手合十放在眉間，朝徐嫂躬身。

「謝謝。」

徐嫂正以爲他要離去，他卻又說：「我走得有點累，很想睡。」

聽到「睡」字，徐嫂的心怦怦亂跳。「可是這裡……」

「不是這裡。」漢子指向門口。「在外面，有屋簷遮陰的地方就可以。」

「你不嫌棄的話……」

徐嫂還沒說完，巨漢就步出門口，在門旁牆邊躺下，身體蜷縮在斗篷裡，不久就沉沉入睡。

徐嫂這時才瞧向這漢子卸在屋裡一角的大竹篋。她很好奇，卻沒有勇氣私自打開它。

那一整天，巨漢就這樣睡在門外。

小茉在黃昏時才終於敢從房間走出來，慌張地跟母親抱在一塊。徐嫂造飯時，小茉把頭伸出門，瞪著美麗的大眼睛，瞧瞧這睡得很深沉的奇異漢子……

那夜徐嫂摟著女兒睡。她久久無法入眠。枕邊放著柴刀。

次晨徐嫂醒來，正要預備下田時，才發覺巨漢早已睡醒，正站在屋外仰視微亮的天空。

「早。」巨漢沒有回頭地說。徐嫂不知道他是怎麼知道她正瞧著自己。

「你餓嗎？這裡還有……」

「我想答謝你。」巨漢回頭，那雙眼睛比星星還要亮。「有甚麼我可以替你幹的？」

巨漢子從那天開始，就每天替徐嫂下田，也從那天起就住在這裡。雖然他每夜還是睡在門外，她知道附近人家都開始傳起風言風語。她才不理會。丈夫死了後，這些傢伙甚麼也沒幫過她母女倆。

巨漢仍是吃得很少。他只吃玉米，有時半根，有時一整根。她勸他多吃一些，下田才有氣力，否則很容易弄壞身子。他只是搖頭。

徐嫂把丈夫遺下的幾件衣袴拿給他穿，又替他洗淨那件斗篷，把破的地方縫補好。她把屋外他睡的地方打掃了一下，鋪上一張竹蓆。他又是只說一句：「謝謝。」

到第五天，她拿玉米到田裡給他吃時，終於大著膽問：「你叫甚麼名字？」

漢子想了一會，忽然好像記起某個親人或朋友，嘴角展露溫暖的微笑。

「你們喚我『大黑』就可以。」

到夜裡，當她把洗乾淨縫補好的斗篷交給他時，他滿有感情地撫摸斗篷的麻織布面。

「你很喜歡它嗎？……本來應該很漂亮的吧？在很遠的地方買的嗎？」

「是我自己織的。」大黑說。「學了很久……」

「是嗎？……那爲甚麼不也編一雙鞋？」

「我想……」大黑又沉入那種深思的表情。**「用雙腳接觸每一寸土地……」**

徐嫂聽不明白這句話的意思，卻也沒有問下去……

此刻大黑已經放下泥耙，越過田地走過來。徐嫂笑著，遞了塊布巾給他抹汗。

「娘！」小茉呼喊，提著午飯跑過來，露出天眞的笑容。徐嫂也笑了。這娃是她一生裡見過最美麗的東西。

小茉的兩頰紅得像柿子。陽光照射下，那身薄薄的花布衣有點透，顯出已經開始呈現女性曲線的嬌小身軀。徐嫂看著，又歡喜又憂心。

「叔叔！」小茉放下了裝著午飯的布包，另一隻手挾著一部書。「快吃！吃完就教我！」

「我不餓，先教你。」大黑微笑，用布巾拭去手上泥塵。

小茉歡喜地坐在地，把書打開來放於大腿間，開始仿照書頁上的墨跡，用手指在地上寫字。大黑坐到她旁邊，逐個字讀給她聽，又解釋它們的意思。

半個月前的一天，小茉不再害怕這個突然而來的陌生漢了。那天她趁母親和大黑都在外面下田，偷偷打開了那竹篋。當大黑回來時，她手裡拿著一本羊皮封面的書，第一次鼓起勇氣跟他說話：

「可以……教我讀嗎？」

大黑當時笑笑，接過那本書翻了幾頁，闔上來放在桌上。

失望的小茉，幾乎馬上就要哭出來。

大黑走到竹篋前，翻找了一會，掏出另一本書。

「這本顯淺一些，我先教它……」

瞧著女兒專注地在土上寫字，大黑蹲在她旁邊教導……徐嫂有股莫名的感動。

當大黑溫柔地握著小茉的手教她筆畫時，徐嫂看見女兒的臉變得更紅，瞧著大黑的眼神裡帶著仰慕。徐嫂不感奇怪。她也曾經是少女。

徐嫂只是想：這種地方，女孩認得再多字也沒用。已經十三歲了。小茉的將來，就看找不找得到一個好丈夫。一個不太窮，又懂得珍惜她的男人。最好嫁到州府那邊。徐嫂一生都沒到過州府。她不想女兒像她，把人生消磨在這種窮地方，嫁給另一個窮小子……

徐嫂本來存了點錢，預備替小茉請託一個媒人，也辦些體面的嫁妝。可是連年大旱，田裡出的就只夠她們兩口子吃，官府催收的稅糧卻半點沒有寬免。徐嫂只有忍著眼淚用錢代糧上繳。她知道，那一點點錢，還不夠官府裡的大人請客吃喝一頓。

到了去年，錢沒有了，農作依舊欠收，她只好也跟著村裡其他人家，向籽鎮的秦老爺借。已經有好幾戶因爲無法償還，被秦老爺侵吞了田地，變成替秦老爺耕作的佃奴。更不幸的是徐三石一家，被迫著把老婆賣給秦府作婢僕，當夜就被秦老爺的小兒子占了，徐三石知道後羞怒得上吊……

徐嫂咬著麥餅，仰頭瞧向沒有半絲雲的天空。

——再不下雨，就完了……

□

「娘……」黑暗裡，身邊傳來小茉的輕喚。徐嫂轉過身，摸到女兒的頭髮，輕輕地撫掃。

「怎麼了……睡不著？」

「不。」小茉的聲音有點緊張。「娘……我想問你。」

「怎麼啦？」

「大黑叔他……他會不會一直住下去？」

「我怎麼知道？」徐嫂平靜地回答。可是女兒這一問，令她睡意全消。她也不是沒想像過，也許哪個早上醒來，門外的男人就不見了。跟出現時一樣毫無先兆。

「娘……」小茉又問：「大黑叔……會變成我爹嗎？」

徐嫂的臉在黑暗中熱起來。

「如果他當了我爹，我們不就可以永遠住在一起嗎？」

「小孩別亂說話。」徐嫂輕聲斥責。但聽到女兒這樣問，她心裡很是歡喜。

房間外一聲巨響，嚇得徐嫂從床上彈起來，甜蜜的感覺剎那消散。

是外面正門被踢開的聲音——徐嫂在十幾天前開始，晚上就沒把門上閂。她暗地裡希望，哪一夜大黑會摸進來……

小茉驚呼一聲，不知所措地抓著母親手臂。徐嫂安撫著她。

隔著房間門簾，她看見外面的燈火。

她悄悄揭開一點門簾偷看。五、六個提著燈籠和木棍的男人闖進來，把屋裡都擠滿。徐嫂認出爲首的那個。青白的臉皮，鼻頭上有三顆痣。是秦老爺的小兒子秦道好。徐嫂的臉更蒼白。

「出來吧！」秦道好隔著門簾呼喝。「還要躲到甚麼時候？」

「秦少爺……」徐嫂叮囑女兒留在房間，然後才揭開門簾走出來。「這麼夜了……甚麼事呢？吵著鄰家不太好……」

其中兩個秦少爺的幫閒進了廚房，如狼似虎地翻找，一見到可吃的東西就大口地嚐。

「甚麼事？」秦道好冷笑。「當然是來收債啦！」

「不是說好收成之後嗎？」徐嫂的聲音在顫抖。

「甚麼時候討，是債主決定的吧？」一個幫閒嘻嘻笑著說。

「田裡才剛下種，我拿甚麼——」

「沒有糧，就用人來還啦。」秦道好不懷好意地笑。「聽說你有個女兒……」

徐嫂彷彿整個人被抽空。幾個月前，秦少爺手下的一個混混到了村裡來，碰巧遇上小茉，調戲了幾句話。那時候徐嫂就擔心得很。後來沒有事情發生，她就漸漸淡忘。

——想不到，還是躲不了。

「她還小……」徐嫂的表情像一個快要溺死的人。「只是個孩子……」

「別擔心。不過讓她到我家裡當個婢女而已。在我家保證好吃好睡，快高長大，哈哈！」幾個幫閒也跟隨秦少爺哄笑起來。

「不可以……」徐嫂猛地搖頭。「要婢女，就讓我去……」

「不行呀！」小茉在房間裡再也忍不住，呼喊著要衝出來。徐嫂死命攔著房門，用門簾幪著女兒。不可以讓這些禽獸看見小茉的模樣，否則就完蛋了。

兩個幫閒上前，想把徐嫂拉走。可是下慣了田的徐嫂力氣也不小，半步沒有移動。兩人扯著徐嫂的衣服，猛地一下就把上衣撕破，兩顆豐滿的乳房彈跳而出。六個男人瞪著那雙奶子，眼睛裡發出慾望的亮光。

「請住手。」

一把沙啞聲音在後面門口傳來。

眾人回頭，卻看不見說話者的臉。

因爲他高大得被門遮住了面目。

秦道好一生都沒見過這麼高的男人。他額上冒出冷汗。剛才因爲天太黑，他們進來時根本沒留意到門外那堆像破布的東西。

——媽的，不是說這戶男的早就死掉了嗎？

大黑低下頭要進來，最接近門口兩個幫閒馬上用木棍攔住他。可是甫一接觸，兩人便感覺腳底下的土地像變成了浮沙，無法站得穩當。大黑輕輕鬆鬆把兩人排開，進到屋裡來，站在秦道好跟前不夠一條手臂的距離。秦道好感覺眼前一片昏暗。

秦道好打量著滿頭亂髮和一臉鬍鬚的大黑，左臉上那四道爪痕甚是嚇人，但是眼神裡絲毫沒有威脅之意。

「哪來的野漢？」秦道好為了壯膽，故意喊得很大聲。「你知道我是誰嗎？」

大黑搖搖頭。

「這是籽鎮秦老爺的公子！秦老爺呀！不曉得嗎？」一個幫閒搭口。

大黑又再搖頭。

「我爹你也不曉得？」秦道好心中怒氣已蓋過慌張。「你可知道，我爹在這方圓百里有多大面子？連州府裡大名鼎鼎的戴先生，也是我爹的拜把兄弟！戴先生啊！」

大黑第三次搖頭。

秦道好感到有點可笑，但是也得硬著頭皮說下去：「戴聰呀！他在州府裡誰人不識？是當今州府『大樹堂』分堂掌櫃跟前的大紅人呀！『大樹堂』你聽過了吧？」

大黑這次默默閉目。

過了一會，他點點頭。

秦道好咧嘴大笑：「知道了吧？我不管你這臭要飯是誰，別恃著塊頭大就亂來！我少了根毛髮，不只要你死得難看，這整條村保證沒有一天好日子過！」

「我跟你走。」大黑說。

「甚麼？」秦道好愕然。

「你說要找人打工還債。我去。」

秦道好失笑。呸，沒用的廢物。原來只有唬人的空殼。

村裡的人早就被吵鬧聲驚醒，可是沒人敢勸阻秦老爺的兒子，全都只是圍在屋外看。

秦道好不知道該如何回答大黑。剛才早說好是要拿人換債，怎料現在眞的有個人自願來——雖然並不是他心想要拿的那個人。他一時想不到，還有甚麼藉口去討徐嫂的女兒。

剛才被大黑推開的一個手下過來，在秦少爺耳邊悄悄說：「這野漢雖然看來沒膽，氣力可眞不小；要是眞的惹怒他，在這裡開打可不好玩。不如……」

秦道好盤算：先弄走這個男人，日後再來討那閨女，總會找到藉口。反正這對窮母女也跑不到哪去。

「好。你跟我走！」

徐嫂「哇」的哭出來，再也顧不得別人的眼光，撲前緊緊抱著大黑。

「不行！不行！」徐嫂一雙淚眼仰看大黑的臉，不住地搖頭。

「不要啊！」小茉這時也從房間衝出來，抱住大黑的腿。「叔叔別走！」

秦道好這時瞧見出落得如此美麗的小茉，有點後悔，可是話已說了出口，只得恨恨地咬牙。

大黑輕輕把母女倆推開，脫下自己身上那件破斗篷，披在徐嫂赤裸的身上。

「別難過。」大黑趁著替徐嫂穿衣時，在她耳邊輕聲說。「他們一定會再來。你們明早就走。到州府去。帶著我那些書。那兒有識貨的，賣得好價錢。不要再回來。」

「快走！」秦道好和手下早已出了門外。餘下兩個幫閒催促著，一左一右夾著大黑。他們沒有抓住他，因爲心裡知道抓不了。

「別擔心。」大黑別過頭前又說。「小茉會嫁到好人家的。」

兩母女嗚咽哭著追出門外。

秦道好跟手下都已上馬。他們用繩在大黑雙腕繞纏了幾十圈，再牢牢縛了幾次死結，才拿長索套上去，另一頭則拴中一匹馬的鞍頭。

「我們可不會慢下來！」秦道好揮揮馬鞭高聲說。「跑不了，就給馬兒拖回去！看你捱不捱得了？」

旁邊手下悄聲問：「少爺，眞的帶回家去嗎？」

秦道好陰沉地微笑：「呸，弄髒我家的地方。當然是拿去賣了……」

十二個馬蹄與兩條人腿展步，在月色下揚起沙塵。

徐嫂和小茉繼續哭著追過去，經過一段路後，終於再也追不著。

這是她們最後一次看見這奇異的漢子。

次日她們依大黑所言，帶著糧水跟那個書篋，離開村子往州府去。七天後到了州府，徐嫂因爲沒有盤纏，縱使不捨也只好擺個地攤叫賣那些書。母女倆在街上捱了三天餓，一本書也沒有賣出。最後有個商人偶然步過，發現了這些書，問起它們的來歷。一年後，小茉成了這商人的繼室……

□

被打得鼻青目腫的小毛子和哈哥，各躺在牢房一角喘息。

從那細小的鐵格窗戶，透射來一束陽光，無數微塵在那光束裡浮游。小毛子勉強睜開腫傷的眼皮，瞧著那些緩緩在跳舞的塵埃。

——哈哈……我的命，就像這裡的一顆塵。

外面走廊傳來許多人的腳步聲。哈哥一聽見，身體就縮成一團。他害怕又來另一輪拷打。

「媽的……」小毛子無力地罵著。「有種快斬了我……別折磨好漢……」

牢房門鎖打開。

「滾出來吧！」其中一個差役把玩著手上紅漆棍子，訕笑說。「是時候了。湊夠數啦。」

另外兩名差役進來，猛抓著小毛子和哈哥的頭髮，把他們拉出牢房。兩人本來就只剩僅能站立的力氣，完全無法反抗，像兩頭羔羊般，被差役連拉帶推走過那條陰暗走廊，到了外面一個大石室。

那兒也有三、四名差役，正圍著今天第三個死囚。那赤著上半身的囚徒，被粗繩五花大綁跪在地上，但跪姿竟幾乎跟四周站著的人一般高。

看見這同囚，小毛子突然忘卻了肉體的痛楚和即將降臨的命運，猛然失笑，聲音在石室裡迴盪。

跪著的大黑靜靜瞧著小毛子，沒有任何表情。他倒是沒有被拷打。大概根本沒反抗過。

「哈哈，是你？……哈哈……」小毛子無法停止地繼續大笑。

「幹你娘，吵甚麼？」差役狠狠刮了小毛子兩巴掌，他才止住笑。

「啊？原來認識的？真的是同犯嗎？」其他差役哄笑起來。「你們是不是結拜過，說甚麼『同年同月同日死』呀？」

小毛子和哈哥被按跪在地上，也如大黑般開始被綁縛。差役早就替他們預備了連著細繩的木牌，各在兩人頸項掛上「賊　毛某」和「賊　哈某」的牌子。

「你呢？」差役拿著第三個木牌，另一手提著筆，朝大黑問：「你叫甚麼名字？」

「沒有名字。」

「甚麼沒有名字？」那差役怪叫。可是不知怎地，他跟同僚都不大想惹這個奇怪漢子。他想了想，就胡亂在牌上寫下「賊　胡某」，也掛到大黑的頸項上。

哈哥的身體開始顫抖。他以哀求的聲音問：「哥們……之前不是應該……有一頓好吃的嗎？」

「要吃，做了鬼之後，再回來跟我們討吧！」又是另一輪訕笑。

大黑仍然看著小毛子，目中竟有憐憫之色，彷彿自己是個旁觀者。

「那次我說過了。你快要死。」他說著時朝小毛子牽起嘴角。那是無奈的微笑。

「對啊。」小毛子不屑地回答。「也許你是神仙呢。我記得你還說，在我死時會遇上一個男人……甚麼頭上有鐮刀的。他呢？在哪？」

「就在這裡。」

這時石室前門打開來。一個精赤著粗壯上身、只在頸項圍了條布巾的大漢走進來。差役都跟他打招呼，喚他「孫二」。

孫二那冷冷的臉，帶有一股揮之不去的陰鬱，皮膚泛著青白。他打量著三個死囚，伸手擰擰他們頭臉，就像在市肆檢視待宰的豬。

孫二捏捏大黑肩頸的骨頭。「這個比較難。好硬。」他心裡決定這是第一個。在刀口最鋒利的時候。另外兩個可能因此要受點苦了。

他又捏住大黑那把又長又厚的頭髮。「這可不行，礙著刀鋒。」

差役也拈著那把頭髮估量。一般都是把頭髮盤在頂上打個結。可這一把實在太濃太厚，結起來更費工夫。「剃光他。」

差役先拿來一把大剪刀，把大黑後面的頭髮都剪短；然後用剃刀在大黑的頭皮頂上刮——當然不會刮得多仔細，大黑頭上出現一道接一道的血痕，可是他沒有動一動眉毛。

「啊……這是甚麼？……」剃頭的差役這時指著大黑那原本被長髮掩蓋的額頭。

前額中央有一顆黑色的東西，堅硬而啞色，不像是痣，四周有肉芽包圍著，形狀像把鐮刀。

小毛子也看見了。他看了一會，再次無法控制地大笑。這次連差役的巴掌也止不這笑聲。

小毛子雙頰變得更腫。他一邊流著痛楚的眼淚，一邊繼續放肆地笑。

□

毒熱的太陽，照射在大黑那顆血疤淋漓的光頭上。

籽鎮的衙門連囚車也沒有，差役只把三名死囚雙腿間的繩索放長，像趕豬般把他們驅過鎮裡最大的街道。

街道就叫大街，沒有其他名字，已經是籽鎮最繁盛的地方，然而還是破屋處處。僅有的商業就是幾家吃店和一些賣糧油用品的小舖，主要做外來旅人的生意，全部屬於秦老爺和本地另外兩名土豪所有。

大群衣不蔽體的露宿者，有老人也有小孩，或坐或躺在吃店旁邊暗巷裡，等待偶爾從店內潑出的殘羹剩吃，還有可以乞討的外來人。

小毛子和哈哥低著頭。因為身體被縛，加上遭多次毆打，腳步走得蹣跚。只有大黑仍然直著高大身軀而行，半點不像帶罪的犯人，安然迎接兩旁投來的目光。

走在行刑隊伍最前頭的是孫二。他手裡提著柄沉重的雙手砍刀，刀鞘用厚厚牛皮縫製。他今天清早就起床，花了許久把刀鋒仔細打磨好。他對自己這份工作十分自豪——在籽鎮衙門和土豪府第以外，他是這裡少數能夠靠雙手養妻活兒的人。

跟隨著行刑隊伍的人群開始增加。

每張臉都泛著沒有光澤的蠟黃，臉頰深深凹陷，走路時各自拖著沉重的步伐。若非大白天，外人看見會以爲是一群準備迎接新同伴的怨鬼。

終於到達大街中央一片鋪著沙石的空地。籽鎮沒有正式的刑場，所有鎮內集會儀式都在這裡進行。空地東角有一根旗桿，是整個鎮最高的人造物，此刻桿上並沒有掛任何旗號。

鎮知事和手下的文武佐員，早就等在空地上一座簡陋帳篷裡。知事那身光鮮整潔的官服，跟四周街景與人群毫不匹配

就在行刑隊到達時，空地上突然刮起幾陣罡風。眾人都不以爲意。在這種關西高原地方，這是常有的事情。

知事用寬袍掩著臉，以免沙塵刮進眼睛。「快完事，好回去。」他催促說。這本來就不是甚麼好差事。若不是州府那邊攤派下來，要每個鎮在這月內殺幾個流賊，他才懶得理會——籽鎮的衙門只有一隊五人巡捕，好不容易抓到那對小毛賊，爲了湊夠交付的人頭，他還得自掏腰包跟秦公子買那巨漢。知事心裡已在盤算，明天又要立個甚麼名目向鎮民收錢，好填補這支出。

在空地四周圍觀的鎮民已有一、二百人。即將看見殺人場面，他們也不是特別興奮。餓著肚看戲，總算聊勝於無。他們也都知道，衙門抓得了的，也不會是橫行高原那干馬賊。只是那面目身姿皆異於常人的巨漢，倒眞吸引他們的注意。絕對不是本地人。不知打哪來，千里迢迢死在這種窮地方，可眞冤枉。

差役把三人按倒跪在地上。小毛子和哈哥的膝頭重重撞上沙石，吃痛呻吟。差役從後把他們腿上繩索收緊，又把身上各繩結檢查一次才退開去。

孫二拔刀出鞘。幾達一掌寬的刃身反射著燦爛陽光，令人無法直視。他把刀背擱在肩上，張開腿站在大黑旁邊，形貌猶如貼在廟宇門口的守護神。

看見刀光，人群的情緒高漲起來。

「啊……」排在大黑旁的小毛子仍在呻吟。他很渴。可是他知道這種時刻，已經連一碗水都無法奢望。

「奉州府命，鎮衙門日內拿得以下一干馬賊，皆犯有殺人越貨、姦淫婦女之罪……」知事繼續用衣袖遮著眼睛，嘴巴熟練地唸著。

「我想起來了。」小毛子別過頭瞧著大黑。「你說過，只要我願意一生都不再作賊，就可以活下去。」

「是的。」大黑點點頭，臉上毫無懼色。在旁的孫二有點訝異。

「……經本官審問，各判斬首之刑……」知事繼續唸著。

哈哥垂頭閉目，全身劇烈顫震，又再吟起當天向土地神祈求的禱文。

「好。」小毛子露出笑容。「假如你現在可以解開這身繩索站起來，旁邊這位大哥又砍不死你的話……我這生再也不作賊！」

孫二聽見了，瞪著眼睛。

「真的嗎？」大黑問的表情非常認真。

「真的。」小毛子的神情，卻像在說一個惡意的笑話。

「……現經本官驗明正身……」知事接過文佐遞來的行刑令牌。「立斬胡某、毛某、哈某三賊……」他已準備把令牌丟出去。

這時大黑的肩頸關節突然活動起來。原本寬橫的雙肩，往下沉到不可能的位置，胸肋的骨頭奇詭地往內收縮，整個上半身像驟然變小了一圈。他抖動扭轉了幾下，原本緊勒在身上的繩索立時往下褪。

知事、差役和圍觀群眾，全都驚訝地看著這一幕。小毛子的嘴巴張大得可以塞進拳頭。孫二呆在原地。

手臂上的繩結也鬆脫後，大黑的肩關節回復原位。他伸手扒去腿上的繩索，站了起來。

知事猛丟出令牌，口中大喊：「快斬！快斬！」

孫二雙手提起砍刀，深深吸了口氣，也不管大黑的頸項已高過自己頭顱，手臂拉弓，想要砍出去。

大黑的眼睛直視他。

風再度刮起來。

這瞬間，孫二從那雙深邃的眼瞳裡，看見一股超越凡人的力量。

他明白了一件事。

——這不是我殺得死的男人……

砍刀垂下來。

「你們全部上！」知事惶然向眾差役下令。他的聲音卻被猛風蓋過。

陽光驟然消失。

眾人仰首。這才看見，一片烏雲掩蔽了太陽。

首先是一滴、兩滴……豆大的雨點降下，瞬間變成雨幕。

人群歡呼著攤開手掌，迎接期待已久的甘霖。有人開始奔跑往空地中央，簇擁大黑。

原本還想向大黑圍攻的差役，看見了這一幕，開始慌亂地往後退卻。

湧到刑場裡的人越來越多。連沒有來看行刑的鎮民，也從大街兩頭湧現。

知事仍然想呼喚部下控制場面，這才發現身邊部下不知何時全數逃光了。

下一刻，他被人群吞噬。

□

黃昏時分，大黑仍然盤膝坐在空地中央。雨早已停了。

遙望大街遠方的天空，有四個地方冒起焚燒的黑煙。是籽鎮衙門，與及秦老爺及另外兩個土豪的府邸。

站在大黑身邊的有小毛子、哈哥、孫二和幾個鎮民。他們瞧著大黑的眼神，就如瞻仰廟堂裡的神像。

「我們……」小毛子望向衙門那邊的焦煙。「……不如明天一起逃吧。」

「爲甚麼要逃？」大黑的表情依舊沉靜。

「幹下這種事，州府那邊的兵馬早晚要來。」

「我們能逃，鎮裡的人可逃不了。」

「可是官軍一來，我們就死定了！」哈哥仍然無法相信剛剛發生的事情，聲音還在抖。

「**世上沒有必然的事情。**」大黑站起來。「**只有因和果。還有人的意志。**」

小毛子聽得似懂非懂，可是他沒再嘲弄他。「你是從哪聽來這些說話的？」

「你忘了嗎？」大黑微笑。「那些書啊。我從裡面讀懂的。」

「那以後我們要怎麼辦？」小毛子沉默了一會後又問。

大黑蹲下身，抓了一把濕潤的沙土。

「已經十年了……」

他再次站起來，伸手指往東面的遠方。

「十年前在那裡，我親眼看見：最高的城樓上，換了另一面旗幟。」他的聲音有如夢話。

「可是這十年，我去了許多地方，發現天下根本沒有任何改變。我看見許多人像這裡的人般捱餓。我最愛的親人，就是活生生餓死的。我最害怕看見飢餓。」

他的眼睛似乎超越了遙遠空間，再次看見他手指瞄準那個地方。

「我明白了。飢餓是不會消失的，直至那兒的主人，換了另一種人。」

「哪種人？」小毛子問。

「窮人。像你們。」

□

籽鎮的暴民佔領後第三天，大黑親手造了一面旗幟。

鎮裡沒有染料。於是他用了三種東西來染色：青草的汁液；泥土；牲口的鮮血。

□

當天，這面綠、黃、紅三色旗幟，高懸空地旁那支旗桿上，乘著高原的風飄揚。

鎌首這旅程，經過十年終於完結。

接下來的，是鬥爭。

第二十七章
三世諸佛

三艘撐起巨大青布帆的雄偉商船，沿著漂河順流而行，在兩條快船領航下，徐徐駛進位於北岸的埠頭。

埠頭前早聚集了三、四百人跟三十多輛馬車。其中佔多數皆是「大樹堂」的漢子，由「漂城分堂」掌櫃田阿火親自率領；其次為漂城知事阮琪玉、總巡檢黃鐸及他們手下的一眾役頭及文佐；其他則是本地各有力豪商。

他們從早上開始就在這裡，等候一個乘船而來的人。

帆船終於停泊穩妥。中間那艘率先降下厚實的朱漆船板。十幾個一身白衣的年輕男子奔上岸，個個身手矯健，成兩列站立，拱衛在船板兩側。

帆船的主人這時才踏出來，腳步沉穩地登岸。河風吹得他那身雪白絲袍飄揚。他的身材比埠頭裡許多人都要矮。但所有人瞧著他，都是帶著仰視的目光。

「六爺！」

田阿火的獨目發出興奮光采，邁著大步上前迎接。

四隻手掌相握。田阿火故意使了些力，發覺狄六爺的手掌也有不小的抗力。

「六爺，這麼久沒見，身手可沒擱下呢。」

狄斌以微笑作答。蓋著鬍子的臉仍舊白皙，只是比從前略圓。身軀較年輕時寬壯了不少，恰有一股與地位相稱的穩重感。

其他來迎的官商，全都心急地遠遠瞧著狄六爺，好想快點上前跟他招呼。但是即連知事阮大人，亦不敢擅自越過「大樹堂」的護衛線，只好站在原地，臉上盡量掛著燦爛笑容，期望得到狄六爺留意。

狄斌卻完全沒看他們，仍然站在岸邊向兩旁眺望。漂河的風景已跟往昔大大不同。七年前漂城官府籌集巨資——主要金主當然是「大樹堂」——徵購沿岸上下游百里內的大量土地，將之掘去以擴闊河面，並在河道多處施行挖深工程，完工後漂河埠頭的船隻吞吐增加一倍，河岸兩旁更遍植大樹以防範沙土流失，外貌已儼如一條半人工的運河。

如此宏大的計劃，正是出於狄斌的構思。表面上「大樹堂」要向官府借出一筆龐大資金，但其實沿河那些被高價徵購的土地，大多本來就是「大樹堂」所有，那筆錢等於從左邊的口袋掏出來，又塞回自己右邊的口袋；土地當然也不是白出——那筆「官債」將由州府庫房撥款，連本帶利分期攤還；而擴河的最大得益者，仍然是擁有埠頭的「大樹堂」。

至於阮琪玉，除了在工事裡猛削一筆進自己口袋之外，還添加了這個重大政績，他這新任漂城知事的位子也就坐得更穩了。其他出資或參予工事的豪商，亦各自嚐到甜頭。

「大家都有好處的，才是生意。」這是近幾年狄斌最常對部下說的話。河岸的樹木又長得更茂盛了，狄斌瞧著這風景想。就像「大樹堂」。

「那夥人是怎麼回事？」狄斌皺眉，終於瞧向遠處等候的官商。「我早說了，這次回來是私務，沒工夫應酬。」

「他們硬是要來接船。」田阿火嘆氣。「一群看見屁眼就拚命要舔的傢伙。」

「叫他們都滾回去。」狄斌的語氣帶著厭惡。「除了阮琪玉。叫他晚上來吃飯。」

田阿火回頭往部下們招招手，一輛四馬大車便駛了過來。狄斌登上馬車，連招呼也沒跟那些官商打一個。

今天的他，沒有這必要。

□

狄斌的第一站並不是進漂城，而是往北郊拜會于老大的丈人。

李老爹早就沒有種藥田，原來的田舍和倉庫也都拆掉，改建成氣派十足的莊園。鄰近的農家看見這座建築都不禁感嘆：假如當年那個藥店小子來的是我家就好了。

李老爹早就吩咐傭人在花園裡設宴，迎接帶著大批禮物到訪的狄斌。另外田阿火也派了部下，把仍然住在城裡的龍老媽接來，一起吃這頓飯。

李老爹仍然很壯健，一看見狄斌的馬車到來就奔出前院迎接，見面時用力地抱著他肩膀。

「女婿在京都還好吧？蘭兒呢？」

「都很好。」狄斌緊握著李老爹的手。「不要擔心。」雖然見面不多，但他一直也很喜歡這老頭。李老爹不僅是家人，也是「大樹堂」的恩人——當年進攻「大屠房」前，就是他借出倉庫給于潤生作基地。

「我好記掛蘭兒呢。」李老爹嘆息說。李蘭每年都有回外家省親，有兩次還帶著阿狗和鎌首的孩子們回來，李老爹很懷念那些熱鬧的日子。可是他捨不得這片幾十年前一手開墾的土地，始終不肯搬到京都跟女兒同住。

龍老媽自從兒子死後，身體比從前差了。可是看見六叔叔時仍然一樣地多話，劈頭第一句也是問狄斌甚麼時候娶親。狄斌只好無奈地微笑。

至於二嫂嫂馮媚，狄斌深知風塵出身的她必定守不了寡。為免早晚弄出醜聞，污了二哥身後之名，他索性給她一大筆嫁妝，把她送到別州，改嫁一個跟「大樹堂」沒有任何生意關係的商人，從此割斷了關係。

這頓飯的酒菜和果品都很清淡，用的全是鄰近農田新鮮的作物。在晴朗的花園裡，狄斌跟兩位老人家輕鬆地邊談邊吃，洗去坐了五天船的勞累。

他留意到龍老媽吃得很慢，也吃得很少。

飯後李老爹花了很多唇舌，挽留龍老媽在這莊園小住一段日子，好好養病。然後兩個老人站在前院，送別了狄斌的車。

狄斌從車窗看了他們最後一眼。

——不知下次再回來，還見不見得著他們呢？……

狄斌終於進城。車子前後皆有「大樹堂」的部眾開路及拱衛，整個行列多達五百之眾。昔日在漂城，即連朱牙或龐文英也從沒如此威勢。

田阿火也坐在狄斌的車內，沿途順道巡視「大樹堂」近年在城內的各項改建工事。雞圍大體上還是老模樣——一個城市不管如何繁榮，仍然需要像雞圍這種地方。

破石里的改變則大得多，連名字也改作「普石里」。以當年于潤生的「老巢」為中心，整個地區都徹底翻新了，街道變得整齊清潔，百業昌盛的程度僅次於大街那頭。

接著馬車終於駛進安東大街。

看見兩邊車窗那絲毫未變的繁華街景，狄斌心頭感觸。

——從前，這裡就是我們的夢想。

久居京都多年後，狄斌驀然再見安東大街，驚覺原來比記憶中狹小得多……

大街只有兩個地方改變了：一是北端「大屠房」原址，已經建起「大樹堂漂城分堂」的總部，中間特意起了座六層高塔，比當年的「大屠房」高樓更雄偉高聳；二是「江湖樓」，也就是龍拜殞命之地被夷平了，改建成「善濟舍」，定期向城內貧民贈藥及派發糧米。這善堂與四周豪華的妓院酒館格格不入，但沒有人敢說半句話——它是狄六爺親自下令興辦的，裡面供奉著「大樹堂」龍二爺及葛三爺的遺像畫卷。

「夠了，」狄斌放下車窗簾子。「我沒精神。明天再看吧。」然後閉目養神。田阿火本來一心想向狄六爺展示，自己這個「漂城分堂」掌櫃有多稱職，此刻有點不是味兒。可沒敢說半句，只吩咐車伕加快速度。

田阿火本來還想邀請六爺今天晚飯後去欣賞「鬥角」，可是此刻打消了念頭。他上任掌櫃以來的一大建樹，就是把「漂城大牢」的地下「鬥角」，辦成公開的賭博賽事。城內共建起三個簇新的「角場」，每日輪流舉行比賽，除了成爲一大財源外，也是「大樹堂」挑選好手以補充新血的地方，田阿火對這功績非常自豪。

狄斌在馬車上沉思。

今天的漂城，已經完全屬於他們，更比從前還要繁榮亮麗；然而只要一閉上眼睛，狄斌心裡的漂城，仍然是往昔那個模樣。

——在那裡，保存著他所有最珍貴的記憶。

車子離開安東大街，繼續往南行駛，直出漂城南門。

還沒到達南郊墓園，遠遠已看見山坡上空冒起焚煙。

八年前，當京都的局面安定下來後，狄斌第一件事就是回來漂城，在風景美麗的南郊挑選一面山坡，把那兒大幅土地買下來，建成了這座圍著石砌矮牆的墓園，把龍老二和葛老三的墳墓移葬於此。

兩座墳頭都建得極盡豪華，相當於尋常人家房屋般大小，縷刻著精緻浮雕的石碑等同兩個人高。墓地四周又遍植搜購自各州各地的奇異花草，伴以諸般形貌色澤的罕有奇石。墓園中央挖了一個荷花池，養著放生的鯉魚和靈龜。

墓園各處排列著許多較小的墳墓，葬的是吳朝翼和其他犧牲的「大樹堂」部下。他們從前都是散亂下葬在漂城內外，如今集合在一起，狄斌一眼望過去，心頭驀然變得更沉重。

——為「大樹堂」而死的人是這麼多……

田阿火的部下早就在兩座主墳前焚燒著各種祭品，狄斌到達時，那大鼎爐裡已經積了尺厚灰燼。墓前也已備齊香燭與三牲果品。

狄斌首先站到龍拜的墓碑前。他沒有心情讀上面刻的那幾行歌頌碑文，只是從田阿火手上默默接過三根指頭粗的香，雙手舉在額前，深深拜了三拜，再親手插在墳前的黃金香爐上。

十年前，當他第一次回漂城拜祭二哥時，心情異常激動。可他沒有哭。自從鐮首離開至今，他一次也沒有流過淚。

如今再次站在龍拜和葛元昇的墓前，狄斌的心很是平靜。

——畢竟已經過了這麼久。大概不管甚麼事情，總有變淡的時候。

他在葛三哥的墓前依樣再拜，就再沒多留，頭也不回地登上馬車。

□

晚宴設在比當年「江湖樓」更豪華的新酒館「東逸樓」頂層，當然亦是安東大街上另一座屬於「大樹堂」的物業。

席上田阿火提及雷義的消息。

「那落跑的臭差役，原來逃到了鄰州的淌水鎮。」田阿火咬牙切齒說。「去年病死了。他的妻小又回了漂城來，我們才知道這消息。」

「這麼短命？」狄斌想起從前那個身材寬壯、指掌粗糙得像鐵銼的大漢，身體一向很好。大概是因為這麼多年來都害怕被清算報復，日久積鬱而得病吧？

「他的妻兒，給送些錢。」狄斌呷一口酒後，毫無感情地說。「好好照顧。」

田阿火馬上就招來一名幹部，把狄六爺的指示傳達下去。

知事阮琪玉在席上就像個穿戴得過份隆重的堂倌，不斷陪著笑替狄斌添酒。狄斌只問了一些關於官府的事情，然後就完全不理會他。阮琪玉幾次想打開話框都自討沒趣，只好轉而跟田阿火談話。

狄斌自顧自在喝著酒，菜也沒有多吃。他聽阮琪玉提及，最近關西那頭有暴民結成亂匪，攻擊了好幾個鎮縣的官府。狄斌當然比他更早知道這件事——「大樹堂」在關西擁有十九座分堂及八十七個貨站——但他沒怎麼放在心。親眼見過如狼似虎的朝廷官軍，他才不信一群亂民能夠幹得出甚麼。

狄斌忽然聽聞歌聲，從樓下傳來。

他伸手。田阿火和阮琪玉馬上停止談話。

狄斌繼續側耳細聽。很熟悉。

「快找那唱歌的上來。」

兩名護衛奔下樓去。

不久，他們帶著一個面容清秀的年輕人上來。那青年手上捧著一副弦琴，露出十分惶恐的表情。他當然知道這些都是「大樹堂」的人，心裡害怕有甚麼得罪了他們。

狄斌示意部下端一把椅給他坐。他這才放心了一些，卻還是不敢坐下。

「別怕。」狄斌溫和地跟他說。「你叫甚麼名字？」

「小的叫……呂添。」他坐下來了，聲音仍帶著微顫。

「雄爺爺是你甚麼人？」

呂添的眼睛亮起來：「是我師父……幾年前去了。大爺，你認識我師父？」

「從前是鄰居。」狄斌微笑。一想到破石里那些窮日子，他心頭一陣溫暖。「剛才那首曲子，唱一次給我聽。」他揮手示意。桌邊的部下馬上掏出一錠金。

看見金子，呂添心裡既歡喜又緊張。「小的……沒有雄爺爺唱得那麼好……」

「不要緊。我只是想再聽一遍。」

「小的獻醜了。」呂添把弦琴放在地上，脫去鞋子，一隻趾頭按在琴弦上。

「這是甚麼？」阮琪玉怪叫起來。

「你不懂就別他媽的插嘴！」狄斌的怒喝，令在場所有人身體都跳了一下。阮琪玉漲紅著臉，幾乎不敢呼吸。

呂添被唬得面色煞白。狄斌安慰他：「來。唱得清楚就可以。」

聽了這話，呂添心頭再次定下來。他吸了一口氣，清一清喉嚨，十隻足趾開始彈撥琴弦，比一般人的手指還要靈巧。

他的歌聲，流進琴音之間。

狄斌閉上眼睛。

出生啊——命賤
風中菜籽
長在啊——淤泥
非我所願……

葛小哥回到家裡，給他一塊從飯館廚房帶回來的豬肉。

他跟龍爺一人提著籮筐一邊，把那堆梨子帶到市肆去賣。

他抱著剛出獄回家的五哥。

四哥第一次教會他，寫出六兄弟所有人的名字。

誓共啊——生死

剖腹相見

刀山啊——火海

滴汗不流

烈酒啊——美人

快馬嘀噠

呼兄啊——喚弟

不愁寂寞……

熊熊燃燒的「大屠房」，映著五哥的笑容。

三哥那沒有半絲頭髮眉毛的屍體。

在賭坊的帳房裡，他和龍爺笑嘻嘻地數算著大堆銀子。

出發往京都之前，他最後一次聽見四哥的咳嗽聲。

回首啊——看破
鏡花水月
青春啊——易老
知己去矣
雙手啊——空空
醉臥山頭
生啊——何歡
死也何苦？

「殺草」刺進四哥肚腹。熱血潑灑。

五哥站在月光底下的落寞背影。

半邊空了的床。

淚水滴落在飯桌上。

歌聲和琴聲都停止了。

狄斌無法抑止地流淚。

飯廳裡所有人都呆住，然後識趣地陸續離開。

留下狄斌孤獨地伏在桌上，繼續痛哭。

□

那柄沉重的長刀，斜斬進霍遷肩頸之間，強猛的力量把他鎖骨硬生生折斷了。霍遷瞪著不可置信的眼睛，另一邊手緊抓著已深砍在自己體內的刀鋒，不讓那刺客把刀拔出來。

刺客隔著幪面黑巾不停在喘氣，雙手再猛拉刀柄幾下，始終無法把長刀拔離。他放棄了，伸腿把只餘最後幾口氣的霍遷踹倒。

站在轎旁的陸英風，冷冷看著跟隨他近四十年的心腹倒在血泊中，蒼老的臉上沒有任何表情。

他一生已經失去過太多部下。連感到悲哀的力氣都早已沒有了。

下著微雨的濕冷暗街再次靜下來。倒在地上的燈籠，早被地上的水窪浸熄。

全身黑衣的高大刺客轉過身來，迎向從前的元帥。

是個生手，陸英風想。動作明顯因爲緊張而有些僵硬，令出刀失卻準頭。可是那壓倒的力量和速度，蓋過了一切失誤。說不定是第一次殺人吧？經過這次洗禮，明天開始就是沒有破綻的戰士。只要他能夠克服殺人後的罪疚感覺。

陸英風看清了刺客那黑布巾之間露出的眼睛。很年輕，有一股無人能馴服的野性。陸英風心裡竟然不禁爲這個來取他性命的人喝采。如此素質的新秀戰將，他過去麾下數不出五個來。

刺客畢竟具有超凡體能，喘息很快就平復。他跨過包括轎伕在內的五具屍體，站在陸英風跟前不足七尺處。

陸英風當然知道自己爲甚麼要死。當再沒有戰爭的時候，他對任何主子來說都是威脅。儘管已經快要七十歲。他只是意外：他們竟然還讓他活了這麼多年。

如今回想，十年前帶著「裂髑軍」進入這城都的那天，他的生命其實已經等同完結。他沒有任何遺憾。那是他人生的最高峰。

刺客從腰帶處掏出一個灰色布包，解開繩結，拔出一柄兩尺短刀。

寒霜般的刀刃，令陸英風雙眼發亮。

死在這麼美麗的刀下，也不錯。

刺客拋下布包和刀鞘，右手握著短刀，左手搭在腕上輔助，從齒間發出低嘶，拔步朝陸英風衝殺。

就在刀尖將及胸膛時，陸英風雙掌伸前，準確地按住刺客雙腕。

陸英風發出猛獸般的嚎叫，衰老的肌肉如鐵綳緊，竟然抵住了短刀的前進。

年輕刺客也感愕然，繼續運起全身力量往前猛推。

陸英風雙臂關節開始傳來痠軟感覺。六十七歲的力量一點點消失。他卻仍然爲剛才短暫的對抗而自豪。

——雖不能死在戰場上，至少我也死戰鬥裡。

刀刃逐寸緩緩刺入陸英風的心臟。

曾經殺戮萬人的意志，隨著鮮血逐漸流瀉。

到最後，只餘心底裡一句話。

——多謝……

□

于阿狗早就等在黑子家門前。

他當然不是一個人來，帶著的那夥年輕部下，全是「大樹堂」在京都的幹部第二代。這些一同長大的玩伴自少年開始，就視這個堂主唯一兒子為首領。

于阿狗當然不再叫于阿狗。滿十歲時，父親給了他一個新名字：于承業。對外人來說，這名字的含義非常明顯。

但是在黑子心裡，他永遠是阿狗。

「活著回來啦？」于承業雙手交疊胸前，倚牆而立，神態頗是輕佻。

黑子早就拋棄那身沾滿鮮血的刺客裝束，換上一套不顯眼的粗布藍衣。衣服短小了一些，令他身軀顯得更高壯。

——這是最令身材瘦削的于承業無法不妒忌的一點。

「我沒空。」黑子木無表情地說。「進去更衣後，我還要向堂主覆命。」在于承業面前，他從來不稱呼于潤生作「伯父」。

「不用了。」于承業微笑。「由我去。」他伸出手掌。「『殺草』呢？交給我帶回總堂就可以了。」

黑子猶疑了一會，還是沒有違抗。他從衣襟內掏出那個仍微濕的灰布包，交到于承業手上。

于承業拈了拈「殺草」的重量。「眞不明白，爲甚麼爹非要用它來殺陸英風不可呢？」

在街上說這種話太不小心了。黑子沒有回答他，只是想起于堂主把任務交付給自己時說的話：

「元帥……只配死在這柄刀下。」

黑子知道堂主爲甚麼派自己去。這是個考驗。通過了，他才正式是「大樹堂」的人，而非僅僅狄六爺的義子。特意挑在狄斌回了漂城的這個時候動手，也是因爲堂主知道，義父不會贊成。

但今天的刺殺已經證明：走上父親的舊路，是黑子註定的命運。

于承業把「殺草」收進衣袍底下，拍拍黑子的肩膀。「幹得好。辛苦了。」那神態完全是上級對下級嘉許。「我會叫爹好好賞你。」

直視著黑子那雙眼睛，于承業彷彿在向他說：

——你好好當我身後的影子。

黑子厭惡看見阿狗這種姿態。他指指家門，仍是毫無表情地問：「我可以回去了嗎？我很累。」

于承業聳聳肩，回頭瞧瞧身後的手下。眾人簇擁著他，登上停在街口的馬車離開。

直至車聲完全消失後，黑子才踏進家門。

他兩隻拳頭一直緊捏著。

□

京都「大樹總堂」就座落在鳳翔坊，即「豐義隆鳳翔坊分行」的原址。由於都內一切民間建築的高度皆不得超越皇宮，「大樹總堂」的樓房最多也只可建三層高，卻以寬闊的建坪彌補不足。原有的行子被完全拆毀，再併購了四周逾百座房屋及四條街道土地，全體夷平重建成總堂的樓群，面積比從前「鳳翔坊分行」大了三倍。

至於「豐義隆」遺在京都的其他各分行，早已一一拆卸重建，唯有「九味坊總行」仍然保留。「豐義隆」這個名字並沒有在京都裡完全消失，十年來仍以容小山爲名義上的老闆，實際當然受到嚴密的軟禁和監視。此舉是爲了撫平「豐義隆」原有部眾的反抗情緒。在數年裡，「大樹堂」成功吸納了「豐義隆」原有的全部生意及大部份勢力，證明于潤生這個安撫政策十分有效。

另外「三十舖總盟」的處理方式也大同小異。

縱使在京都黑道上已經再沒有敵人，「大樹總堂」的保安工夫還是異常嚴密。總堂內外的護衛由現任「刑規護法」棗七全權負責，于堂主授予他不經審問即可就地處決任何幫眾的生殺特權。棗七亦像一頭忠心狼犬般，一絲不苟地執行這個使命。

「大樹總堂」由五座樓閣組成，其中最重要的主建築是位於正北面的「養根廳」，單是它已佔了整個總堂的一半土地。單層的廣闊大廳，由八十二根三人合抱的巨柱支撐，圓拱狀的屋頂相當於正常房屋三層高，其氣勢之恢宏，只輸於皇宮的金鑾正殿。

除了少數幾個人物，任何人進入「大樹總堂」範圍內，都得經過仔細搜身。就連于承業也不例外。

今天他卻可以帶著刀進來。

因為這柄刀，在這裡不是兵器，而是聖物。

他雙手恭敬地捧著「殺草」，走到位於「養根廳」西側那座巨大的神壇跟前。

神壇長期香煙繚繞，供奉著牲肉果酒。一座相當於半個人高的純金武神像立在壇上，三條手臂一握寶刀高舉頭頂，一拿盾牌收於胸前，一持長戟倒垂向地；神像鑲著西域貓眼石的雙睛高高吊起，容貌極是兇悍；頭頂不戴冠帽，散著用眞人髮絲織出的長髮，以硃砂染成火焰般的紅色。

于承業把「殺草」放回神像前的木架上，並依「大樹堂」規定的儀式燃香叩拜。

在煙霧籠罩下，那尊神像更顯得神秘，莊嚴中帶著一種懾人的恐怖感覺。

雖然因爲年紀小而沒有親眼見過，但于承業知道，這位「刑規護佑尊」，原本是個活生生的凡人。

——才死了十幾年的人都可以得道昇天，受香火供奉，還不是因爲你的老大是「大樹堂」堂主？

于承業拜祭時的神態雖然嚴肅恭謹，實則心裡充滿輕蔑。

「養根廳」側門打開。進來的是棗七。他比以往發福不少，可是即使穿上華貴衣衫，予人的感覺還是像一頭穿著衣服的猿猴。

「叔叔！」于承業高興地上前迎接。棗七咧開那口尖牙，摸了摸于承業的頭髮。別人都很害怕棗七，只有于承業跟他特別親近。于承業自己也說不出是甚麼原因。大概因爲大家的童年有點相似吧？于承業還小的時候，棗七不時就跟他提起，自己孩子時在山裡獨自生活的事情。

「明年就要入學了吧？」棗七捏捏于承業的臉頰和手臂。「怎麼還是那麼瘦？應付得來嗎？」棗七比從前說話多了，也比較能說完整的句子。

「沒甚麼，我應付得來。」于承業笑著回答。他從前進過私塾讀書，可是成績不好；接著于潤生又讓他跟崔丁學做生意和計算帳目，他學了一會還是提不起興趣；於是在于潤生安排下，他明年將進入培訓武官的「武備塾」。于潤生當然不是期望于承業能夠成爲官軍將領，只是讓他及早在軍中建立人脈關係，對將來維持「大樹堂」的權勢必然會有很大幫助。于承業知道「武備塾」上下的教官，都已經得到金錢疏通打點，自己入塾後不用吃半點苦頭。

「那就好。」棗七拉著他的手。「過來。堂主在『盛葉廳』。他叫你去那邊見他。」

□

父親要在「盛葉廳」接見，這令于承業有點愕然。

「盛葉廳」是「大樹總堂」用以接待最高級貴賓的宴會場所，于承業從來沒進過去一次。比起莊嚴壯闊的「養根廳」，位於東側的「盛葉廳」又具另一番豪華氣象。內裡可見的裝飾陳設，不是鋪了金箔就是純銀器物，地板用上從各地搜集十幾種不同色澤的玉石交錯鋪排，全部打磨得光滑如奶脂。高聳的天花是一幅連綿不斷的手繪巨畫，畫著各種形貌的仙人異鳥和細緻的天界景象。

今天在「盛葉廳」的護衛，比在「養根廳」還要多。于承業知道是因爲父親在這裡。

穿過長長而發光的走廊，東七把面前一道大門拉開。

于承業感到一股熱氣從門裡撲臉而來。

熱氣，來自許多人體。

于承業看見門裡的光景，頓時停止呼吸，心臟砰砰亂跳，整塊臉熱烘起來。

在這「盛葉廳」最大的宴室內，近百赤裸的男女正在瘋狂亂交。

男人們因爲酒精和情慾催動，一具具肌肉鬆馳的身體都通紅；女人全是經過挑選的美女，各種高矮胖瘦都有，當中夾雜一些黝黑肌膚或金黃頭髮的異族女子，也有幾個顯然還沒有完全發育的女孩。

成排激烈搖動的乳房。濕潤發亮的毛髮。汗水、唾涎與精液混合的氣味。掐入背項的指甲。低啞的嘶嚎和高頻的尖叫。傾瀉的酒瓶。牆壁上猛烈博鬥的影子。

而于潤生，獨自坐在首座交椅，默默地凝視這一切。他面前的酒菜沒有動過半點。那張比從前還要瘦削、皮膚開始鬆馳的面龐，浮現出一種異樣的興奮。

于承業用了絕大意志，把目光從那堆亂交男女身上移開，垂頭小心越過他們，走到于潤生身旁。

「爹。」

于潤生沒有回答他，彷彿完全沒察覺這兒子到來。

于承業仔細觀察父親，希望從中得知他今天的心情是好是壞。

于潤生一身衣服，就如整座「大樹堂」的建築，表現著他過去從來未有的豪奢。朱赤長袍處處織著純金絲線，腰帶縫著一片半個巴掌大的翠玉，右手拇指上有隻鑲了大顆黑寶石的金指環。

于承業看出來，父親此刻的興奮表情，跟宴會場裡那些男人的很不一樣。那並不是性慾的表現，而是另一種慾望滿足所帶來的快樂。

他很清楚：**世上只有一種東西，能夠令父親感到如此興奮。**

「你知道這些男人是誰嗎？」于潤生忽然開口，視線卻沒有移動。

于承業瞧過去，盡量不把注意力放在器官和動作上。他認出來了，其中幾個都是曾經造訪父親的朝廷高官。

「我知道。」

這時于潤生才收斂起表情。他撫摸一下那隻寶石指環。

「那件事情怎麼了？」

「那位元帥，已經去了見他的所有手下敗將了。」于承業喉結吞動了一下才說。

「很好。」于潤生那點頭幅度微細得幾乎看不見。「寧王爺會很高興。」

寧王就是十年前的寧王世子。于承業早就猜到，要殺陸英風的，是把持著朝政的那干南藩親王。替死的羔羊當然也早就準備了。大概是找幾個當年的降將吧？

「黑子他怎麼樣？」

于承業可沒想到，父親會問起他。

「沒甚麼……把『殺草』交給我，就自己回家了。很平靜的樣子。」

「嗯。很像他爹。」

于承業沒有回答。在「大樹堂」裡，當年的「五爺」，是個不許提及的禁忌。只有狄斌還會定期派人去訪尋他的消息，其他人已經當這個人物不存在了。

于潤生伸手指了指守在一角的棗七。

「他們都是這類人。危險的男人。黑子也將會是其中一個。」

他直視養子。

「越是危險的男人，你越要令他知道，他永遠都只在你腳下。讓他相信你給他的東西，都是天大的恩賜。讓你成為他生存的理由。」

于潤生拍拍交椅的手把。

「你若是想坐上這個位子，就要牢記這一點。明白嗎？」

于承業想起那位出走的五叔叔。當時他年紀還小，之後也從來沒有人跟他談起過，他不知道是怎麼回事，也不知道那人跟父親之間發生了甚麼。

現在聽見父親這番話，他方才明白：當年五叔叔離開，在父親心裡是多麼深的一根刺。

——于潤生無法接受，世上有一個人竟然不需要他。

而于承業，這個當年曾經幾乎被饑荒吞沒的孩子，他最害怕的是，自己不被任何人所需要。

瞧著于潤生那張椅，于承業眼裡湧現出強烈的慾望。

在群交的嚎叫和呻吟聲裡，他直視著父親眼睛，肯定地點點頭。

□

黑子的家很小。並不是因爲他沒錢，而是他本來就不喜歡空蕩蕩的大屋。

只有後院廣闊得不成比例。院子中央挖了個又深又長的石砌水池，長年都注滿水。除了寒冷得結冰的日子，黑子每天早上都會跳進池裡，來回游幾十趟。

游泳的時候他感到最快樂。**因為這是父親唯一教過他的事情。**

今天早上他又走到水池旁，把衣服都脫光，然後小心地解下頸上那木雕小佛像，輕輕放在池邊。

是義父送給他的。

「你爹從前親手給我造這個。」

黑子那健美結實的身體，在空中劃了個漂亮彎孤，像魚般躍入池裡。徹骨的寒冷令他整個人清醒。爲了對抗冷意，手臂不斷地向前劃。雙腿在水底裡踢擺的動作，柔巧得像魚尾。

每次進入水裡那隔絕的世界，他的心總是平靜清澄。可是今早，當他潛在水底時，昨夜的記憶不斷在他腦裡翻騰。

刀刃與鮮血。碎裂的骨頭。死者恐懼的眼神。

——拿著刀斬在活生生人體上，原來是這種感覺……

他手腿不自覺加快，拚命想以激烈的動作，驅去腦裡那些影像。

他游了許久，最後才力竭停在池邊。露出水面的上半身，散發出絲絲蒸氣。

「這麼冷的天還下水？別弄壞身子啊……」

聽見這把溫柔聲音，黑子才察覺水池旁的花園站著兩條身影。

是李蘭，帶著柔兒來了。黑子一看見她們，原本沉鬱的臉馬上放鬆開來，雙眼發亮光。

她們是世上唯一能夠令他露出這種表情的兩個人。

他急忙從從池邊抓起褲子，就在水底裡穿上，然後才爬出池。

看見黑子濕淋淋的矯健身軀，李蘭有點臉紅。這種身體，根本不屬於一個十五歲男孩。

柔兒卻毫無避忌地上前，撿起那個小佛像。「哥哥，我替你戴。」

黑子靦腆地半跪，讓這個同父異母的妹妹把佛像掛回他頸項。

當那些細小柔滑的冰冷指頭，觸摸到他肩頸皮膚時，他有種觸電的感覺。

「戴好了。」柔兒用力拍拍黑子肩膀，露出純眞的微笑。

才剛過十三歲，可任何人都看得出，這個女孩將要長成個大美人。皮膚雖然因爲繼承了父親的血統而帶著麥色，卻更令人感受到一股健康的美，跟那些弱不禁風的閨秀截然不同，此刻襯在這身雪白貂裘下，更顯現出一種活潑吸引力。

「娘。」黑子穿了上衣，上前跟李蘭點頭。只有在她們面前，他才會這樣稱呼這養母。特別是當堂主在場的時候，他更會正式地稱她作「夫人」。

「我們帶了早點來，已經放在飯廳那邊。」李蘭掏出手帕，替黑子抹去臉上的水。「你先去換衣服，別著涼了。換完後大家一起吃。」

每次聽見李蘭溫婉的聲線，黑子身心都有股暖意在流動。

「是娘親手弄的。」柔兒笑著說，露出兩排潔白如玉的皓齒。「弄了好多啊。我們知道哥哥要吃很多。」

她伸手想握住兄長那寬大的手掌。她手腕上戴著一隻銅造手鐲，是她滿十二歲時他送的禮物，上面刻著一隻精巧細小的鳥兒圖紋。她很喜歡，此後就沒有脫過下來。

黑子縮開手。柔兒當場呆住。

「不要弄濕你。」黑子沒有正眼看她，轉身步向房屋。背向她們時，他痛苦地緊咬下唇。

黑子不想握她的手，不是因爲尷尬。是因爲這隻手，昨夜握刀殺了六個人。

雖然就在身邊，可是黑子感覺到：**經過昨夜之後，他跟她們的距離將要越來越遙遠。**

第二十八章
無等等咒

第三十一天
在雨中
我一直
站著

□

站在山谷口的樹蔭下，鎌首做了一個夢。可是醒來時已經忘記夢見了甚麼。

那頂大竹笠與濕透的蓑衣，不斷在滴著水珠。四周仍然是令人快要發瘋的淅瀝雨聲。赤裸雙足陷進軟泥寸許。他就這樣像株大樹般矗立著沉睡——他不知道有多久。

他稍稍揭高壓在眉前的竹笠，瞧向谷口外。眼前一片迷糊。山石、樹林跟雨幕交織。只有直覺告訴他：敵人還沒來到谷口前。

他打了個冷顫。一股滲入骨髓的寒意。背項僵硬得像塊鐵板。只要稍稍移動，每個關節都發出「咯咯」的響聲。他每隔一會就咳嗽起來，彷彿因爲吸得太多潮濕空氣，胸肺裡也有點發霉了。

這是他連續第三天獨自站崗。反正在山洞裡他也很少入睡，不如把休息時間讓給僅餘的部下。

他摸摸蓑衣底下的腰間。刀還在。黃銅打造的柄首和鞘口都已滿佈綠鏽，皮鞘表面也浮起一點點的白霉。

鞘裡刀刃大概也已經生鏽了。他不在乎。他從沒拿這柄刀砍過人。它只是用來指揮的象徵物。

才幾個月前，這柄刀的刃尖指劃之處，「三界軍」就圈出一片片領土。

美好但短促的光榮，猶如被風吹散的夢。

如今這柄刀能夠指點的，只餘最後二十七騎，幾乎全都是從籽鎮起事開始就跟隨他的部下。

而包圍在這袋門谷外的官軍，最少也有三千人。要殺出這困局，完全是不可能的事。

幸好官軍也不清楚我們這邊的人數，鎌首如是想。否則就算有如此險要的山谷地勢，加上連續不斷的暴雨，對方必定早就強攻進來。鎌首和部下輪班在這谷口哨戒，主要是爲了防止敵方斥侯潛入打探，暴露我方眞正人數。

後頭傳來枝葉響聲，鎌首警覺地回頭。他辨出了是自己最信任的兩個部下，毛人傑和孫二。

「大王，我們來接班。」毛人傑——也就是從前的小毛子——說著走過來。他沒有穿蓑衣，任由雨水滴打那身披掛戰甲，腰間的雙刀隨著步履搖晃，背後斜揹一把長弓。兩年來的戰爭，已經把從前那個清瘦小馬賊，磨鍊成「三界軍」堂堂的首席戰將。

孫二則跟從前沒有多大分別，一樣的壯碩沉靜，只是從前行刑用的劊子刀，如今已換成了一把長柄斧頭。

「我還不累，再站一會。」鎌首搖搖頭。「你們回去再休息。」

「大王……」毛人傑皺眉。「你不可以弄壞身體，你倒下了，我們也都完蛋。」

鎌首從來沒向他們提過自己的名字。可是起義的領袖，不可以連像樣的稱呼也沒有一個。秄鎮裡有個讀過書的老頭就提議，冠予他「荊王」的稱號。

這個起得有點隨意的名號，在繼後兩年間，令關西地區鄉鎮的大小官員聞之色變。二色旗幟如烈風橫捲而過，飽受壓迫的飢餓農民，也像乘風而起的無數細沙，結合成一股不斷膨漲的沙暴，高峰之時竟達兩萬之數，當地腐朽的官府力量，根本無從抵擋。一座座官家倉庫被打開，帶來一張張因吃飽而露出歡欣笑容的臉。壯丁拿起家裡任何可充作兵器的東西，興奮地加入起義行列。兒童高唱著「天下糧倉迎荊王」的歌謠。

直至「三界軍」終於引起朝廷注意，動員三千「剿賊旅」討伐爲止。

雖然只是糾合的農民，但仗著幾倍人數，與正規官軍正面交戰，勝負本來尚在五五之分；

可是關鍵時刻，「三界軍」一批將領接受招安而臨陣投誠，義軍翼防不戰自行崩潰，鎌首指揮的主力遭側面突襲而迅速兵敗，輾轉逃亡二百餘里，最後只餘這二十八騎孤軍，被趕入袋門谷死路……

毛人傑把長弓卸下，坐在一塊石上。他的精神仍然顯得強悍。一個月的包圍，僅有的糧食已經見底，騎來的馬也只宰剩四匹。早就習慣捱餓的他並沒有被打垮。

他仰頭迎著雨水，手裡彈著弓弦，眼睛像有火焰。

「姓哈的……我活著離開這裡，第一個就找他。用這把弓射穿他那顆狼心。」

哈大全——也就是哈哥——正是帶頭向朝廷投降的義軍將領。這事令毛人傑格外心痛。站在一旁的孫二無言。他只是念著兵敗前寄住在後方永瑞鎮的妻小，不知道他們有沒有被抓。

既然兩人堅持代為站崗，鎌首也就走開。但他不想回去躲藏的山洞。在谷口山壁間，他找到一塊突出的大石底下有片比較乾爽的地方，把蓑衣和竹笠脫去，坐在石頭上。

自從那次當死囚之後，他就一直刮光頭。只是現在被圍了一個月，頭上又已長出薄薄一層短髮。倒是鬍鬚，這麼多年來從沒修剪過，下巴鬍子已長到胸口。

他從衣服最內裡掏出一個小包，打開層層的皮革與油紙，裡面是本粗線裝的冊子。

鎌首小心地把手上水漬抹乾，才把冊子揭開，一頁頁寫滿都是彎彎曲曲的古怪文字。

為免這部札記落入敵手而洩露軍情，鎌首全都用西域異族的文字記敘。

他拈起紙包內一根幼小炭條，繼續在札記上寫字：

「……我做錯了甚麼／到了這種地步／是因為太相信／擁有共同志向的人／不會動搖／人心是自私的／驅使人心／指引其方向／也需要強大力量／力量並非我所追求／但在最後勝利前／必要違背自己嗎……」

鎌首指間的炭條，把他深藏的思緒傾瀉在那粗糙的紙上。身邊的雨聲，還有更遠的敵人，他全都渾忘。

他知道，自己絕對不會死在這裡。沒有任何解釋的直覺，不證自明。這並不是宿命。正如當天他跟小毛子說：只有因和果。果，還沒有完成。他絕對不會死在這裡。

當然還是會有人死。死在他身邊的人。死在他指揮下的人。死在他懷裡的人。

然而要改變一個世界，就必定得承受這種孤寂。

他這時聽見一群鳥叫。

這不是真的鳥叫，是毛人傑裝出來的叫聲。只屬於他們的暗號。

當鎌首走近時，毛人傑早就從石上站起，與孫二並肩立著，兩人身體靜止得比身旁的樹還要凝定。

眼睛直視谷口外遠處。

鎌首也循著他們的視線瞧過去。

「看見了嗎？」過了好一會，毛人傑問。

鎌首極輕微地點頭。眼睛經過一輪凝視才適應。可是他確實看見了。在樹木與雨水間，閃亮著不屬於這山谷的東西。是眼睛。而且還有很多雙。

「終於來了。」毛人傑的聲音很平靜。

孫二的身體逐寸移動，緩緩向後退卻。在確定離開谷口的可視範圍後，他飛快奔回山洞，通知餘下的二十五個同伴。

——雖然，明知這樣也只是二十八人能夠死在一塊……

鎌首突然伸出手掌，緊握著毛人傑的手。這親密接觸令毛人傑愕然。

「小毛子。」鎌首繼續凝視那一雙雙正在向這邊緩緩接近的眼睛。「不管怎麼樣，緊跟著我。」

毛人傑以為，荊王是害怕孤獨死去。

——畢竟他也只是人。

「好的。」毛人傑答應的聲音中有股悲哀。

雨下得更兇了。

「記得嗎？那天……也下了一場雨。」鎌首繼續說。「那場雨，讓我們活到今天。」

毛人傑知道，荊王說的是兩年前在籽鎮刑場發生的事。

「對呢。」毛人傑微笑。「下雨天，我們就格外好運道……」他說著時呆住了。

因爲他看見：荊王的表情似乎進入某種狂喜中。

額上那顆「鎌刀」似乎在發亮……

然後他聽見一陣遙遠而巨大的聲音。

起初他以爲，是官軍終於發動進攻的吶喊與腳步。

不。這種聲音絕對不是人類發出的。

毛人傑這半輩子也沒有到過大海或江河，否則他聽見這聲音，必定會聯想起浪濤。

他驀然感覺自己很渺小。相比面對三千個敵人，聽見這聲音更令他害怕。

他緊捏著鎌首的手掌。

□

黑子像一匹孤狼，站立在姬王府的前院裡，全身都被雨水淋濕。然而他半點沒有感到冷。

眞正冷的，是心。

他以茫然的眼神，瞧著王府廳堂的窗戶透來燈光。裡面那觥籌交錯、鬧聲不絕的宴會，對他來說是另一個世界。

今天又是「大樹堂」攀上另一個權勢高峰的日子。與姬王府結成姻親，進一步鞏固幫會的政治地位，也替「大樹堂」的最大資助者寧王爺，拉攏了又一個夥伴。

自從婚訊傳出後，黑子沒有再見過柔兒一次。直至今天。于潤生指派他負責花轎行進路線的安全。他目送著被鳳冠掩蓋臉蛋的妹妹步上轎，再親自護送她到姬王府來。

親自把她送到另一個男人的懷抱。

黑子從來沒有見過姬王的四子，也不知道他是個怎樣的男人。黑子沒有恨他。因爲他很明白這是一場甚麼婚姻：于潤生在半年前，突然把柔兒收作自己的女兒，當時已經決定了。

姬王四子與于阿狗是「武備塾」的同窗。黑子知道，促成這婚事，阿狗也有一份。阿狗在婚禮上展露的笑容就是明證。

決定了婚事後，柔兒派僕人送了個盒子來給黑子。裡面是個已經很殘舊、斷了頭的紅衣布偶。

李蘭來探過黑子一次。他把臉埋在她胸脯上痛哭。李蘭只是撫摸著這個已十九歲的養子，輕輕說：「傻孩子……」

黑子沒有請求李蘭甚麼。他知道養母不可能反對這親事。

之後黑子還是如常隔晚往義父家，陪伴義父小酌。狄斌從來沒有住進「大樹總堂」，仍然守著吉興坊那座跟他身分地位毫不相稱的宅邸。

漸漸狄斌發現，義子的說話少了，喝的酒卻多了。有一夜狄斌把酒換成茶。

「年輕人喝太多，傷了身子不好。」

兩人相對著喝茶，沒有交談過一句。直至黑子告別時，狄斌才突然說：

「假如你不想留在京都，我可以送你到別州的分堂做事。」

這時黑子知道，義父猜到他心裡的秘密。

「不用了。」黑子回答。

他不希望接受另一個男人同情。即使是看著他長大的義父。

黑子知道：自己成爲了「大樹堂」的暗殺者，此事令義父很不高興。「這不是我給你的安排。」義父曾經這樣說。可是黑子四年前就確認了自己的宿命。他註定要成爲另一個像父親那樣的男人。

但時代畢竟不同了。今天「大樹堂」需要的不是轟轟烈烈的戰鬥，而是陰暗中的刺殺。對手也不再是甚麼狠辣的黑道角色，而是政治或金錢交易上的阻礙者。黑子至今殺了十三個目標，「大樹堂」裡多數人卻連他的名字也沒聽過。

——我已經不可能成爲第二個爹了嗎？……

同時黑子卻看著于阿狗從「武備塾」以首席生肄業（那當然是于潤生用錢買來的），並在禁衛軍「神武營」謀得了官職。

——而我，除了殺人後做的惡夢之外，甚麼也沒有。

雨繼續下著。廳堂裡的賓客們，完全未被這雨影響心情，宴會的鬧聲仍然繼續。

黑子垂下頭。地上的水窪，彷彿浮現柔兒那張美麗得令人心碎的臉。

一隻手掌忽然搭在他肩上。

黑子自從開始殺人後，從未被人如此接近而毫無警覺。

雨沒再打在他身上。頭頂上多了把傘。

撐傘的是那隻手掌主人的隨從。

「你不進去喝喜酒嗎？」

黑子回過頭來。他見過這人一次，在「大樹總堂」。是寧王爺，今夜到來作客。另有兩名隨從替他打著大傘。

黑子正要跪叩，寧王把他托住了。

黑子瞧見寧王那威嚴但親和的微笑，不禁呆住。

「本王聽過關於你的事情。」

「我的……事情？」

「任誰在十五歲時就能單獨刺殺『那個人』，都值得我留意。」

黑子幾乎要露出感激的表情。但是他忍住了。那件事在任何人面前都不可承認——即使他猜想，刺殺陸英風本來就是這位王爺下的命令。

看見黑子不置可否的表情，寧王更欣賞他了。

「你很傷心吧？」寧王指指室內的婚宴。「甚至想馬上離開這地方？離開京都？」

雖然顯得甚無禮，黑子還是沒有回答。

「本王有一件要務，希望交託給你去做。它正好需要你離開京都一段日子。」

「敢問王爺是甚麼？」黑子目中露出感興趣的神色。

「直至現在，你最擅長的是甚麼？」

——殺人。

「這不是件容易的事。」寧王拉起黑子的手，仔細看他那寬厚的手掌。「比你以往做過的任何一次，都要困難一百倍。」

他把那隻手掌捲成拳頭。

「一個人要掌握自己珍視的東西，就需要力量。不是你過去常用的那種。是能夠命令他人的力量。」

他放開黑子的手：「你完成這件事，就是替本王解決了一個大難題。只要你活著回來，本王承諾會給你這種力量。**你將得到所有你希望的東西。**」

黑子雙眼發亮。他回頭，再瞧瞧那窗戶裡的燈光。

「你不必馬上回答。決定了，隨時來寧王府。」寧王說完就轉身走了。兩個打傘的隨從緊跟著，不讓王爺的衣服沾一滴雨。

黑子再次沐浴在雨水中。

他仰首瞧著黑暗天空。雨已變小，雲霧正漸漸散去。他看見一兩點孤獨的星光。

在寧王離去還未足二十步時，黑子從後追了上去。

□

次天早上，狄斌起床後如常到書房辦公，卻發現書桌上，放著他送給黑子那個小佛像。

他頹然坐在椅上，不捨的眼睛瞧著這佛像許久、許久。

□

黑子進入路昌城外數里的郊野時，簡直無法相信：這裡在一個月前，才是激烈血鬥的戰場。

早春的野外盛開著各種他從沒見過的花朵。黑子離開京都這三個月來發現：世界原來是這麼廣大。

——不對，我記得小時候，爹帶我出來了一次。但是除了在河裡游泳的事情外，我甚麼都不記得了……

他用一塊大披肩從頭到腰蓋著身體，手牽著馬兒韁繩，徒步走過這片充滿花香的草原。偶爾看見有草地被燒成焦土，他才真的確定這裡曾經打仗。

遠遠看去，路昌城就像一堆前夜燒盡的柴木。肉眼也可見，城池的牆壁和內裡都已破敗不堪。黑子早就聽說：路昌城守將被「三界軍」包圍個多月後，決定與全城上下共存亡，下令軍士放火燒城，不留一屋一瓦給賊匪。

結果又慌又怒的城民自行打破城牆，蜂湧逃出那座火焰地獄，投向「三界軍」的陣地；「三界軍」大量派發軍糧接濟城民，此一美事傳遍全州，此後攻打的幾個城鎮都不戰而降，平民自行打開城門相迎。

路昌城顯然已不能再住人，但是過了這麼久，「三界軍」仍把大本營設在此地，明顯就是爲了這個象徵意義。

眾多軍民的帳篷都圍繞著城池的廢墟搭建。在明媚的春日晴天下，群眾就在郊外露天席地而坐。有小孩在到處奔跑，互相嘻笑追逐；男人們大都赤著膊在曬太陽，只有少數肩上擱著槍刀軍械，根本分不清哪些是士兵哪些是平民；女人若不是忙於洗衣服或造飯，就是聚在一起，一邊縫補衣衫兵甲，一邊在閒談。整片營地沒有半絲緊張的氣氛，令原本心裡已經做足準備要深入敵陣的黑子，感到有點不知所措。

——這是怎麼回事？

黑子走入營地後，一個赤膊中年漢馬上迎過來。黑子正要準備接受查問，那個漢子卻微笑說：「高個子，要來投軍嗎？好，好！」還拍了拍黑子的肩，熱情地替他牽馬韁。「我來替你引路！像你這種大塊頭可不多呀！將來你當了甚麼大將軍，別忘了我這個帶路的陳廣成！」

另一邊有個少女趨近來，踮起腳趾頭站高，把一個用繩穿成鮮花環套在黑子頸上。

少女看見黑子英挺的臉，有點靦腆地笑。「這是吉祥的花符。祝福你在沙場上平安。」

黑子看著這個不算很漂亮但卻充滿青春生命力的少女，有股想牽著她的手說話的衝動，可是她已經被一群同齡夥伴拉走了。女孩們一邊瞧著黑子，一邊在交頭接耳吱吱亂笑。黑子藏在披肩底下的耳根都通紅了。

在那陳廣成的帶引下，黑子越過營地與人群。他裝作漫不經心地四看，實際卻在視察環境。沒有任何顯著的護衛線，只是一堆接一堆軍民混雜的人群。遠處一片草地正放牧著戰馬，數目少得不像樣——黑子早就打聽過，「三界軍」的騎兵只佔甚少數。很好，得手後逃脫的機會又增加了。

黑子沿途不時看見，在人堆中特別有人站著講話，手裡同樣都拿著一部書。席地而坐的群眾都聽得很入神。

「……天下的土地，本來就是天下人共有的！」黑子聽見其中一個男人正在激昂演說。那人拍拍手上書本的封皮，又說：「沒有天命這回事！沒有人生下來就有權奴役別人；也沒有人生下來就該讓別人奴役！」

「是荊王寫的說話。」陳廣成看見黑子疑惑的神色，馬上向他解釋。「當然啦，原來寫在書上的都比較難懂。是他叫這些讀過書的人，把那些說話向人們說得明白一些。」

「荊王在這裡嗎？」黑子盡量顯得不經意地問。

「你也是仰慕荊王才來投軍的吧？」陳廣成又再拍拍他的肩。「別擔心。你今天會看見他的。所有新兵，荊王都會親自接見。」

就在今天。黑子的心緊張地跳動。他本來準備，要混入這裡十天八天才能查探到目標所在，另外要再花個一、兩天視察，才會找到下手的時機。

——難道要在這人群當中、白日之下動手嗎？可是若不在今天，很難說甚麼時候再見到他……

黑子記起曾經聽義父述說過，父親獨闖九味坊，在千人眼前幾乎成功刺殺敵方頭領的往事。直到現在，京都坊間偶然還是會聽到人們提及那個天神般的「三眼」。那是一場公認的奇蹟。

——也許今天，我就要重演一次爹的奇蹟。

「我們的旗幟是哪三種顏色？」那演講者又在疾呼。

一個少年馬上舉手回答：「是綠、黃、紅！」

「很好！」演講者臉上泛著亢奮。「你們可知道：這三種顏色代表了甚麼？」

他指向花草茂盛的野地：「**綠色，就是天下的田地作物，養活我們的食糧；**」

他指向營地上的帳篷。「**黃色，是泥土、石塊與木頭，也就是我們的家園；**」

他拍拍自己胸膛。「**紅色，就是流在我們內裡的血。就是生命。**」

最後他指向破敗的路昌城。眾人目光都跟隨著他手指的方向。在正面最高那座城樓上，豎立了一面巨大的「三界軍」三色旗幟，正在迎風飄揚。

「**每個人都擁有自己的田地生計，都吃得飽；每個人都可以跟親人安居在自己家裡，沒**

有要害怕恐懼的事情；每個人都可以按照自己的希望，自由地生活——這些就是我們戰鬥的理由！」

黑子聽得出神了。

戰鬥的理由。這四年來他從沒有想過，自己殺人有甚麼理由。這種說話他也從來沒有聽說過。在京都，在「大樹堂」，永遠只有一層一層的級別。誰指揮誰。誰聽誰的命令。他知道自己正在爲哪些人的利益而戰鬥。可是那不能說是「理由」……

——我到底是爲了甚麼而開始殺人的呢？……

他想起四年前，于潤生給予他刺殺陸英風這個任務時問他的說話：

「你想成爲我們『大樹堂』的其中一人嗎？」

——對。我不斷殺人，理由不過如此：**我不願成為另一個沒人看一眼的閒人。就只是這樣。**

黑子聽了這演說，額上滲出汗水。他再看看營地四周平和的景象，想起那人說的「戰鬥的理由」。這裡寄托了很許多人的希望。他們全都正在想像，未來那平凡但美好的生活。

——而我來，就是要把這一切摧毀嗎？……

「到了。」陳廣成笑著說。黑子這才發現，自己正站在一群年輕男子當中。他們全都比他矮小瘦弱，但臉上洋溢著堅定的神色。大部份衣衫都破爛得不像樣，有的連雙鞋子都沒有。有幾個跟黑子對視了一會，然後點頭露出憨厚的笑容。

他們每個人頸上，都掛著一樣的花環。

「你就在這邊等。」陳廣成仍然牽著馬兒的轡繩。「我替你帶馬去吃草。別擔心，就在那邊，荊王接見完之後，你再過來找我們。」

黑子本來想反對，但想到身邊這些人都沒有帶馬，把坐騎留著實在太過礙眼。反正這馬很瘦了，他打算待會完事後就搶一匹強壯的戰馬逃走。他向陳廣成點頭道謝。

黑子擠在新兵之間，把身子蹲低，盡量不讓外圍的「三界軍」士兵看見。在披肩底下，他摸摸收藏衣襟內那柄短刀，才感到安心一些。

他仍然無法決定，是否就在今天出手。但是「三界軍」警備之鬆懈，實在出乎他的預料。沒有人查問他底細（當然，黑子早就預備了一堆謊言），也沒有人搜身。

——也許他們會把荊王隔在很遠的地方吧？……

前面人群揚起騷動。一股興奮氣氛漸漸蔓延到來。

「來了嗎？」黑子身邊的新兵都期待地互相問著。

黑子忍不住把身子站直。視線越過眾人頭頂。

他看見了。

就在距離不足一百步處，一個穿著斗蓬的極高大身影，正背對著這邊，往兩旁伸出手掌，觸摸每名新兵額頂。他身旁的新兵一一閉目跪了下來，接受這珍貴的祝福。

這就是傳說中的荊王。官府的討伐檄文中，那個劫掠官糧賦稅、屠戮官紳良民、姦淫鄉鎮婦女、毀壞倫常綱紀的匪賊之首。**這裡所有人仰望的太陽。**

「兩年前官軍在袋門谷圍剿匪軍，已經把他趕到絕路，卻還是讓他藉著一場大泥崩逃出生天。」黑子想起寧王這樣說。「今天想起來，那是一次重大的錯誤。」他瞧著黑子。「同樣的錯誤再犯一次，就不可原諒。現在匪軍勢力還僅僅局限在秦州內。要趁這個時候……」

黑子的目光緊盯著遠處的荊王。荊王仍是背朝著這邊，看不見面目。但那身軀高度跟黑子不相上下。沒有人知道荊王的年紀，只聽說猜想是在四、五十歲之間。

比氣力的話，我應該不會輸吧？黑子想。他十三歲時就在臂力比試裡勝過田阿火。當然身邊的大人們都以為田阿火只是鬧著玩。只有他們兩人知道彼此都出盡了全力。他沒有跟別人說過。

黑子一步步往荊王所在接近。荊王身邊的護衛就只得一個：一名身材甚寬橫的中年男人，肩頭擱著柄斧頭。這人倒是比較難纏，不過看來他應該跑不快，得手後躲開他就行了。

黑子知道：行弒荊王之後要逃出這裡，少不免要再殺不少人。尤其擋著路的這些新兵。他沒有把他們看在眼裡。只要抓到一匹馬，騎上去，就結束了。「三界軍」都是作亂農民出身，不會有多少擅長騎射的士兵。

——辦得到的。

黑子的手已在披肩底下拔出短刀，反握著收在胸前。

距離荊王已不足三十步。

荊王繼續伸手按在每名新兵額頭。

十五步。

黑子這時終於聽見，荊王按住新兵的頭時，會以沙啞聲線祝福：「**為了公義而戰鬥的人，沒有恐懼。**」

黑子握刀的手心不住冒汗。

他感覺，此刻比當年殺陸英風時還要緊張。

——不用多想。完成它。然後回去，成爲所有人都尊敬的男人。

——總有一天，柔兒會回來……

十步。

黑子已經準備把披肩掀開，拋到荊王頭上，利用瞬間的空隙刺穿他頸項。

「荊王！」黑子身邊一名新兵突然興奮高呼。

荊王把臉轉過來。

看見那側面，黑子全身如遭電擊。

身邊的一切都消失。

人群與營帳。小孩與馬匹。開滿花的草地。黑色的廢墟。全部在他心中消失。

只餘眼前這個男人。

手中短刀滑落，從披肩底下跌到地上。

金屬的反光，吸引了附近所有人的視線。

當黑子回復意識時，發現自己早被十幾個男子擒住手腿和身體。他有能力把他們都掙開。但是他沒有任何反應。

騷亂與怒罵交錯。營地裡一片混亂。

「叛徒！殺死他！」黑子身周不斷有人高呼這句話。

「放開他。」

這聲音並不高，卻神奇地讓所有人都聽見。

黑子身上的手都移離。

荊王撥去斗篷頭笠，露出剃得光禿禿的頭皮，還有額上那個鎌刀狀疤記。

「許久不見了。」

黑子伸出顫震的手掌，彷彿想摸摸眼前男人是否實體，卻又不敢眞去碰。

「……爹？」

淚水從年輕的大眼睛如泉湧出。黑子全身失去力氣。他跪了下來，手掌緊抓著野草與泥土。

「爲甚麼？**爹……為甚麼拋下我？**」

「對不起。」鎌首仍然微笑。「當年我心裡有個很重要的問題，必須去尋找答案。我不能帶著你去。」

「比我還重要嗎？」淚水在土地上已聚成小水窪。

「你恨我嗎？」

「當然！」黑子繼續哭著，憤怒的能量貫注他身體。他站起來，紅腫的雙眼怒視父親。

「我確實虧欠了你。」鎌首說著彎下身，把地上短刀撿起來。黑子這才發現：父親比當年瘦削得多，而且赤著腳。

鎌首拈著刀刃，倒轉把柄遞向黑子。

「你若是恨我，可以用這個刺進我胸膛。」

「荊王！」他身後的孫二吃驚地叫起來，卻被鎌首伸手止住。

黑子咬咬牙，伸手去取短刀。可是手伸到一半，卻凝在半空。

「在你刺我之前，我還是希望讓你明白一件事。」鎌首的臉容非常平靜。「我不僅是你的父親。」

他把空著那隻手往營地上指了指。「這些你都看見嗎？你覺得怎麼樣？」

「很平靜……」黑子低聲回答。

「而且很美麗吧？」鎌首說。「這些就是我離開你後所追尋的東西。它將來還會繼續壯大下去。假如你相信，你一個人的憎恨比這些都重要；假如你甘願爲了報復這種憎恨，而讓這些美麗的東西都就此終結的話，你就握著這把刀吧。」

黑子凝視刀柄。十九歲的身軀在劇烈顫抖。

他把短刀握住。

圍觀眾人同時停止呼吸。

下一刻，那柄短刀第二次跌在地上。

黑子緊緊擁抱父親。

十多年的孤寂感煙消雲散。

「我說謊……」黑子在父親耳邊細語。「我怎麼會恨你呢？我常常作夢看見你……我每天都在想，怎樣成爲像你一樣的男人。」

鎌首也緊抱著兒子背項，輕柔地回答：「孩子，你能夠的。」

他撫摸著黑子的頭髮，然後別過臉瞧向群眾。

「這是我的兒子。我的親生兒子。我的血和肉。」

營地上歡聲雷動。新兵們都取下頸項花環，高呼著向天拋出。

在漫天飛散的花雨當中，黑子仍然緊抱父親，把臉埋在那瘦骨嶙峋的肩頸間，感受到前所未有的溫暖。

他終於找到自己所屬的地方。

第二十九章
菩提薩埵

「三界軍」賊匪聲勢大張，關西地帶官軍告急的消息，陸續送到京都統治者手中。路昌城被擊破後的一年零九個月內，接連又有十七地被匪軍攻佔。其中以銅城淪陷最爲關鍵。

銅城扼守著秦州東部山區的險要關口，是把匪軍困鎖在秦州內的重鎮，官軍在此佈下重兵，加上險要的地勢，滿以爲如鐵桶般堅實難攻。

就在這場戰役裡，「三界軍」一名猛將橫空出世。此賊不知姓名，但根據情報就是匪首「荊王」的嫡子，封號「小玄王」，其他背景與其父親一樣神秘。

正當「飛將軍」毛人傑領著五萬匪軍正面攻打銅城之際，這「小玄王」卻帶著二千壯士，用了七天時間翻越飛鳥難渡的焦嶺，繞到銅城背後，閃電攻破防守薄弱的東城門。原本出關迎戰毛人傑的守將周重輝突見城內告急，急於回軍搶救，致使陣勢大亂。毛人傑乘著對方犯錯全力追擊，僅僅一個下午銅城即易手。

匪軍取得東進的要道控制權，衝出秦州一地，是朝廷最大的夢魘，皆因東鄰的伊州地帶，本來就有十數股馬賊出身的流匪作亂，到處劫掠燒殺，雖因勢力分散而只限於游擊，但極是慓悍難討。

果然，「三界軍」一衝出秦州，這些流匪馬上如蟻附羶，「三界軍」爲了加快壯大亦廣開門戶。新加入的全是慣戰的騎兵，令「三界軍」陣容更爲完備。

乘著這股銳氣，「三界軍」把半邊伊州都納入掌中。加入的農民不斷增加，兵員總數已突破十萬之眾。朝廷不敢怠慢，南藩諸王從老家急調來三萬子弟兵，於伊州東南地帶加入佈防，方才止住了匪軍的擴張。雙方在伊州中部形成長達兩年的對峙之勢，期間沒有發生過任何大規模的戰役。

匪亂亦令「大樹堂」蒙受重大損失。位於秦州和伊州西部的七個分堂和八十六個貨站全部要撤走，三座岩鹽礦也都被「三界軍」控制，西北路的鹽運可說已完全癱瘓。有兩個分堂因撤走不及，分堂掌櫃及旗下兄弟門生悉數被佔領的「三界軍」所擒，四百餘人遭殘酷處決。

爲了彌補這損失，加上要支援朝廷的軍餉支出，于潤生下令抬高其他各地區的鹽貨價格。這當然激起了民間不滿，甚至有數處地方農民欲效法「三界軍」起義。但由於這些亂民裡缺乏了像「荊王」這等具號召力和指揮才能的領袖，聲勢甚爲弱小，連官軍也不用出動，單靠「大樹堂」在當地的黑道武力就將之鎮壓。只有蘿縣一地的民亂比較嚴重，要京都的狄六爺帶領三千名「親兵」在當地分堂坐鎮才能平息。

這兩年，朝廷與「三界軍」雙方都在積蓄兵力和密切籌劃。所有人都嗅到：一場決定大勢的戰役，即將來臨。

□

在只有一點燭光房間裡，赤裸的于柔擁著這個跟她沒有任何血緣關係的兄長，臉上泛著激情過後的紅暈，眼睛卻瞪得大大毫無睡意。她可不想沉入夢中，讓這晚就此無聲溜走。

于承業閉著眼睛，卻只是假裝入睡。他不知道要跟她說甚麼。要叫她等我麼？可是彼此都知道，他們之間根本沒有將來。要告訴她以後不再相見嗎？他卻又不希望到了明早告別時，最後看見的是流著眼淚的柔兒……

這是于承業離開京都前的最後一夜。明天他就要出發，前赴銳州眞陽城出任「馬輜督軍」一職。雖然並非前線，他心裡還是充滿焦慮。

他知道以父親的力量，讓他留在京都「神武營」，甚至乾脆辭去軍籍是輕而易舉的事。他畢竟是「大樹堂」堂主唯一的兒子，不言自明的繼承人，要是有甚麼閃失，在一場戰爭中遇險，那可就太笑話了。

「阿狗，放心去吧。」于承業接到任命狀後，父親這樣對他說。「我不會讓你在一場爲別人而打的戰爭中，不明不白地送死的。」

那時于承業就明白：都是父親的安排。戰爭是難得的契機，過去每次于潤生都從中得到重大的收穫。今次也不會例外。父親必然是希望趁著軍隊內部在戰時發生急激變動，擴張「大樹堂」的人脈。于承業就是這個任務的執行者。

于承業並非對父親的判斷沒有信心。但畢竟是軍隊啊。「三界軍」匪賊也活生生地等在另一頭。這可不是遊戲。

——可不要眞的叫我去打仗呀。

于承業睜開眼，沒有再裝睡。他想再次看看懷裡這個美麗得不可能的女人。

于柔的膚色比從前蒼白了，卻更令男人產生一種要呵護憐惜她的衝動。自從搬離姬王府後，她很少走出這個房間。

她已完全忘記病死的丈夫。姬王子並不是個差勁的男人，但成婚不夠一年就得了那個急病，她根本沒有時間好好認識自己生命中的第一個男人。

姬王府與「大樹堂」的政治姻親關係，隨著王子病死而無聲無息地夭折。被視爲不祥人的于柔失去一切價值，兩邊都好像想盡量忘記她的存在。若是尋常人家的寡婦，還有機會重新開始人生，但是親王家族的寡，只能守到老死那一天。她被趕離王府，跟兩個婢女住進水明坊這座冰冷的宅邸。

等待在于柔面前的，只有漫長的黑暗。從十九歲開始。

在這種絕望時刻，除了義母李蘭外，唯一關心她的竟是這個意想不到的人。于承業一年間幾乎隔天就帶著禮物來探望她。都不是甚麼貴重東西，只是從市集買來的小巧飾物或有趣的玩意，但都顯出花過心思挑選。在她被世界遺棄的時候受到如此重視，雖然不是怎麼出眾的男人，還是令築在她心靈四周的圍牆，像沙堆遇上浪潮般崩決。

于柔發現于承業睜開了眼睛，伸手摸摸他的臉。

「有件事情，我從來沒問過你。」

他抓住她細軟的手掌。「問吧。」毫不猶疑地答應。于承業在柔兒跟前，總是顯得格外自信。他感覺有她在身邊，自己更像一個男人。

「我們一起長大這麼多年……爲甚麼你很少跟我說話？甚至很少瞧我……」于柔說時沒有一點靦腆。一個從十二歲開始就知道自己很美麗的女孩，沒有需要靦腆。

于承業呆住了。他當然知道爲甚麼。只是不知道該不該告訴她。

從前的于阿狗，也不過是另一個少年，怎會對身邊美得如此出眾的女孩視而不見？只是他很早就知道：父親不會喜歡。這完全是出於直覺。

後來年紀漸長，他知道的事情更多了，也證明他的直覺很正確：柔兒這美人胚子註定是屬於「大樹堂」的資產；而他自己將來也必定要娶某個豪商或高官的女兒作妻子。他對柔兒的幻想完全斷絕了，也就刻意地疏遠她。連一點點愛慕的痕跡也不能讓父親看見。他在姬王府的婚禮上也表現得很高興，完全像看著妹妹出嫁的哥哥。

不做任何可能惹怒父親的事情，是他的生存之道。他沒有忘記：**自己不是真的姓于**。在眞眞正正坐上堂主位置之前，人生的一切都可能在瞬間消失。

「其實也沒甚麼。」于承業決定說謊。「也許從前我還沒有發現，女孩是這麼重要。」他把于柔摟緊一些。「直至你進了王府之後……」

于柔笑著把臉埋在他胸口，顯然很滿意這個答案。

于承業的胸膛薄薄的，也不大寬闊，但至少很溫暖。她的臉緊貼上去。

這溫暖也快將離她而去了。她決心，這一夜絕對不要露出傷心的表情。她希望他能毫無顧慮地出門。

然而在貼著于承業胸膛時，于柔無法抑制地想起，另一個擁有寬廣胸膛的哥哥。

——此刻他在哪裡呢？……

在懂得男人之後，每次想起那個哥哥的雄偉形貌，她都不禁臉紅。

她撫摸著手上那隻飛鳥銅手鐲。

——假如他還在……**假如常常來探望我的人是他**……

在火焰般的情慾與背叛的罪惡感交戰下，于柔閉眼睛，伸手撫弄于承業的身體。

于承業受到這刺激，不禁滿足呻吟起來。她常常取笑他，呻吟的聲音有時像小女孩。

她脫下了那隻手鐲，握起他的左手，把手鐲戴上去。

「我送你這護身符。不要脫下來啊。」她把他那隻手掌拉到自己形狀姣美的乳房上。

于承業爬起來，擁著她的腰肢。兩具火燙的裸體翻轉了。

他再次壓在她身上。

□

微雨中的伊州府石籠城，四周都像蒙上一層灰色，氣氛顯得格外森嚴肅穆。

石籠城內除了負責後勤工務的平民外，大半居民兩年前都被強制遷移到其他鎮縣，整座城化爲「三界軍」的軍事要塞。

與當天攻破路昌城後，城外那節慶般的營地相比，石籠城外的情景完全是另一個世界。圍繞城池半里內，「三界軍」加挖了一道壕溝並建設大量防御工事。全副披掛的五千餘步兵與巡騎組成「屏衛營」，在城外日夜不息輪班警戒。整座城每一刻都處在備戰狀態中，全無任何正常生活氣息。

今天石籠城的警備更加嚴密了：「三界軍」所有主要將軍，包括兩年前才加盟那十幾夥伊州流賊的頭領，將齊集城內召開一次重大的會議。

黑子沒有穿上他平時出征用的玄黑戰甲，只套著一件灰布袍，站在石籠城正面城樓高處，俯視下方陸續進入城內的騎兵。

他當然早就料到，這些馬賊出身的將領絕不會輕率赴會。不過部下們如此裝備也實有些過分：身穿的全是野戰重盔甲，明晃晃的刀槍銀刃在雨中閃亮。大半士兵都帶著弓箭。他們全然不把石籠城禁帶兵刃進入的規矩看在眼內。

一名衛兵快步奔上城樓。

「小王爺……」衛兵臉上滿是緊張。「那些將軍們帶來的兵……不肯在城門前交出兵刃，守門的正跟他們爭執！」

黑子回身，那姿態帶著往昔沒有的威嚴，只是臉相仍然稚嫩，顯得有點不相稱。

「算了。」黑子揮揮手。「傳下去，就看這次，破個例。」

「可是……」黑子身邊部下發出反對的聲音。他們當然都是擔心荊王的安全。

「就這麼辦。」黑子沒有理會他們，部下也不再作聲。自從銅城大捷，沒有人再把這位小玄王僅僅視為荊王的兒子。就連高傲的毛將軍也率先宣佈，該役首功應記在這位小主公身上。

黑子拾級步下城樓，正好遇上其中一支入城的騎隊。

為首的將軍邵寒，有著一張豺狼般的瘦臉。他右頰上有幾道斑斑疤痕，據他對人說是年輕時跟差役打殺受的傷。不過有人揭破，他只是曾經被官府抓過，臉上刺了囚徒的「金字」，後來他自己用刀子劃了幾道來掩飾而已。

邵寒看見地位特殊的小玄王，竟然不下鞍，就這樣騎著馬過來，朝下俯視黑子——只是黑子站著，亦不過比鞍上的他矮了一個頭而已。邵寒的左手更擱在腰間刀柄上，姿態十分倨傲無禮。黑子身旁部下看了心中有氣，但全不敢先作聲。

「小娃子，許久不見啦！」邵寒半開玩笑地說。「臉蛋還是這麼滑啊，哈哈！」

黑子這張稚臉，在軍中確實給了他不少麻煩。最初領兵時，軍士都對他很懷疑，於是他索性在戰盔下再戴一個木雕面具上陣，結果順利地連戰連捷。後來雖然已經不必再掩蓋面目，但他認爲面具是好兆頭，上陣時依舊戴著，只不過換成了薄鐵片造的黑面具，兼具保護的作用。果然在進攻銅城東門時，這鐵面具爲他擋了一支流箭。

若是在平時，黑子已經伸手把邵寒的座騎掀翻。但今天的他出奇地平靜，只伸手指向路口：「王府在那邊。」也就頭也不回地離開。這倒令邵寒自討沒趣，只好乾笑幾聲，就領著部下往荊王府進發。

荊王府前身就是石籠城知事的官衙。當然在佔領之後，衙門外圍也都加築了各種護衛設施：粗糙的土牆、豎著削尖木材的柵欄與竹搭的高塔。

經過商議，外來各將領帶同的兵馬，全部只能停駐在五條街開外；王府原有的護衛也都撤走了，同時城外大批「屏衛營」士兵調進了來，與那些將軍的護衛騎隊，隔著街道互相監視。

這種緊張氣氛已非始自今天。「三界軍」長期無法東進，固然因爲官軍佈下了鞏固的防線，但同時也因「三界軍」膨漲過速，許多內部矛盾仍未解決。

最嚴重的矛盾是：伊州馬賊出身的部隊軍紀不嚴，多次攻城掠地後都發生燒殺搶掠事件，大大污損了「三界軍」的名聲。原本農民出身的那些士兵，許多從前也曾深受馬賊之害，雖然如今同大家在一面三色旗底下作戰，但實在難以和衷合作。有兩次與官軍遭遇戰，都是因兩派互不合作而反勝爲敗。

荊王宣佈召開這次會議，正是要把這些問題一氣解決，重整指揮，準備往東向官軍再次宣戰。

在王府的大廳裡，七名將領分左右兩排而坐，衛士都站在身後——每人只許帶同兩名貼身護衛進入王府來。

將軍們也不等荊王在席，就開懷大嚼擺在跟前的酒菜。有的狼吞虎嚥一輪後已經吃飽，捧著肚在打嗝。他們不時瞧著空出來的王座，露出不耐煩的神色。

他們本來就不大願意來開這會議。原來都是逍遙自在的馬賊首領，他們並不喜歡受人約束指揮，只不過想借「三界軍」的龐大聲勢，擴闊劫掠範圍，繼續聚積財物而已；暫時願意奉侍荊王，也只因爲他們各自互相不服對方。

其中有幾個頭腦較清醒的，包括邵寒在內都已想定：這次開會不單不要放出丁點兵權，更要爭取更多自主。以後跟官軍作戰，硬的就留給那些農夫，自己專撿軟的、有錢的地方來打；一旦「三界軍」呈現劣勢，就隨時接受官府招安，回頭再在背後捅荊王一刀，說不定還能撈個一官半職……

「我那邊女人不夠！」一名將領跟身旁同僚說：「聽說你在魯中縣撈了一票，賣我些怎麼樣？」

「好，反正都玩厭了，七十兩銀一個！」

「太貴了吧？先看看貨色再算……」

「嫌貴嗎？上次你跟我借那批箭，還沒跟你算帳！」

兩人越吵越大聲，幾乎就要當場開打。

荊王這時進入大廳。

鎌首依舊赤著雙足，走過中間冰冷的石板地。天氣早就回暖，他身上卻裹著一條織花大毛氈，頭上也用布巾包得緊密。雖然穿得厚重，但他顯得比從前還要瘦削，也好像變矮了一些。臉上泛著一層臘黃色。

自從黑子後，這四年間他又經歷過五次刺殺，其中兩次是下毒，可是吃下足以毒死馬匹的份量，他都活了過來，只是身體間歇就會發寒。銅城之役進行時，他都睡在病床上。

此刻陪在荊王左右的，是腰間掛著長劍的「飛將軍」毛人傑和兩手空空的孫二。眾將看見毛人傑，倒是露出比看見荊王更戒畏的眼神。他們都親眼見過他帶兵作戰，知道是個厲害人物。

沒有看見小玄王的蹤影。

鎌首坐在王座上，伸出枯瘦但依然穩定有力的手掌。

「諸位將軍，辛苦了。」

將領們心裡雖然並不真的尊敬這個「王」，但都放下了酒杯。

「我軍進入伊州界內，轉眼已有兩年。」鎌首繼續說。「這段日子，我們跟朝廷對峙，雖無寸進，但仍然穩守據地，未被官軍動搖分毫。回想當初我起事時，曾被圍在袋門谷，身邊只剩廿七騎……」他左右瞧瞧兩名忠心的親信。「今天能夠有這等光景，就像做夢一樣。」

他掃視這七個將軍：「可是我們不可以就此安於這種割據的狀況。大地上還有許多捱餓的人，正在等待解放。故此本王決定，三個月內，『三界軍』總體向東進發。」

「三個月？」邵寒冷笑。「荊王也坐在這石籠城太久了，不知道外頭我們兄弟是怎樣吃苦的吧？三個月就想跟官軍決勝，根本作夢。」

邵寒說完頓了頓。他知道自己打斷了荊王說話，旁邊的毛人傑必然會斥責。意外的是，毛人傑竟然未作一聲，只是冷冷瞧著他。這反令邵寒有點心虛。

他硬著頭皮繼續說：「依我看，大王應當再多撥些糧餉，充實我們幾支馬軍，讓我們多打一些游擊偷襲，逐點削弱那些狗爪子……再過一段日子，時機成熟了，才看看要不要進攻。」其他將領也發聲贊和。

鎌首瞧著那些沾滿著油脂的嘴巴不斷在動，半句也沒聽進耳朵裡。

他只聽見雨聲。很大的雨。在袋門谷，孤軍被圍困的最後那天。他躲在岩石底下，用顫震的手指握著炭條，在札記裡寫下了自己的決心。

他再次舉手，止住所有聲音。

「我明白了。好吧。」

聽見這句「好吧」，邵寒和眾將領最初都愕然，馬上又轉為興奮。

——這傢伙就是這麼弱嗎？早知道再索求多一些……

鎌首把手伸進毛氈底下，掏出一個羊皮袋，拋擲到大廳中央。

皮袋撞在那堅硬的石板地上，袋口打了開來，瀉出一堆金子，當中夾雜著幾顆指頭大的寶石。

「就這麼一點？」邵寒失笑。「還不夠我打一仗！」

「可是夠買你們後面那十四個人。」

鎌首說時，臉上肌肉沒有多動一根。

有個身材高大的身影同時從正門出現，自內把門緊閉上，並將橫門放下。

他穿著灰布衣袍，臉上戴著玄黑鐵面具，肩擱五尺長雙手砍刀，刃身泛著寒月般的淡藍。

「你們……」鎌首朝著將軍們帶來的那十四名貼身衛士問。「是要選黃金？」然後指向門前那鐵面刀手。「還是選他？」

「媽的！」邵寒怒然起立。「先斃了你這屁王——」他的聲音兀然而止，站在原地，身體流遍冷汗。

其他六個將軍也都起來，然後露出跟邵寒一模一樣的詭異表情。他們垂頭看著几上酒菜。

「毒！」

站得最近正門的一名衛士，無聲無息地拔出腰間彎刀，順勢橫砍向那個鐵面刀手，整套動作連貫一氣，迅捷而毫無先兆。

但那刀手就像會妖術一樣，身體往右後飄移數寸，剛好讓彎刀掠過身前。

刀手聳一聳肩，五尺長刀以極短的弧線斬出，把那衛士上半身從肩頸開始斜斜斬裂。血柱激射，如雨水灑降下來，點點血雨滴打在鐵面具上。

其他十三名護衛，全被這一刀震懾。

染血的長刀尖，指向被殺衛士的同袍。那人本來的反應也是要爲夥伴報仇，但身體瞬間就像被這柄刀隔空釘死，不敢做任何動作。

護衛們看看地上那個裝著財寶的羊皮袋。

兵刃逐一掉落在地的聲音。

那刀手把鐵面具脫下，露出一張年輕的臉。

「你們……你們全部都要死！」邵寒看看身後的叛徒，又看看荊王，最後才瞧著黑子。「忘記了我們在外面的兵馬嗎？我們幾個只要少根毛髮，他們就馬上殺進來！」

毛人傑冷哼，第一次說話：「你以爲等在外面那些部下，會比帶進來的貼身衛護還更忠誠嗎？」

邵寒臉色發青。

黑子把長刀垂在地上，拖著它一步步上前，刀尖與石板地磨擦，發出令人牙酸的可怕聲音。

「你知道在城門時，我爲甚麼不跟你多說話？」黑子直盯邵寒。「**對著快要死的人，沒有甚麼好多說啊。**」

他雙手舉刀。

「你。第一個。」

鎌首一臉漠然瞧著即將展開的屠戮，他的神情跟從前在路昌城郊接見新兵時那樣了相比，完全是另一個人。

有點像于潤生。

□

完成這次肅清，荊王鎌首重新全面掌握了「三界軍」指揮權。

與朝廷間的短暫和平，宣佈結束。

大地即將捲起一陣腥風。

第三十章 觀自在菩薩

寧王很少有後悔的事。

可是這一年他開始有點後悔：太早讓陸英風死了。

「三界軍」本來只是烏合之眾，農民的戰力強不到哪裡，可就是數目太多。「三界軍」自從突破了伊州防線後，所過之處即有無數人加入，兵力如滾雪球般不斷壯大，如今已經蔓延四個州。

寧王這十多年來，確實有心整頓朝廷及地方政治，紓解民間種種不平；可是倫笑與何泰極遺下的腐敗流毒實在太深，改革所耗的歲月，比他想像中要漫長得多；再加上又要顧及南藩諸王間種種盤根錯節的利益關係，還要填補上次北伐勤王的軍事支出，處處都無法下刀，改革往往都是進兩步又退一步。

其中進行得較有效率的一項，是借助「大樹堂」取締全國私鹽，改原有的「官鹽公賣」爲「專賣制」，由「大樹堂」專營販運，有效控制鹽價，然後準備逐步降低鹽稅，以解民困。

——可惜還是來不及……

匪軍聲勢雖大，但以朝廷的總兵力，假如統合出擊，仍然具有絕大優勢。問題是在奪取政權後，南藩諸王這些年間又爲了追逐權力而明爭暗鬥，早生嫌隙；如今各自擁兵，都不願意當先剿匪。

寧王終於忍不住要召開會議，對諸王痛陳利害。

「我們有必要像當年般，再次團結在一起，否則這麼多年來的一切努力成果，都可能白白輸掉。**我們將會成為另一個倫笑，另一個何泰極。**」

諸王這才醒覺匪亂何等嚴重，但他們彼此間的矛盾，也不是一席話就能化解的。經過兩個月的不斷商議、政治交易及討價還價，他們終於答應各自釋出部份兵權，糾合成一支大規模的平亂軍。來自各地的部隊以銳州爲集結地陸續調動，會師即將完成。

下一件令寧王頭痛的事情，是「平亂大元帥」的人選。經歷兩次大戰，新舊政權裡比較突出的將領都幾乎消耗殆盡，從戰爭中磨鍊出的後起之秀卻寥寥可數。

——而兩場戰爭裡最重要的主角，已經死在那條暗街。

寧王這時想到一個軍隊以外的人選。

「大樹堂」的狄六爺。此人傑出的統率能力，在管理「大樹堂」上表露無遺，雖然長期只是擔任于潤生的執行者，但對現場形勢的判斷和應變都極爲出色；氣魄膽色雖然並不顯眼，卻以穩健和耐性補足。

更受寧王欣賞的是：這個黑道男人，在統合部下及激勵士氣上，具有罕見的才能，並且擁有一股不可思議親和力，這些全部正正是「平亂軍」現在最急需的領袖要素。

但寧王最終還是把這個想法放棄了。要說服諸王任用一個布衣出身的江湖人物當統帥，是絕不可能的事。貴族們都是血統和出身的堅定信仰者，當年他們對出身寒微的倫笑和何泰極存有共同仇恨，亦是根源於這種思想。

最後經過多次商議，寧王爺只能妥協，同意拜黃漳爲「平亂大元帥」。十幾年前的北伐，「鹿野原會戰」後陸英風率領「裂髑軍」閃電進攻京都，就是留下黃漳統率南軍主力守在滕州，並繼續圍剿彭仕龍殘部，最後才逼得彭仕龍投降。

黃漳是南藩的旁支貴族出身，又是南軍子弟兵裡培養出的將領，諸王皆無異議。

寧王深知，黃漳過去雖然亦立過不少軍功，但論用兵才能，與陸英風甚至當年的文兆淵相比，完全無法相提並論。但「三界軍」至今亦未曾打過一場眞正的會戰，其將領也沒受過考驗，這方面黃漳也未必吃虧。而寧王最大的寄望，是「平亂軍」憑著精良裝備、有素訓練與從前大戰的經驗，就足夠輾壓匪軍。

如此，天下的眼睛都已經把視線投在銳州一地，看看「三界軍」的奇蹟是否能延續下去。

□

于承業騎在馬背，回頭看後面行進緩慢的輜重車隊，不斷在嘆息。

——我爲甚麼會在這裡……

離開京都已經三年。

在于潤生疏通下，他長期留駐在大後方：先是銳州眞陽城；「三界軍」攻克整個伊州後，銳州成了主戰場，他又被送到更東面的培州，跟兵凶戰危的前線隔得遠遠。

可是他沒有一天不想家。

營中的生活還好，上面那些將領知道他的特殊身分，幾乎都排著隊來巴結他，起居飲食全部不缺，差事也永遠是最輕的，甚至還有女人。培州自從給「平亂軍」接管後，一切物資皆由軍方控制，民間黑市價格飛漲，許多女人只爲了吃幾頓好的，都願意向軍士獻身，像于承業這等軍官就更不用說。他這三年來玩過的女人，比在京都時還多，甚至令他對柔兒的掛念也早已變淡……

不過他還是戴著那隻銅手鐲。他靠它提醒自己：這一切都會過去，他很快就會回去，再次擁抱柔兒，**也再次擁抱京都**……

銳州會戰將要爆發。他只渴望戰爭快點完結，死多少人也跟他沒關係。把那些臭農夫殺光，或者趕回田地裡就好。結束這些混亂，讓他回去當「大樹堂」繼承人吧……

車隊仍是行進緩慢。沒辦法，這裡運載了足可供應三萬人馬吃飽一個月的糧食。于承業和上司當然已經從中尅扣不少，再拿到黑市倒賣。錢財並非他的主要目的，他只是按照父親指示，收買軍隊裡的人脈。

這一趟是他首次如此接近戰場——所謂「接近」其實也不是真的很近，只要將糧草運到位於州界的璞和城交付，就可以馬上回去，而那裡距離主戰場眞陽城還隔著百多里地。原本負責運糧的同僚疽瘡發作，他就自告奮勇接手，一來是因為在軍營裡待得太悶，想出外走走；而來是知道同僚下屬都在背後都譏笑他「少爺兵」，忍不住要幹點事，讓他們看看自己也能辦事。

出來後不久他就後悔了。行軍吃的苦還是其次，最可怕是長期在野外渡宿，失去了在城都裡生活那種熟悉的安全感，每次夜裡瞧著空蕩蕩的四方，全都好像泛著一股危險的氣味。

——而這更讓他回憶起，童年時與飢民露宿京郊的那段遙遠日子……

他巴不得手上有條鞭，親手驅趕車隊加快前進。負責守護他的那隊輕騎兵，在大暑天太陽底下，一個個亦顯得沒精打采。

于承業再次拿起鞍旁水壺，大大灌了幾口。戰甲底下滲滿汗水，那感覺就像全身長期浸在一條暖暖的污水溝裡。他決定：回去後要泡好大一缸漂著花瓣的冷水，在水裡跟兩個姘婦一起交媾……

「好像……」身邊的衛士長突然說：「聽到些聲音。」

于承業從美好的想像裡醒過來。他瞧向官道前後和兩旁平原。甚麼也沒看見。

「別唬嚇人嘛。」他輕聲斥責。「這裡又不是前線。」

「大概聽錯了。」那衛士長聳聳肩，繼續向前策騎。

突然他拉住了韁繩。

這次連于承業也聽見了。

像是遠方打悶雷的聲音。可是跟雷響不同，那聲音是持續不斷的。

「甚麼？」于承業完全不知道該如何反應。

「那邊！」一名衛士指向北面平原盡頭。

于承業跟所有人都看見：地平線上揚起了塵霧。

「是甚麼？」于承業策馬到衛士長身邊，猛拉著他手臂在搖，另一手指向煙塵。「看見了嗎？是甚麼？是甚麼？」

「好像是……」衛士長喉嚨乾啞。「騎隊……」

「是自己人吧？」另一個衛士高叫。「這裡離州界還有五十多里，賊匪不可能在這出現的！」

「對……」于承業喃喃說，像是在說服自己多於讓部下安心。「是友軍。不會是別的！也許是璞和城那邊有人來接應……」

「可是……」衛士長皺眉：「自己人爲甚麼不走官道，要走野地？」

「天曉得？」于承業朝著衛士長吼叫。「媽的，說不定他們迷途了，走了遠路！」

煙塵迅速接近，已經辦得出騎隊的影子，但無法確定是否官軍。

護衛輜重車隊的騎兵，全都極是緊張。身爲指揮的于承業卻沒有下任何命令，他們也就沒有及時佈下迎擊的陣式。

這段珍貴時機，就此被腦袋一片空白的于承業浪費掉了。

騎隊已達約五百步之距。

最前方一騎，高高提著旗桿。

綠、黃、紅三色的飄揚旗幟。

車隊發出恐懼的呼叫。

——不會的！匪軍不可能平空在這裡出現！像鬼一樣……

車隊沒有任何防備態勢，仍然是剛才前進時的長列。成尖錐陣形的「三界軍」騎兵，如利刃直插車隊中央。翻飛的馬蹄與刀槍。散飛的血肉。

騎隊直貫而過，車隊被攔腰一分為二。

在這首趟衝鋒裡，就有五分一的官軍護衛，喪生在金屬與馬蹄之下。

于承業在這種時刻，只做了一件事：猛踢馬腹奔逃，把所有部下和輜重都拋到後頭。

——我才不要死在這裡！

「三界軍」騎兵熟練地把陣式一分為二，自兩邊再次捲襲而來。這次他們放慢速度，與官軍作肉搏戰。官軍衛士本來還有千餘人，對著這支約三千人的騎兵，並非完全不可相抗，無奈兵力攤得太薄，更致命是指揮官率先逃跑，士氣瞬間崩潰，戰鬥很快演變成單方面的屠戮。

有近半官軍士兵索性拋下兵刃投降。但是這支為偷襲截斷糧草而來的「三界軍」，本來就無心久留，自然不會帶走戰俘，投降者亦一一被處決。半數的馬車已然燃起火焰。

「三界軍」裡獨有一騎，如箭矢般離群而出，倒提著一口長長砍刀，直往于承業追殺過去。

于承業回頭看見：那個全身黑色鐵甲的高壯騎士，連面目都包護在玄黑裡，簡直有如大白天冒出來的惡鬼。他心裡更慌，加緊驅馬。

奔逃一大段路後，他又再回頭。

那黑騎士追得更近了。

就在于承業回頭之際，馬腿不知被甚麼跘了一下。鞍上一陣顛簸。于承業的騎術本來就不好，不管怎麼努力也無法保持平衡，滾跌出鞍下。

——媽的，連運氣也輸掉了嗎？……

左足踝傳來錐心刺痛。他蜷伏在官道中央，雙手緊抱扭傷的腳，痛苦地咬著牙齒。戰甲下的熱汗早就換成冷汗。

那黑騎也放慢戰馬，徐徐踱步而來。于承業呼吸急促，瞧著他的索命使者漸漸變大的身影。

——我不要！不要死在這種鬼地方！**我是于承業！將來的「大樹堂」堂主！**

黑騎士停在他跟前。那張兇銳的長刀卻沒有舉起。

「等等！」于承業忍耐著足上痛楚，舉起手掌大叫。「不要殺我！抓我回去！我保證，用我這條命，可以給你換回許多財寶！」

騎士的臉隱藏在那張冷硬的鐵皮面具底下，于承業連對方是否聽得明白都難以確定。

他忽然想起：在後方大營裡好像聽說過，匪軍中確實有個這樣戴著面具的猛將，好像叫甚麼「土」的……

于承業朝著那副鐵面，露出哀求的眼神。

騎士這時伸出左手，把面具拉下來，垂掛到胸前。

「不認得我了嗎？阿狗。」

于承業驚愕的眼睛湧出淚水。

「是你？怎麼……爲甚麼你在這……是你？」

「娘，還有義父，他們身子可好？」黑子的聲音很溫和，似乎沒有殺意。

「好得很！很好！」于承業不敢告訴黑子，自己三年都沒有回家，根本就不知道。從黑子的語氣，他聽出一點希望。

黑子沒說話，只是坐在鞍上俯視他。

過了這麼多年，黑子的臉孔並沒有多大改變。于承業實在無法把眼前這個威風堂堂的將軍，跟從前那個只會默默聽命的小子聯想起來。

過了好一會，于承業無法再忍耐。試探著問：「黑子……你不會殺我吧？我們說甚麼也在一起長大啊……我知道從前待你不太好……」

黑子冷笑一聲。

于承業突然捲起雙膝跪在地上，重重叩了個響頭。

「是我錯了！我認輸……我承認你比我強！我的好兄弟，放我一馬行嗎？」

「你記得有個叫花雀五的男人嗎？」黑子忽然問起來。

「我記得那個叔叔。」于承業感到奇怪。「你那時候還小，大概不記得了。小時候他有跟我們玩過。」

「我都是後來聽義父說的。」黑子說著，心裡懷念著狄斌。「他跟我說過很多往事。你知道關於花雀五的事嗎？」

「我知道。都是聽『大樹堂』裡的叔叔說的。」

「你很像他呢。」黑子冷冷看著于承業，收起笑容。**「于阿狗，你以為自己將會成為第二個于潤生。其實你只是另一個花雀五罷了。」**

若在平時，于承業聽見這樣的說話，臉色早就大變。現在的他卻只能陪笑。

——我要回去。回到「大樹堂」。將來總有一天讓你好看。

「你滾吧。」黑子說著拉起轠繩。「你不值得我殺。而且我是看著娘的面上。」

于承業笑得燦爛，再次流下眼淚。他已經許久沒有這麼慶幸。

上一次，就是孩提時被于潤生從飢民裡抱上「大樹堂」的馬車那時候……

「謝謝……謝謝……」他再叩了個響頭，勉力用單足站起，雙手高舉過頂，不停向黑子拱手。

——我果然註定是要當「大樹堂」堂主！這都死不了……黑子，你會後悔的！走著瞧……

黑子正要拉韁回馬，突然臉上肌肉收緊。

眼瞳中有股肅殺寒氣。

他從馬上單手揮刀，準確砍在于承業左肘！

熱血噴灑。斷臂飛出落在地上。

原本浴在狂喜中的于承業，直至瞧見左臂斷口，才知道發生了甚麼事情。他整個人像被抽去脊骨般軟倒，右手按在那刀口上。鮮血從掌縫間流瀉。

他感覺身體好像再不屬於自己。

黑子飛躍下馬，撿起那隻斷臂，一步步走到于承業跟前，把斷臂的腕部伸到他眼前。

「爲甚麼？」黑子的聲音因震怒而顫抖。「爲甚麼你會戴著這個？」

于承業已迷糊的眼睛，瞧著那隻刻鑄著飛鳥圖案的銅手鐲。

「當然是她……給我的……」劇烈痛楚這時才開始陣陣傳來，反而令于承業清醒了些。

——我快要死了。

黑子繼續把斷臂的手掌伸到于承業臉頰上。「你用這隻手……碰過她？」

于承業竟然在這種時候笑起來。

——快要死了。哈哈。就是這樣的嗎？

「回答我！」黑子的怒叫，在荒野中迴響。

「甚麼碰過？」于承業的聲音很微弱，但每個字都像鐵鎚擂在黑子心胸。「**她全身……每一寸……我都摸過……她早就是……我的……女人……**」

黑子抛下刀，把銅手鐲扯下來，將斷臂棄掉，雙手不住痛惜地撫摸著那隻手鐲。

「**哈哈……你妒忌……我吧？……**」

黑子一腿把于承業踢翻，像隻瘋獸般爬到他身上，雙掌緊緊掐著他頸項。

他手裡還挾著那隻手鐲。銅鑄的鏤紋，深深陷進于承業的頸項皮膚上。

因此到了最後，于阿狗不是斷臂失血而死，而是被黑子的雙手扼死。

腦部缺血，令于阿狗在死前做個短促的夢。

夢見那只有一點燭光的黑暗房間。

——原來，我很愛她。

□

狄斌這一天，不是因爲喜歡才穿白衣。

傍晚時分站在「大樹總堂」正門前，他仰頭瞧著那巨大牌匾。「大樹堂」三個金漆字，每個都比銅盤還要大，書寫的字體，跟二十七年前漂城第一家「大樹堂」藥店上的招牌一模一樣。是狄斌專程找來三個臨摹好手寫成的。

牌匾兩旁掛著兩個白色的大燈籠，影照出狄斌一頭如沾滿雪片的斑髮。他的軀體仍然結實，可是這天卻失去了往日畢挺生風的步履。微微弓著背的身姿，一下子像老了十年。

他默默進入大門。隨來的部下都沒有跟著。這是狄六爺早就命令的。

步過放滿巍峨奇石的前院，狄斌輕輕推開「養根廳」正門。守在廳門前的護衛朝他點頭，他卻像沒有看見。

寬廣的大廳比平日陰暗許多。只有幾盞燈點上了。

正對大門的盡頭，堂主那張虎皮座椅空著。

而棺柩就安放在廳心。

棺木堅實而泛著光澤，手工都是最上等的，接口緊密得不露一點縫隙。八個角都包鑲著鏤刻花紋的純銀片，棺蓋頂放著仍透出香氣的鮮花。

可是棺柩始終是棺柩。

待在棺旁的只有三個人。崔丁默默站著，垂頭看兩名部下不斷把錢紙投向火盆，直至發現狄斌進來才抬頭。

兩人伸手相握。狄斌這些年來在「大樹堂」裡比較談得來的，偏偏就是這個投降的前「聯昌水陸」少主。他欣賞崔丁在生意上的才能和低調實幹的作風；這種尊重也馬上換來崔丁的感激，他身為降將，四面都是從前的死敵，卻又擔任著吃重的職位，那感覺半點也不好受。崔丁由衷地感謝狄斌的賞識，更加明白這個其貌不揚的矮子，為何能夠當上「大樹堂」第二號人物。

「堂主他回房間休息了。」崔丁瞧瞧于潤生的空椅說。

狄斌伸手，撫摸著光滑的棺柩。

于阿狗的棺木，與官軍在眞陽城大敗的消息幾乎一同抵達京都。崔丁是最初收到死訊的人，他馬上打點部下把阿狗遺體領回，僱用最好的殯葬師將屍體修補好，購置手工最上等的棺柩安放，再用最快的馬車送回來。

然後崔丁辦了一件他加盟「大樹堂」二十一年來最難辦的事：**告訴于堂主，他唯一的兒子死了。**

狄斌也是收到崔丁的通知，才從外地趕回來京都。他很慶幸有崔丁在這裡主理一切。他實在無法想像，若是要由自己來告訴老大和嫂嫂，會是多麼難以啓齒。

他的手掌停在棺蓋上。狄斌承認自己向來都不太喜歡阿狗。尤其跟健康又純眞的黑子相比，阿狗就更不惹人喜愛。阿狗畢竟不是于潤生親生的，不能期望他承襲到老大那股魅力，但作爲「大樹堂」的最有力的次代繼承人，卻確實有些不夠格。

但自從老大給阿狗改名爲「承業」後，狄斌心裡就決定：只要自己活得夠久，必定全力扶助這個小子當下一任堂主。狄斌告訴自己：阿狗還年輕，還會成長起來。先前知道阿狗將要被送進「武備塾」時，他還覺得高興。當兵對男人來說，就是最嚴格的磨鍊。

——可是卻因此……

「老大他怎麼了？」狄斌終於開口。

「剛才看來起還好。」崔丁想了一會之後才回答。只因實在很難形容。于堂主先前坐在大廳裡，瞧著這副棺木時，根本就沒有露出過任何表情。狄斌回想起當年老大的親生兒子胎死腹中那情形。那時老大也沒有顯露過一絲哀傷……

「嫂嫂呢？」

「夫人她一直在房間裡……沒有出來。」

狄斌瞧著棺蓋。「不可以打開看看嗎？」

崔丁露出難色。「還是不好……他們找到他時，已經在野外曝露了一天。我已經找了最好的師傅，但是那張臉還是沒辦法完全修補……」

狄斌點點頭。他蹲下來，從部下手裡抓過一把紙錢，親手撒進火盆。在火星翻飛中，狄斌站起來。瞧著崔丁的眼神有如兩把利刃。

「兩件事。一是派人查清楚，他怎麼死的，爲甚麼會去了那裡，確定有沒有人出賣他。事情有可疑的話，先別動手，告訴我，我親自處理。

「第二是替我約寧王爺。我要見他。」

主理鹽貨專賣的崔丁，與寧王府有緊密的接觸，但寧王本人他也只不過見過兩次——高層的交涉，過去都由于潤生親自進行。不過崔丁想，既然發生了這件事，若是以狄六爺的名義約見，王爺應該會應允。

「六爺……」崔丁有點緊張地問：「你要跟王爺談甚麼？」

「這場已經不止是朝廷的戰爭了。過去任何一個犧牲的『大樹堂』兄弟，沒有一個我們無法為他報仇。」

狄斌的臉在火光中顯得更白，每條肌肉都綳得緊緊。

這是久未出現的「猛虎」狄斌。

他再次瞧著那副沉重的棺柩。

「何況，他是姓于的。」

□

狄斌敲了三次門，裡面也沒有答應。他鼓起勇氣把門推開。

第一眼看見李蘭，狄斌有點意外。本來以爲嫂嫂必然哭得斷腸。可是此刻她卻是如此沉靜。滿佈皺紋的眼角沒有淚水。

「嫂嫂，是我……」狄斌輕聲說著進了房間。這才看見中央的小桌上，鋪著幾件小孩舊衣服。

除了失蹤的黑子和獨守空幃的柔兒，鐮首另外五個兒女都已在外面成家，過著平凡人的生活。有個最小的兒子則病死了。他們和于阿狗，曾經有好一段日子塡滿了李蘭空虛的心靈。這些孩子小時候穿過的衣服，她至今都保存完好。

桌上這套，是第一天進京都時，李蘭給于阿狗買的。她目不轉睛地凝視著它們。

「嫂嫂……」

「阿狗這孩子，不大討人喜歡。」李蘭拿起一件衣服，放近眼前細看。兩年前開始，她的眼睛就不好。「可是他不是個壞傢伙。只是他太害怕失去罷了。你也知道，那種出身……而且他一直都念著，自己不是我們親生的。」

「你們待他都很好。」

「傻孩子。也好。好歹他也已經活了近三十年。比我那兒子幸福……」

「嫂嫂！」狄斌走到李蘭跟前，挽起她的手掌。「別這樣。你是在怪責老大把阿狗送去從軍嗎？他也沒法料到會這樣。誰也料不到。別恨老大啊。我知道老大現在也是一樣心痛……」

李蘭凝視著狄斌許久。

「六叔叔，你跟著潤生有多少年了？」

「……三十一年。」

「可是你……」李蘭苦笑著說：**「你一點也不了解你老大。」**

李蘭這句話，令狄斌的臉色變了。

「不。」李蘭繼續說：「你不是想不到。只是從來不敢去想。六叔叔總是心腸最好的一個。」

狄斌緊握李蘭的手。「嫂嫂，你在說甚麼？」

「你以爲阿狗死了，潤生會傷心嗎？不會。最多他也只是有點氣惱，自己的安排怎麼會出了差錯……」

「嫂嫂怎可以說這種話？」狄斌有點惱怒。「阿狗好歹也是老大的兒子啊，老大怎會……」

「自從那次之後，我就不能再生孩子。」李蘭這句坦白的話，令狄斌怒意消失。連這也說了，可見嫂嫂十分清醒。「可是這麼多年，潤生都沒有另外找個女人，爲他留點血脈，就只得阿狗這個養子，你沒有覺得奇怪的嗎？」

狄斌不是沒想過這問題。尤其于阿狗根本就不是未來堂主的材料。

「也許是因爲老大疼你……」

李蘭搖搖頭。「他要納妾，我有反對的餘地嗎？他可是『老大』啊。大夫斷定我不能再生育後，我也曾經叫他找個女人。他沒理會我。他一手打下這麼大的基業，卻沒有留給自己兒子的打算嗎？」

狄斌啞口無言。

「後來我終於明白了。他眞的不在乎。」

「怎麼會……」

「他真正在乎的只有一件事情：在自己有生之年，把最多的權力握在手裡，那是世上唯一滿足他的東西。」

「嫂嫂……」

「他死了後，『大樹堂』是傳給你也好，給阿狗繼承也好，讓給其他陌生人，甚至整個倒下……他全都不在乎。」

「在這世上，他愛的人只有一個。不是你們兄弟。不是我。」

狄斌放開李蘭的手。

他想起許多年前寧小語說過的話，跟李蘭現在說的，何其相似。

「六叔叔，趁早離開吧。這裡已經沒有值得你保護的東西了。」

——「白豆……離開吧……」齊楚臨死前也這麼說過。

「不！」狄斌大聲說。「你說的不是真的！你也沒有離開老大啊！」

「沒辦法。」李蘭臉上湧現出積存多年的苦澀。「在我了解潤生是個怎樣的人後，我卻發現自己仍然愛他。我會一直看著他。直到最後。」

狄斌不停地搖頭，倒退向後。

「離開吧。你要是不走，我預感會有更可怕的事情在前面等著……」李蘭再次拿起那件孩子衣服，把臉埋進去。

狄斌奔跑逃離這個沉浸在哀傷中的房間，直走到中庭院子。他低頭喘著氣。不是因為奔跑，而是心亂。

呼吸平息後，他仰首。

明澄的月亮掛在中空，把他的身體灑成淡藍。

與鎌首臨走前那夜一樣的月光。

——活著是爲了甚麼？

他彷彿再次看見五哥那體諒的笑容。

彷彿聽見雄爺爺那首歌。

他瞧著月亮，無聲地流淚。

□

四天後，「大樹堂」又在辦第二件喪事。

于柔在自己的房間裡上吊死了。

□

黑子靜靜伏臥在夏娜那兩顆豐滿乳房之間，睜著眼睛沒說半句話。

滿身都是汗水的夏娜，雙手環抱他厚碩的肩背，不住在輕輕掃撫。她咧著兩排泛黃牙齒，滿足地笑著。

「剛才好厲害……待會我們再來一次好嗎？現在還早呢……」

營帳裡充溢著激烈交歡後遺下的熱氣。外面喧鬧之聲依舊不絕。

黑子離開夏娜胸前，背對她坐在竹床邊緣，低頭依舊不發一言。

夏娜失望地嘆息。她爬起身，從床旁的几子上取來煙桿火石，熟練地點燃了，深深吸了一口，然後輕鬆地躺回床上。她以左臂作枕，露出長滿了鬈毛的腋窩。

「你不去外面坐坐嗎？他們都在等著你啊。」

軍營裡爲慶賀「眞陽大捷」舉行的宴會正在高潮。這是一場夢幻般的勝利：決定天下大勢的會戰，「三界軍」與近十萬官軍正面交鋒。結果欠缺糧草的官軍陣營，被飽足而又充滿銳氣的「三界軍」迎頭痛擊，「平亂大元帥」黃滸敗走培州時，只能帶著狼狽的四萬兵馬。

主帥毛人傑表現依舊奪目。但正如上次銅城之役，帶來勝利的眞正功臣，是領著一支騎兵冒險潛入敵後，截殺了官軍多路糧草輸送的小玄王。

這位主角卻整晚都沒在慶功宴中露面，只躲在自己帳篷裡，跟這個女人在一起。

夏娜已經三十歲，比黑子還要大四年。在「三界軍」領地裡，主動向小玄王獻身的女人有不少，黑子也睡過十幾個。部下們都不明白，小玄王到最後爲甚麼還是回到這個不年輕的女人身邊，還帶著她出征。而且聽說她從前跟好幾個軍官都有過一腿……

夏娜爬到黑子背後，雙臂攀在他頸項上，將煙桿伸到他嘴邊。「你不抽？」

黑子把她黝黑的手臂撥開。夏娜擁有不知是哪裡的異族血統，一身肌膚泛著深麥色。

她低下頭舐他的後頸。

「滾開。」他伸手一推，她就倒在床上，像隻母雞般「咯咯」笑起來，一身的肉都在亂顫。

「沒事吧？」黑子從床上站起，有點憂心地瞧著夏娜。他害怕剛才那一推是否太用力。他試過有次交歡時太激烈，把她一根肋骨壓斷了，過了兩個月才治好。

夏娜沒再笑，放下煙桿，拉著他的手掌。

「這該我問你。你回來後，就跟以往不一樣。」

黑子沉默著，再次坐下。

夏娜從床底下拿出水盆，用布巾浸透冷水，替黑子抹拭背項。

「你有生過孩子嗎？」

夏娜的手停住。

「沒有。」她搖搖頭，再拿布巾往水盆沾水。「沒這麼幸運。」

「如果你的孩子死了，你會怎麼想？」

夏娜抹著自己身體。「大概會很傷心吧……很傷心……」

——她沒告訴黑子：年輕時她懷過一次胎。四個月就流產了。她哭了好幾天。

「我在想……我的娘……」黑子說時有點哽咽。「我不是她親生的……可是她待我眞的很好……」

他說著時，背脊滲出冷汗。

「幾天前，我殺死了她的兒子。」

夏娜從後緊抱黑子。

黑子在抽泣。他回憶起阿狗死前那雙暴突的眼睛。同時又感覺夏娜的擁抱很像李蘭。

她的手臂交抱在他胸前。他握起她的手掌細看。雖然皮膚粗糙得多，但那顏色跟柔兒一模一樣。

黑子放開夏娜的手，摸著自己左腕上那隻銅手鐲。

——甚麼時候會再見她？在我攻進京都那天嗎？

□

「……那次是我親眼看見的：在歸羽城的正門前，荊王親自替一群窮人治病。有個瞎了三十幾年的人來找荊王，荊王在掌心吐了口涎，在那瞎子眼皮上揉了幾下……他馬上就開眼了！當時人人都說，荊王的身上發出一股三色光彩……」

「不錯！還有更驚人的！當時我們已經奇怪，怎麼荊王身邊看不見半個『屏衛營』的衛士……後來才知道，荊王當時一直都在石籠城坐鎮，親自調兵遣將！在歸羽城出現的，是他千里外的分身！……」

「你們以爲『三界軍』這名字怎麼來？軍旗裡三種顏色，綠色的在最上，是青天；黃色的是泥土，也就是地府；紅色是血肉，也就是我們。天界、冥界、人界，三界都合該荊王來管！荊王受命於天，下凡來就是要建立一個人間王國……」

「……可是那天上的王國，比這大地和江海還要廣闊！爲『三界軍』戰死的勇士，都會到那裡享盡極樂！……」

在眞陽城府衙前的大廣場上，一個個身穿三色長袍的「道師」，分站在人群裡不同角落，聲嘶力竭地宣講著荊王種種奇蹟和預言，還有他將要君臨三界的天命。

這場講道聚集了逾兩萬人，大部份都是眞陽城的百姓，也有在戰事中被俘或投誠的官軍士兵。

這些最初都是毛人傑的主意。自從石籠城「大肅清」後，爲了加強「三界軍」的統合及領地內的凝聚力，鞏固軍民對荊王的崇拜，他招集了各領地原有的大批占卜師、靈媒和方士，編造出許多荊王超凡入聖的事跡和一套簡單易明的神人信仰，在領地各處努力宣講。

「這都是爲了勝利。」毛人傑說服荊王時這麼說。「在非常時候，少不免要作些權宜。到我們勝利後，再宣揚你那套眞正的道理也不遲。」

鎌首不禁想起鐵爪四爺，也想起自己曾經殺死和拷問過的那些「飛天」信徒。

——假如我們擁有一支那樣的軍隊，沒有人能夠抵擋……因此鎌首同意了。結果證明這是非常成功的策略。比起鎌首講的那套，這單純的崇拜更爲軍民受落。「三界軍」的膨漲速度與高居不下的士氣，就是明證。

此刻鎌首站在眞陽城一座瞭望塔上，靜靜瞧著下方的萬人宣道。身邊只得孫二。他悄悄的到來，身上穿著一襲乞丐般的大斗篷，用布巾包著下半臉。要是讓下面的人看見他，必定引起軒然騷動。

鎌首又轉往另一方向。眞陽城牆上，密密豎滿三色軍旗和每支部隊的徽紋旗幟，那些高聳粗壯的旗桿畢直而整齊地排列，像一隊永不言倦的儀仗衛士。在城牆外，駐紮軍佔據著東城門外郊野，稠密的營帳群像構成一座臨時的小城。數支氣勢勇悍的重騎兵，圍繞著城牆奔馳巡視，兼在爲未來的戰事而加緊演練。

鎌首回過頭，俯視眞陽城裡數不清的樓房和縱橫街道。有幾片地被攻城戰破壞而變成空白，但無損這片壯觀氣象。

——比漂城還要大。

——但這裡還不是京都。

鎌首一生從未擁有過如此巨大的權力；這般陣容的軍隊和廣泛的領土；眾多把他視作神祇的崇拜者。

但這一切都不是他所渴望。假如只是求取單純的力量，二十一年前他繼續留在「大樹堂」就可以了。起義這麼多年來，除了與黑子重逢那天，他從沒有眞正笑過。別人都認爲「三界軍」的一切是奇蹟，他卻每天都在想：爲甚麼進行得這麼緩慢。毛人傑和黑子都在享受著每場勝仗，但他對勝利卻毫無感覺。他仍然在等待勝利後帶來的東西。

那個全新的世界。

他已經很少再想起寧小語。相比今天佔據他生命的東西，一個曾經愛過的女人，是何等的渺少。**對一個人的愛，抵不過對千萬人的愛。一個人若擁有改變世界的力量，卻只是沉浸在自己的慾望裡，那是一種罪惡。**

——像于潤生……

他忽然問身旁的孫二：「你認爲我是個怎樣的人？」

「鐵將軍」孫二這幾年來長伴不離荊王身邊。長期戰爭證明了，這個前劊子手的勇猛絕不下於毛人傑，但並沒有帶兵打仗的才能。他跟著鎌首這些年，常常在聽鎌首的傾訴，也了解鎌首的一切想法。

孫二沉思了許久才回答。

「荊王是我認識最偉大的人。」

鎌首知道這並不是奉承。可是再偉大的人，也都只是人。人，每天都不知道自己還會活多久。

不能停下來。要再快一些。捲過這片大地的每寸，掃去一切舊有東西……

然後，這個世界再沒有殺伐。

——京都，你等我回來。

第三十一章
能除一切苦

在狄六爺親自策動下，「大樹堂」全體十萬兄弟終於投入這場戰爭。

仍然潛伏在「三界軍」勢力圈裡的「大樹堂」力量，進行了各種破壞、刺殺與策反。雖然沒能接近荊王父子或毛人傑等重要人物，但各地共有十多名「三界軍」將領遇弒。另外「大樹堂」又投下大量金錢，成功煽動六個將領分裂自立或是接受朝廷招安，在背後向「三界軍」倒戈偷襲。其餘製造出的恐怖與混亂，更是不計其數。

但這一切行動，仍然動搖不了「三界軍」那停不下來的滾滾勢道。小玄王帶著一支親兵，走了共一千九百里路程，一口氣把所有叛變鎮壓；同時毛人傑率領的主力軍繼續向東擴張，吞下培州及更東的波州，終於打到東面海岸，完成東西連橫，把北面京畿的南藩諸王，與他們南方老家的聯繫完全切斷。

小玄王在平息叛亂的多場戰鬥裡，收編了許多降兵，並順道在後方再招募大批新軍。他帶著比出發時多出一倍的兵力，重新返回主戰場，與毛人傑的主力會合。五十萬雙眼睛，把視線朝向北方。

「大樹堂」投入了大量人力物力，也只不過把「三界軍」的總攻擊延遲了三年。從荊王站在籽鎮廣場，伸手遙指京都方向的那天開始，至今已然經過十四年。起義大軍終於要進行最後的北伐。

□

狄斌擊掌，聲音在空蕩寧靜的「養根廳」裡迴響。

他合十閉目，於葛元昇神壇前深深三拜。

良久，他睜開眼睛，伸手取下供奉在黃金神像前的「殺草」。

他拔出兩尺霜刃，凝視了一會，將之小心地插入腰間一個預製的皮革刀鞘裡。

他仍不願放手，左掌按住刀柄。

——三哥，保祐我。這是我為「大樹堂」最後的戰鬥。即使要死，也讓我把敵人一起拉下去。

他因激動而渾身顫抖，白漆戰甲發著微響。

廳堂後面傳來腳步聲。他回頭，看見帶著棗七到來的于潤生。

老大比三年前又更蒼老了。今年他才五十九歲，可是衰老鬆馳的臉皮卻像個七十開外的老人。狄斌雖也頭髮花白，但臉相保養得很好，看起來像是于潤生的兒子多於兄弟。

于潤生走路很慢，雙腿失去了往昔的氣力。狄斌猜想，是不是當年那個箭傷，令老大生過好幾次病，身體才會衰老得如此的快。

「白豆。」于潤生說時，眼裡沒有了從前那種奇異光芒。

——是否因爲面對這次危機，他已經再無把握？

「老大。」

「要出發了嗎？」

狄斌點點頭。

「是不是老天開的玩笑呢？三十幾年後，你又要上戰場了。還記得那時候嗎？」于潤生說著，視線向著狄斌，但又好像不是在看他，而是眺望著遙遠的過去。「第一次跟你見面。當時老二和老三還都在……如今……」

「他們還在。」狄斌拍拍自己胸口。「**在這裡。**」

「我就只剩你這兄弟了。活著回來。別丟下我一個。」

狄斌聽見于潤生這麼說，心裡卻再沒有往日那種熱血激動，面容平靜如止水。

「在我有生一天，絕不會讓人把『大樹堂』的招牌拆下來。」

他只能這麼回答。

狄斌忘不了李蘭那番話。還有寧小語和齊楚從前說過的。還有五哥離開前說過的。

他已經不再在乎老大的想法。他唯一的願望，只有保住「大樹堂」。**「大樹堂」是他們六**

兄弟那份情義曾經存在的證據。猴山結義開始，他的人生就是為此而戰鬥。為此而存在。不可以讓人毀掉。否則他這三十四年都是白活。

于潤生別過臉，走向「養根廳」最深處，拾級步上臺階，坐在那張只屬於他一人的虎皮大椅上。

他伸出虛弱但仍然掌握巨大權威的手掌。

「狄老六，去吧。把勝利再次帶回來『大樹堂』。」

□

黎明時分，全身披著玄黑鐵甲的黑子，跟他那穿得像乞丐的父親，在經河城的王府裡作臨別的擁抱。

如今的黑子，正是從前鎌首最壯盛勇猛的年紀，那堂堂身姿比當年的「拳王」、「三眼」還要雄偉。可是不知道是遺傳自羅孟族的母親，還是從前受過義父的薰陶，他的五官比鎌首要溫柔得多。

鎌首的身軀又比數年前萎縮了些，彷彿他那太過強大的意志，每天都把肉體一點一點地侵蝕。瘦如柴枝的手臂環抱著兒子，摸到的卻是滿佈稜角的冰冷鐵甲。

良久，黑子放開父親。

「爹，這些年來，我有沒有一件事情令你不滿意？」黑子問時表情很緊張。

鎌首沒有回答。

「爹……」威震天下的小玄王，此刻竟焦急得像受到責備的孩子。「我有讓你失望嗎？」

鎌首摸摸他的頭髮。

「沒有。**得到一個像你這樣的兒子，是這世界給我最大的恩賜。**」

黑子激動得想上前再次擁抱父親。但鎌首止住了他。

「兒……不要再一心成爲另一個我。你就只是你自己。」

「我……」黑子低著頭。「想成爲像爹的男人，這也有錯嗎？」

「你還記得我告訴過你，二十幾年前爲甚麼要離開嗎？」鎌首撫摸著兒子的臉，想起他的母親。想起羅孟族。想起那場他自己也不知道怎麼結束的決鬥。

想起山上那座巨大的神像……

「你要是眞的想成爲像我一樣的人，那有件事情你必須去做：**尋找屬於你自己的東西。**」

黑子想起柔兒。他再次低頭，瞧瞧手腕上那個銅鐲。然後他直視父親，用力地點頭。

——屬於我的東西。

父子倆最後兩手相握。黑子從侍從兵手上接過戰盔，默默戴起，再掛上那個鑲有黃金鏤紋的玄黑鐵面具。面具額頂雕了個彎月記號，正是他父親的疤記。

鎌首瞧著兒子溫熱的臉被冰冷的鐵面掩蓋後，心裡默禱。

——這是最後一戰了吧？……

黑子背向父親，踏步往王府大門。鎌首凝視兒子逐漸漸小的背影。

在王府外的廣場上，早就有過千兵將在等待。成列的旌旗迎風舞動。無數戰馬低嘶。盔甲與盔甲互相輕碰。

小玄王站在府門台階上，只是輕輕舉起右拳示意，下面的軍士馬上發出熱烈喝采。對男人來說，這是何等美妙的聲音。黑子將永遠記住這個時刻。

眾兵以仰慕眼神，注視著這位神祇般的鐵面猛將登上座騎。

他俯身向一名侍從低語，那侍從點頭，跑到眾騎兵間，取來一面「三界軍」旗幟，把旗桿交到小玄王手上。

小玄王在馬上高舉綠黃紅三色旗，帶領著這群狂熱戰士，踏上離城出征的路途。

在經河城大道上，無數平民抵著清早寒冷夾道歡送。他們都想親睹這副傳說中的鐵面具，好成爲年老時向兒孫炫耀的話題。

一個女人忽然自人叢間奔出，直跑向小玄王座騎，薄衣底下兩顆豐滿乳房在上下彈跳。侍衛騎兵本想攔截她，但認出她是誰之後，都向兩旁退開。

夏娜氣喘吁吁地站在黑子座騎旁，吐出一陣接一陣白煙。

黑子透過無表情的面具上兩個洞孔瞧著她。

「你要回來啊……」夏娜的圓臉仍如平日般紅潤。她雙手抱著肚腹。「你……要當父親了。」

面具掩蓋著黑子的表情。但他握住旗桿的手，在微微顫抖。

夏娜滿懷期待地凝視那張面具。

過了一會，黑子的說話才透過鋼鐵傳來：

「我們的孩子，將會在京都裡出生。」

□

「京畿鎮守軍」的營寨駐紮在京都以南八十里的八霧濱，東面借昭河的天險爲防禦，是迎擊「三界軍」的理想地點。

但這也是「鎮守軍」僅有的一點優勢。「平亂軍」殘部、京畿原有的守軍再加上京都禁衛軍精銳，總動員達十五萬人，卻跟「三界軍」的五十萬北伐雄師有很大差距。

「鎮守軍」元帥還是起用了黃漳。他在銳州大敗後曾經被貶回京，但「平亂軍」三度易帥只是加速了敗勢，更突顯黃漳統合才能無可取代。當日要擅長防守的他主動出擊，失敗其實非戰之罪。

東方河面露出第一線曙光，照射在「鎮守軍」營寨上。

「鎮守軍」中有一支特殊部隊：三萬人全非軍人，不受黃漳以外各級將領節制，由一個沒有正式官階的男人率領。

在帥寨進行戰術會議時，身穿白甲的狄斌坐在最角落處，只默默聽取各將領和參謀的發言。他們不時用奇異的目光瞧他。但沒有任何人敢對狄斌表示不敬，或者質疑他的資歷。因爲這個男人，是由寧王親自任命的。

狄斌聽著各將官的分析，又不時看看那幅繪畫得極詳細的地圖。他心裡正在思考著，手上三萬「大樹堂」精銳應該如何最有效地運用。若論個人戰力，他們絕不輸給正規軍，但由於大多數都沒有受過戰陣訓練，只適宜作單純的突襲或者快攻衝鋒。

細作傳來的情報說，經河城那邊有大規模調動。決戰肯定就在今天。「三界軍」將踏著與當年陸英風「裂髑軍」相同的路線到來。不同的是，這次京都守軍把戰場設定在此。八霧濱已經是最後一道防線。若這裡的「鎮守軍」失敗了，只餘少量禁軍守備的京都，將只是一顆待摘的果子。

黃漳雙眼滿佈紅絲。昨夜接連不斷送回來的情報，令他完全無法入睡。其實即使沒有這些打擾，他也很難闔眼。這是他人生裡最重要的一戰，能夠與陸英風在歷史上齊名的唯一機會。

只要擊敗「三界軍」一次就夠，他想。「三界軍」把大陸割裂的東西連橫，表面上把京都和南藩大本營割斷。但只要官軍能竭止「三界軍」的氣勢，反過來就隨時可以演變成南北挾擊。他們需要的只是一次勝利。**把傳說擊破**。

——我才不要死在這異地。我還要回南方終老。

黃漳聽完各參謀將領的建議後，才把視線投向狄斌。他記得寧王爺的囑咐：「別因爲他不是將軍就小看他。這個人會產生意想不到的效用。」

黃漳清清喉嚨。「狄兄……你怎麼看？」

眾將官全部轉過來看狄斌。他們心裡多少有些不滿，但沒有表露在臉上。狄斌對這許多目光不以爲意。他站起來，更讓人感覺矮小。

「對於打仗的戰略，我沒有各位般熟悉。我是個跑江湖的。我最注意的，不是計策，而是人的想法。」狄斌的坦誠，出乎所有人意料。

「這幾年，匪軍眞正只靠一個人取勝。」狄斌繼續說。「就是那個已經名滿天下的小玄主。我看過自從銅城淪陷後的所有紀錄。這傢伙從來只用一種戰法：趁著主力吸引我方注意，另帶一支精銳，快速繞到側面或後面偷襲。」

狄斌撥摸他那頭花髮：「以我所知，這小玄王還很年輕。年輕人有個毛病：太過自信。他們若是用一個方法成功了，就會一直用下去。直至失敗爲止。」

他左手按住腰間「殺草」。那雙發亮的眼睛，很像最盛年的于潤生。

「今天，我們就把這個失敗送給他。」

□

迎著寒風策馬急馳的冷意，被戰甲底下的昂揚戰意所融化。黑子倒提長刀領在最前頭，與四萬精銳鐵騎離開主寨出擊，但並非直接揮兵北上，而是一開始就繞道向東。

敵軍傍著昭河這屏障來結寨，他就偏要從東面渡河偷襲。冬天的昭河水位下降不少，雖然有堤岸阻礙，但以這支騎兵的活動能力，黑子深信絕對能越得過去。

騎兵已繞道奔馳了近百里地。雖說是偷襲，但如此龐大軍勢，黑子早就預計會被敵方巡哨發現。關鍵是要令對方來不及反應佈防，所以他一刻也沒讓部下休息。毛人傑的主力軍已從正面北路開始進發，黑子若慢下來，就會延誤了配合的時機。

京畿土地在馬蹄下滾過。黑子這才想起：雖然在京都住了這麼多年，都城以外的郊野他都幾乎沒去過。

——出來以後才知道，世界原來這麼大。

——現在，我帶著這個世界回來了。

陰沉天空之下，昭河東岸的景色在前方出現。黑子的心狂亂跳動。

在河岸上守備的官軍，發現了這大隊騎兵來臨，正在忙亂地在各種欄柵之間準備迎擊。黑子一眼瞧過去，敵人在岸旁的防守兵力果然很薄弱。他高舉長刀，下令騎兵採取尖錐陣式，全速衝鋒。

官軍射出的那陣稀疏箭矢，對猛衝而來的四萬「三界軍」騎兵簡直像搔癢，衝鋒之勢沒有被阻緩半點。

黑子身先士卒，率領在那尖錐最前頭，當先殺入敵陣。

他左右斬擊和撥掉三根迎來的長槍，戰馬同時穿過了尖木柵欄間的縫隙，撞飛了一名步兵。其他守兵也都被這股氣勢嚇得退開。

緊隨他之後的親兵早有準備。在長槍騎兵掩護下，二、三十名騎士撒出一根根連著長索的鐵鉤，把柵欄勾住。他們驅馬往兩邊一分，將柵欄硬生生扯倒，擴大了敵陣缺口。隨之而來的刀槍騎兵，源源從這缺口衝殺進去。

同時黑子已到達敵陣中央，策馬來回左右衝殺，眨眼間就有十多名敵兵成了長刀下的亡魂。那種速度、力量與氣勢，猶如從地府爬出來的魔神，跟當年自內攻殺京都南崇門的父親不遑多讓。

「三界軍」騎兵大半還沒抵達，河岸上的官軍守備線卻已完全崩潰。黑子領著三十多騎，馬蹄躍下冰冷河水中，在僅僅淹及馬腹的河中向對岸接近。

黑子才剛下了河，就感覺不對勁。馬兒的四蹄像被甚麼纏住無法提起。四條腿絆在一起，戰馬失去平衡仆倒。

黑子在那一刻及時躍離馬鞍，跳到河中心。他這才發現，河底下佈了一張張粗眼的繩網。馬蹄就是被它們絆倒。

下了河的騎兵也接連紛紛落馬。人和馬都發出受傷悲叫——河底裡不單佈了網，還撒了大堆蒺藜尖釘。

——敵人早有準備！

這時對面堤岸的樹叢間出現大量人影。整排的矛兵居高站立，八尺尖矛朝下齊指向被困河心的騎兵，形成一道森然屏障。矛兵間又夾著弩兵，開始射擊被困河裡的騎士。河水被染紅了。

後續而來的「三界軍」騎兵不知就裡，也衝進河中。被困在水裡的人與馬越積越多。

黑子知道若騎隊持續被困河間，將陷入極度危險。速度是這支急襲軍最大的武器。馬兒要爬上對面堤岸本就不容易，在長矛在弩箭的威脅下，更像任人攻擊的稻草人……黑子咬牙，把長刀垂直向下插在水中，以他驚人的力量對抗著水底阻力向前奔跑。穿著鐵甲戰靴的雙足，所過之處把水底的鐵釘都踢開或踏平。

黑子在水裡奔跑的速度出乎守軍意料。穿著這種重鐵甲，在滿佈陷阱的及腰河水裡，他就像奔牛一樣衝向對岸，倒轉的刀刃把繩網粗索一一割斷。

「跟著我！」他一邊前衝，一邊命令後頭部下。

黑子離開水面，踏到堤岸的泥土上，已有五柄長矛朝他招呼。他雙手舉刀橫掃，把四根矛桿清脆斬斷。黑子閃身躲過第五柄，順勢以腋窩挾著矛桿，身子一擰就把那矛兵摔飛進後面河水。

附近其他矛兵擋在黑子跟前圍成半圓，全力阻止他登岸。但黑子雙腿又長又靈活，左右跳了三步閃過刺來的矛尖，已經踏上昭河西岸。

黑子一登上平地，攻防頓時逆轉。斷矛拋飛。破裂的骨血。流瀉的臟腑。黑子人與刀彷彿結成一股不斷滾動翻湧的旋風，把一切眼前阻礙物輾平、絞碎。面具上沾滿點點血花。

他就是這樣以一人之力，硬生生在昭河西堤開出一道缺口。部下騎兵也沿著他開出的通道一一登岸，然後再次展開馬蹄，把「鎮守軍」佈在沿岸的守兵都殺退。由於同袍還沒完全集結，他們放棄追擊那些亡命奔逃的官兵。

「鎮守軍」的主營寨已近在不足五百碼處。騎兵將堤岸完全控制後，一名部下把小玄王的座騎牽來。牠身上只有數處被鐵釘刺傷皮肉，仍然步履矯健。黑子拍拍牠的頸，重新躍上馬鞍。騎兵在堤岸空地上已集結有二、三千騎。由於黑子只開出一條狹小的通道，渡河甚是緩慢，大部份騎兵都還在對岸等著，或是小心地開闢其他河中通路。

黑子等不及了。他下令向營寨展開攻勢。

在顛簸的馬鞍上，黑子透過面具洞孔，看見敵方的八霧濱大本營，感覺就像看著即將記載的歷史。

——以後二百年、三百年……人們都會記得我，談論我。

在空地上衝鋒時，黑子忽然看見：走在他前頭的部下，有十數騎突然平空消失。

他發出減速的手勢，然後策馬走近細看：那些部下全都摔進了一個佈滿尖木倒刺的坑洞裡。圍繞整個營寨挖坑，在這麼短時間內是辦不到的。然而把坑洞偽裝得好，只要不規則地挖，不必很多就足以迫使騎兵害怕而放慢速度，無法展開衝刺。

——對方有個厲害的將領！

「小王爺！」一名親隨勸說：「不能慢下來！這正是敵人的希望！陷阱不會太多，我們全體衝過去，雖然會折損一些兄弟，但勝過失去先機！」

黑子恨恨咬牙。過去每戰皆大捷，他的親兵在「三界軍」裡一向是陣亡最少的部隊。他不甘心。可是沒辦法。沒有了速度的衝鋒，就等於向敵陣送死。

「好！放開全速，我在最前頭！」

「不可以！」那親隨伸手拉住黑子馬轡。「小王爺不可以在眞正決戰前出事！讓部下們先把陷阱都探出來！」他另一手揮舞砍刀，發出再次衝鋒的號令。

騎兵在黑子兩旁滾滾馳過，奔赴敵寨。

偶爾有同袍慘叫，連人帶馬在眼前消失。也有的爲了閃躲坑洞而亂撞成一團。

這坑洞陣造成的眞正折損其實不多，但對士氣和心理卻帶來甚大打擊。接連遇伏，令小玄王的親兵前所未有地虛怯。

黑子懷著沉痛心情，飛快策馬跨過部下屍體前進。

因爲這連環陷阱和埋伏，中間開出的安全通道十分狹窄，黑子麾下的騎隊陣形被拉得很長。

——只要殺到營寨就可以……官軍主力都已出去迎擊毛人傑大軍，寨裡的守備必然有限！

「鎭守軍」營寨北門忽然打開來。大批步兵一湧而上，轉過營寨角落，奔跑著朝「三界軍」騎隊的右側中央攔腰殺來。

那些步兵的軍容不似官軍般整齊，也沒有甚麼陣法。士兵的戰甲和手上兵刃也各自不同。是「大樹堂」的民兵。「三界軍」騎兵因隊列拉長，雖然面對緩慢得多的步兵，卻無法有組織地改變方向迎敵。

「大樹堂」民兵因早就知道空地上坑洞的位置，加上散陣前進十分靈活，成功在對方還未準備好時就抵達。

雙方一接觸就形成白刃混戰。這對步兵更為有利。身在騎隊前段的黑子，還來不及回頭指揮，已被「大樹堂」戰士從中切斷了隊陣。

黑子與僅約一千騎，跟後面仍在渡河的大量部下完全隔絕。

「鎮守軍」又在這恰到好處的時機，打開面朝敵騎的東寨門。

一名身穿漆白戰甲的將領，帶著半數是騎士半數步戰手的另一支「大樹堂」部隊，從這門出寨迎擊。

黑子的孤軍，突然陷入被前後夾擊的困境。

黑子雙目卻反而露出興奮之色，盯著遠方寨門前那白甲將軍。

——終於露面了……就是你嗎？第一次讓我陷入苦戰的敵人……

——既然你自己打開寨門，我也不客氣了！

黑子單手把長刀在頭頂旋了三圈，示意部下不要理會後面混戰，全力向前突擊。兩軍已接近至一百步距離。

黑子緊盯著對面領在最前頭的白甲將軍，預備第一回交鋒就把對方頭顱斬下來。

突然他察覺，那個馬鞍上的矮小身影很是眼熟……

五十步。

他看見了白色戰盔底下那張臉。

眼睛不可置信地睜大。

毫無指示下，黑子猛把馬撥向左，倒提長刀轉往南面脫走！

——為甚麼會是他？

黑子的騎隊，只有接近他那十數騎來得及跟隨。其餘騎士因未看見指示，仍然向前衝殺。

雙方激撞在一起。

雖然只有約一千騎，但「三界軍」的部隊仍然勇猛，一下子就貫穿「大樹堂」隊陣中央。「大樹堂」部隊卻似乎早有準備，被分裂成左右之後並沒有失勢，從兩邊向騎隊夾擊混戰；「三界軍」騎隊的衝勢一衰弱下來，又發現失了小玄王的蹤影，頓時陷於混亂，無法再次組陣。

黑子此刻卻渾忘了自己遺留的部下。

——怎麼會這樣？不行……不可以遇上他！

全身白甲的狄斌見己方正處優勢，馬上領著近百騎突出混戰圈，向南往敵方主將追擊。

本來已經準備跟對方硬碰的狄斌，意外遇上如此有利情勢，自然大喜過望，但他心裡同時滿腹疑問：爲何這個小玄王會臨陣脫走？

黑子等人的戰馬經過多番折騰，已見疲乏。追兵拉近了距離。

「小王爺！」後面的部下猛喊：「我們要回去！兄弟們還在後面作戰！」

黑子卻充耳不聞。

他只要離開這裡。

——不可以讓他看見我……**不可以讓他們知道，阿狗是我殺的……**

黑子並非沒有想過：只要攻入京都，總要面對養母和義父。可是這一刻，突然湧上心頭的罪疚感，淹沒了他。

終於接連有數騎被「大樹堂」騎士追及，他們雖都是馬賊出身，慣擅鞍上作戰，但對方人數實在太多，不一會就被斬下馬。

有二十幾名「大樹堂」騎士在鞍上搭箭拉弓，他們是許久以前就從關外招募來的好手。

再有三名「三界軍」騎士中箭墮馬。

黑子身後只餘孤伶伶七騎。

他回身瞧過去。「大樹堂」追兵來勢洶湧。

——這不是辦法……

他突然撥轉馬首，回頭越過跟來的部下，往追兵衝殺。

那些騎射手本來還在準備再發第二輪箭矢，敵將突然殺回來，全都措手不及。

長刀過處，弓裂、弦斷、血濺、肉飛。

黑子乘餘勢再斬掉對方兩個提刀騎士，又再斜向脫出，敵人連他的影子也追不著。

這驚人的一擊，阻嚇了「大樹堂」追兵，令他們勒止下來。

卻有一騎突陣而出。

狄斌單手提著一管矛槍，把槍桿緊挾腋下，驅馬追殺向黑甲敵將。

槍尖瞄準黑子後心。

黑子嘆息一聲，再次撥轉戰馬。

槍尖將及時，長刀自下向上斜撩，把兩尺長的一截槍桿削斷。

兩騎擦身而過。

狄斌勒得馬兒人立。他同時拋掉斷桿，拔出腰間佩刀。

他的座騎本來就一般戰馬小，卻更強壯而靈活，兩隻前蹄翻過來，很快就重新踏上土地，對準了敵人的方向，隨即再發力奔馳。

狄斌臉上帶著當年葛小哥的殺意。

——**「大樹堂」的仇人，都得死！**

單刀成水平狀，乘著馬兒衝力向前斬擊。

黑子還沒來得及完全轉過座騎，左側半身面對著那刀鋒。

——來不及——

千鈞一發間，他聳起左肩擋在頸項前。刀鋒硬斬在堅實的肩甲上。

強烈的衝擊，令兩人都墮馬。

剛才的馬戰揚起大股沙塵，遠處的「大樹堂」騎士都看不清楚兩將交鋒的情形。

狄斌在地上翻滾，卸去墮馬的衝擊。他仗著比黑子矮小，早一步爬起了身。

可是單刀已經脫手，跌在十多步外。

而那黑甲的巨大身體，已經開始站了起來。

狄斌跑過去拾刀。

手掌才剛摸到刀柄，一隻漆黑鐵甲靴猛踏在刀刃上。

狄斌仰頭。

巨大的黑影投在他頭上。**像死神。**

雙手握持的長刀高舉過頂。

卻遲疑著沒有砍下來。

——三哥……

狄斌猶如無意識般，左手反握拔出腰帶上的「殺草」。

全身朝黑色盔甲撲過去。

「殺草」橫斬向黑子頭頸。

長刀降下來。

卻不是斬向狄斌，而是垂直擋架「殺草」。

兩片刀刃成十字形交鋒。火星彈射。

在火花照亮的剎那，狄斌近距離看清了鐵面具兩個洞孔裡的眼睛。

又圓又大的純眞眼睛。

很熟悉。他二十六年前就見過。

刀鋒卻已無法收回來。

「殺草」那銳利無比的霜刃，斬斷長刀，繼續前進，斜斜割破鐵面具，切入黑子頸側動脈。

熱血噴灑。

在這一刻，黑子心裡異常平靜。

「她這個早上在幹甚麼呢？跟丈夫還睡在床上？在餵孩子吃飯？她這一刻開心嗎？有沒有偶爾想起我？還是仍在想念阿狗？現在的她是甚麼樣子？胖了？老了？還是一樣美麗？跟從前一樣喜歡笑嗎？笑容仍然一樣嗎？」

破裂的鐵面具跌落。

破裂的臉在苦笑。

——這時他明白了：當天扼著阿狗喉嚨時，爲甚麼阿狗還在微笑……

眼睛最後一次凝視久違的義父。

那具在戰場上創造過無數傳說的巨大身軀，終於崩倒。

臉上染滿熱血的狄斌，心裡卻比冰雪還要冷。

那最後一刀耗盡了他的氣力。他跪倒，雙手支地。「殺草」早已掉落。果然是好刀，刃身沒沾一滴血。

但這一刻狄斌卻希望，自己一生從來沒有拿起過這柄刀。

他沒法抬起頭，看一眼自己心裡早已知道的事實。

沒有眼淚流出來。

「大樹堂」的部下這時馳至。有幾個提起矛槍，想在黑子身上再補幾個洞孔。

「別碰他！」

狄斌的吼聲震撼每個人的心坎。

他這才站起來，走到黑子的屍身旁邊。

狄斌盤膝坐下，竭力扶起黑子上半身。

他突然想起從前在漂城，在老大的家裡，抱著這孩子的情景。那身體，是多麼的細小和脆弱。

狄斌脫去黑子的戰盔，把他的頭擱在自己腿上。狄斌一隻手抱住他，另一手來回輕撫他的烏黑長髮。

就像當年擁抱著將死的齊楚一樣。

他始終沒有哭泣。

□

五天後，「京畿鎮守軍」的使者，把小玄王的遺體送回經河城的荊王府。

連同屍體送交荊王的，還有個穿掛在繩上、刻紋因爲年月久遠已變得模糊、木色吸收過許多汗水而變成深褐色的小佛像。

第三十二章
真實不虛

狄斌獨自踏過黑白夾雜的積雪與泥土，慢慢爬上那座土坡，走進一片樹葉凋零的林子。

他經過一排接一排形貌淒涼的禿枝。陰沉天空零星飄降下像羽毛的細雪，落在他那襲白色毛裘上。

進入樹林中央，他發現鎌首已經比他更早到來。

狄斌每前進一步，心跳就加快一點。

接近之後，他實在無法相信：這個赤著雙足、裹著斗篷與毛氈披肩、瘦得像副會行走髑髏的男人，就是五哥。

——那夜，我曾經擁抱、愛撫過的完美胴體，如今已經變成了這模樣……

——這二十四年來，他究竟遭遇了甚麼？

鎌首手裡握著那個小佛像，一直低頭在看。直至狄斌走近，他才抬起頭。

「白豆。」鎌首像金石磨擦的沙啞聲音說。「**許久不見了。**」

一聽見這句久違的「白豆」，狄斌已幾乎要哭出來。他按捺住，只是呆呆立在原地。

之前一夜狄斌完全沒睡過。他一直在想像，過了這麼久跟鎌首重逢，會是怎樣的情景？我會一開始就激動得忍不住要抱他嗎？他還會讓我擁抱嗎？他會想殺死我嗎？還是只用仇恨的眼光瞧著我？又或是已經把我當作陌生人？

沒想到，兩人就只是這樣冷靜地站著對望。

「嗯，許久。」狄斌斌擦擦發酸的鼻子。「這二十幾年，我一直派人找你。」

「你找不著的。」鎌首伸開手掌。「沒有人會認得我。」

狄斌點點頭。他深深呼吸了幾口，最後才決定呼喚：「五哥……」

鎌首並沒有因爲這久未聽聞的稱呼而動容。

「你改變了許多……」狄斌繼續說。

「不只是外貌。我也再沒有往昔那種力氣了。」鎌首舉起有如枯枝的手掌，握成拳頭又放開。指間那些荊棘刺青也早淡褪。

「可是現在的你，卻擁有更令人吃驚的力量。」

「力量……」鎌首瞧向旁邊光禿禿的樹木。「並不是我所追求的東西。」他再次低頭瞧手上佛像，然後拋給狄斌。

「還你。」

狄斌接過。他痛惜地撫摸著木紋。

「這個我本來送了給黑子。在他離開京都那天，他還了給我。」狄斌的臉失去了血色。

「謝謝你。」鎌首說。「替我養育孩子這麼多年。」

這句話就像一柄比「殺草」更鋒利更冰冷的刀，插進狄斌心坎。

「沒能把他挽留在京都，是我一生最大的錯誤。」

「不。」鎌首斷然說。「那是他自己的選擇。」

狄斌直視五哥的眼睛。仍然像往日般明澄。裡面竟沒有絲毫恨意。

——阿狗死時，老大的眼神也是這樣嗎？

狄斌緊抓著胸口衣服。

——我．殺死了．五哥的兒子。

——這是永遠的事實。

「我……我……」狄斌失語好一會。「本來我還沒有準備好來見你……」狄斌垂下蒼白的臉。「但已經沒有時間了。」

「是于潤生叫你來見我的嗎？」

狄斌整個人僵住。一股徹骨的冷，滲入心坎。

他第一次聽見：五哥直接呼喚老大的名字。這裡面的含義，非常清楚。

「老大希望我跟你說：『**我們都各自失去了一個兒子……**』」說到這裡，狄斌哽咽。

「**『假如你還對兄弟情義有一絲珍惜，我希望在還沒有做成更大錯誤之前，跟你和解，結束這一切瘋狂的事。』**」

「和解？」鎌首凹陷的臉沒有露出任何喜惡。「是于潤生希望跟我和解？還是那些藩王？」

「有分別嗎？」狄斌這次是以自己的身分說。「這些年來，你的『三界軍』毀了多少『大樹堂』分堂？」

「別騙自己了。」鎌首冷笑。「事實是：這個朝廷要是崩倒，『大樹堂』也就不可能再存活下去。」

「眞的嗎？」狄斌直視鎌首，眼神裡帶著惱怒。「在你打倒那些藩王，統治天下之後，『大樹堂』也要毀滅嗎？不可以和解嗎？不可以讓『大樹堂』成爲『三界軍』的盟友嗎？」

鎌首凝視著狄斌好一會。

「對不起。」他終於開口。**「在我追求的那個世界裡，沒有『大樹堂』這種東西可以容身的地方。」**

「你忘了嗎？」狄斌跺著腳。「創立『大樹堂』，你也有一份！」

「我來，就是要彌補自己從前犯過的錯。」

狄斌的心更冷了。

「你是說：我們兄弟過去的一切都是錯誤？」他一字一字地問。

鎌首沉默著。他回想三十四年來所發生的一切。全都還是那麼鮮烈。每次並肩作戰，那份火般燃燒的感情，那絕對的互相信賴，並不是虛假的。

截殺吃骨頭那條黑暗的雞圍街巷。

燦爛燃燒的「大屠房」。

塞滿了「拳王眾」的安東大街。

第一次看見京都明崇門。

跟白豆最後一次帶兵出京的情景。

鎮德大道上的衝鋒。

寧小語餓死的臉……

就是在看見那張臉的一刻，他醒覺了。

「不。」鎌首幽幽說。「只是今天我看見了，更重要的東西。」

「我絕不想跟五哥爲敵。」狄斌又說。「這樣下去，我只會殺死你，或是被你殺死。」

他走到一棵枯樹旁，折下一根禿枝。

「然而要是不可能和解，我也別無選擇。」

「你有的，白豆。」鎌首溫暖的眼睛瞧著狄斌。把雙臂張開。「加入我這邊。」

狄斌深深吸了口氣。五哥的眼神，令他再次想起那一夜。已經過了這麼久，那擁吻的觸感，仍是如此清晰……

他看著鎌首的懷抱。他多麼渴望再一次投進去，再次感受那股溫暖。哪怕要付出甚麼代價。

「即使……我是殺死你兒子的凶手？」狄斌說時嘴唇在顫抖。

「我說過，我現在眼中有更重要的東西。」鎌首又再露出許多年前那體諒的神情。「比我的血親還更重要。」

「也比我們兄弟的盟誓更重要吧？」

「我也跟你一樣，希望我所追求的東西，能夠跟我和你的感情並存。」鎌首雙眼更明亮。

「白豆，我很掛念你。」

狄斌聽到這一句，有馬上要奔過去的衝動。

可是他知道，鎌首那句「加入我這邊」代表了甚麼。

在他腦海裡，出現被燒成灰燼「大樹堂」招牌。還有老大被斬下的首級。

狄斌用了最大努力，把視線從鎌首懷中移開，用力搖了搖頭。

他雙手把樹枝折斷。

「我一生都在守護著一件東西。它是我們幾個兄弟曾經存在的憑證。我不會讓任何人毀滅它。包括你，包括我自己。」

鎌首目中的亮光消失。他失望地垂頭。

狄斌把那個小佛像戴上頸項。

「我知道，我所相信的東西也許都是虛假的。但是我已經下定決心：在還能夠呼吸的時候，我不願意看著它破滅。否則我的人生就一無所有。」

狄斌蹲下來，從地上抓起一把混著泥土的雪。

「五哥，你呢？你離開了這麼多年，終於找到那個答案了嗎？你一直在努力把它實現嗎？**你有回頭看看，這些年裡你創造出來的東西，真的是你希望那樣子嗎？你所追求的都是真實的嗎？**」

他問完，就狠下心不再看鎌首一眼，轉身往來路邁步。

因爲他害怕：再看一眼，以後都捨不得。

他背著鎌首而行，滴落的眼淚吹散在空中，每一顆都很快跟飄雪融和在一起。

鎌首失落地瞧著那背影。他的表情就跟當年失去寧小語之後，站在月光下的院子裡一樣。

這是白豆第一次棄他而去。

鎌首孤獨地在枯林中央盤膝而坐。

輕細的雪片繼續飄降他身上。

他閉著眼睛，繼續想著白豆問的話。

許久。

□

「三界軍」雖然受到小玄王陣亡的衝擊，在與「鎮守軍」初次交戰中敗退，但仍然保持著絕對的兵力優勢。四十餘萬大軍嚴守在京都以南百里，對著那個世上最大的城市虎視眈眈。

令人意外的是，他們許久也沒有再展開第二次攻勢。因爲一個絕不能讓敵人知道，也絕不能讓「三界軍」部下知道的秘密：

荊王失蹤了。

□

兩個月裡，鎌首展開他最後一次旅行。

一直往西，經過領地裡許多城鎮。

看看他自己創造的世界。

他看見了。

然後他帶著深沉的悲哀回頭，再次奔赴京都方向。

□

守在京都西牆城樓上的那幾個衛兵，正圍在小即使火爐旁，烘著快要發僵的雙手。他們對這值夜班的差事討厭極了。尤其在這隆冬。

幸好這幾天都沒再下雪。城牆外的野地仍積著白茫茫一片，在黑夜中發出淡淡的光。

「好像有古怪的聲音……」其中一個衛兵瑟縮著說。

「聽錯吧？」隊長皺眉。「匪軍還在好遠的地方……這種天氣，他們也不會來。」

那個衛兵搔搔頭。「聽錯嗎？」

另一記聲音。這次他們全都聽見了。不是很響亮。在城牆的外頭。很近。

「邪門……」那隊長推一推剛才那衛兵。「你去看看！」

那衛兵提起槍桿，用發抖的手握著，提心吊膽地一步步走近城牆邊緣。

就在還有數步之距時，忽然有東西從城牆邊緣出現，唬得那衛兵的槍都脫手了。

一隻枯瘦但寬大的手掌。

另隻一模一樣的手也攀了上來。

——見鬼……

在那兩隻手掌支撐下，一個高大的身影從城壁爬上來。骨架異常的巨大，但卻消瘦得不像話；一顆刮得光光的頭顱；只有下身包裹著一塊布巾，其餘甚麼都沒穿，連鞋也沒有；瘦骨突露的胸腹和四肢，全都冒著白色蒸氣。

「你你你……你是甚麼人？」隊長從小凳上翻倒，指著那男人驚慌地問。

他從來沒聽說過，有人能夠徒手攀登京都的城壁。

「是奸細吧？匪軍的探子！」另一名衛兵拔出腰刀衝到男人跟前，作勢欲劈。

但他一看見這男人的眼睛，刀子就凝在頭上斬不下去。

「我進來，是要見一個人。」男人以粗啞的聲音說。「請帶我去見他。」

衛兵們覺得，這個男人的身姿、樣貌和聲音，都有一股令人無法不服從的力量。

□

「大樹總堂」的「養根廳」裡，堂主寶座跟前架起了幾面繪畫著龍虎圖案的高大屏風。

在屏風的包攏之內，于潤生高坐於那張虎皮大椅，跟坐在下面只有十多尺遠的鎌首對視。

鎌首的手足都扣著鐵鎖鐐。雖然他今天已經變成這副模樣，沒有人能忘記當年的「大樹堂」五爺是何等可怕。

于潤生撫摸著椅上的虎皮。已經有好幾處脫毛。這塊皮原來的主人，就是他前面這個囚徒當年在猴山親手獵殺的。

二十四年後再見，于潤生臉上卻沒有泛起一絲波紋。鎌首亦是同樣地平靜。

「許久、許久以前……」于潤生終於開口，聲音已經失去往日的鏗鏘，但仍然令人無法不用心聽。「我已經認識到：你擁有一種連我也妒忌的力量。」

鎌首沒有任何反應。

「我花了不少努力，才得到別人對我像神一樣崇拜。可是你……你在漂城時，即使坐著甚麼也不做，很輕易就得到它。

「那個時候我就知道：**你不會永遠在我的駕馭之下**。我只是一直努力把那時期延長。可是你終於還是走了。」

于潤生說著時，有唾涎滲出嘴角。他用華貴衣服的袖子抹了抹，繼續說話。

「你走後最初那幾年，我確實是有點擔心，不知道你會變成怎樣回來。後來一直沒有你的消息，我也就放鬆了，也開始漸漸忘記你……

『同時『大樹堂』不停地壯大起來，大得連當年『豐義隆』的頭子們做夢也沒想像過。大得不可能再有任何敵人。包括這個朝廷的主人。他們的命運已經跟我們緊緊相連。他們需要『大樹堂』。需要我。有了這樣的盟友，『大樹堂』是不可能毀滅的——至少從前我是這麼想。**我錯了。**」

這是于潤生過去從來不會說的三個字。「這錯誤，跟當年的蒙眞和章帥一樣。以爲一些既有的東西，就理所當然會一直存在下去；忘記了任何事情都可以從最根本處動搖。而且往往是從最不起眼的地方開始。

「不過有一點我還是對了：**這個世上，假若有一個人能夠毀滅『大樹堂』，毀滅我擁有的一切，那個人就是你。**」

于潤生說完這番話，似乎有點累，停下來用力呼吸了好一會。他伸手按按胸口那個箭傷的位置。

「這裡，每到冬天就會發痛……」于潤生苦笑瞧著鎌首。「也許是龍老二的鬼魂在作怪。」

鎌首還是沒有任何表情。

于潤生又再休息了一陣子，然後說：「現在，你就坐在我面前。最後還是我勝利了。從來我都只看結果。『爲甚麼』不是我最關心的事情。

「可是這一次，我眞的很想知道：**為甚麼？**爲甚麼你會來？」于潤生說時，眼睛恢復了少許亮光。

兩個暮年男人，互相對視許久。

「我看見了……」鎌首突然張開嘴巴。于潤生現出興奮神色。**「我看見了……一切。」**

鎌首的身體動了動，手足的銹鐐發出響聲。

「我看見了。在七塘鎭，我看見了那裡的『三界軍』守將，建了一所新房子，比從前那裡的知事府邸還要豪華，旁邊的房屋卻依舊破落。

「我看見了，在彰城外的田野，一個個農民弓著背像奴隸般耕作，爲了生產『三界軍』的糧食。

「我看見了，在銅城，人們爲了私怨互相告密，沒有錢賄賂將官的，就被當作官軍奸細，被吊死在城門上。

「我看見了，草洞鄉的田地因大旱失收，『三界軍』領地裡沒有任何人來救援，有孩子活活餓死，父母交換著嬰兒烹吃。

「我看見了，在秦州府趙城，『飛將軍』毛人傑的家鄉，他的親戚穿戴著他在各處攻城掠地搶奪回來的金銀首飾；他們老家宅邸裡，堆積著來自各地府庫的財寶；他們家的婢僕，都是從各處擄劫回來的官家或者士兵妻女。

「我看見了，有個穿著三色衣服的『道師』，在一大群人中間談論著我，但所說的一切，連我自己也不知道。他描述著我做不到的奇蹟；說著跟我的主張相反的教條；散佈著我從來沒有宣揚的仇恨。最後他拿出一個布袋，那些群眾都惶恐地把銅錢抛進袋裡。我問他：『你說的一切都是真的嗎？』他看著我不敢說謊，只是微微笑著，悄悄在我耳邊說：『真假有關係嗎？』」

鎌首說話時，臉和身體都沒有波動，彷彿只是說著跟自己無關的一個故事。

「我看見了這一切。然後我便決心回來。**我要把這事情結束。**」

于潤生笑著問：「你是希望……和解嗎？」

鎌首搖搖頭。「**沒有關係。勝利的是誰也好，沒有關係。甚麼都不會改變。**」

于潤生的眼瞳亮起來。那權力慾的異采再次浮現。

——假如結合「三界軍」的力量，把一切推翻，『大樹堂』可能會攀上從沒想像過的更高峰。

——**一個國家的權力。**

可是不一會之後，于潤生目中光采又消退了。

「對不起。」于潤生俯視鎌首說：「像我們擁有這種力量的人，這個世界只需要一個。」

他轉頭朝右側屏風招手。

「我已經問完了。把他帶走。」

那面屏風向後移開來，露出守在後面的大量護衛。

當中一個男人走出來。是已經年老但面容仍然精悍的「鐵血衛鎮道司」魏一石。

魏一石露出陰沉的笑容，瞧著鎌首說：「想不到，在我老得快要辭官時，竟然還有這種榮幸。」

□

在完全漆黑的「拔所」囚室裡，鎌首躺臥在冰冷石地上，全身被鐵鐐綑鎖。

只有腦袋仍然自由。

在不知道被囚禁了多久的這段日子，他回憶起許多事情。思想飛越過很多地方。逐一想起他曾經殺死或擁抱的每一個人。

他的思想突然停留在某處不肯離去。他記得，那兒站著許多人。可是四周卻非常靜。沒有人說話交談。他們都在盼望著某種東西……

他記起來了。是東都府衙門前那個小廣場。他藏身在人叢裡，準備伏擊那個叫曹功的人。

這在他過去那驚濤駭浪的經歷中，只是一件很小的事情。可是此刻他卻記得無比清晰。

是那些農民。一個個站著，全都面向衙門大門。一張張營養不良的瘦臉沒有表情，但都非常沉靜地等待著。

他們甚麼都沒有做。但集合在一起時，卻似乎有股無形的力量。

——**力量。**

鎌首突然全身冷汗淋漓。

他想像著：**假如當天我在籽鎮開始，也是使用這種力量，會變成怎麼樣？一百人。一千人。一萬人。一百萬。一千萬。如果我當初發起的不是另一場戰爭，而是像那些人一樣，只是默默地集合在一起到京都來，會變成怎麼樣？**

囚室裡迴蕩著他苦澀的笑聲。

「**我以為自己在帶領羔羊對抗著豺狼。**」他自言自語。「**卻在不知不覺間，我把羔羊培養成另一群豺狼。我還為他們的勝利而自豪。**」

他徹悟。原來自己從一開始就錯誤了。

可是已經沒有後悔的餘地。**世界不會給他第二次機會。他，畢竟也只是一個人。**

囚室的鐵門打開。透進的亮光令鎌首睜不開眼睛。

是時候了。

鎌首的心反而寬慰起來。

至少，不必再在這無止境的黑暗中等待。

□

這一天，在京都明崇門最高的城樓上，執行了這個國家已廢止三百年的「首惡剮刑」。全城內外的人都親眼目睹。

按照刑律，受刑的死囚被整整切割一千二百刀方才斷氣，由六名刀手輪流執行，另有一名助手高喊報出刀數。從胸背開始，至手腿、生殖器、五官……全身皮肉被割成寬不過指的細條，最後連同內臟曝於城郊之外，供烏鴉及兀鷹啄食；骨頭則銼成灰粉，分別撒於東南西北的江河中。

行刑完結後，流滲在明崇門頂上的血漬，不知何故怎樣也無法清洗，長期遺留成遠遠也看得見的一灘紅印。此後明崇門在民間多了個稱號，叫「赤門」。

□

全身白衣被冰雪打濕的狄斌，一直打著劇烈寒顫，走進「大樹總堂」內的堂主府邸裡。他是唯一能夠不經查問通傳，就能進入這裡的「大樹堂」人物。

他站在那座樓子跟前，仰頭瞧著老大位於二樓的房間。窗戶仍然透出燈光。

「老大，還沒有睡？」他那顫震的聲音並不特別大，但在這靜夜中卻異常響亮。

紙窗出現一個側影。

狄斌看見那熟識的影子，心頭一陣劇烈激動。

「老大……我有事情要問你。」

紙窗上的影子沒有任何回應。

「那一天，你要我去找五哥……」狄斌因爲寒冷，面色比平日還要蒼白。「你是不是眞心想跟他和解的？」

那影子仍然沒有回答。

「老大，告訴我。我只是要親耳從你口中聽見一個答案。**假如我們還是兄弟。**」

過了許多，窗上的影子才說話。

「你還問這個幹麼？**一切都已經結束了。**」

狄斌雙眼裡那最後一絲希望的火焰，終於也熄滅。

他摸摸斜插在腰間的「殺草」。腦海裡一片空白。

「**對。一切都結束了。**」他喃喃說。

右手握在「殺草」的刀柄上。

——三十四年。一切都是個謊話。

「老大，我可以上來看看你嗎？」

那個影子又沉默了好一會。最後才幽幽地說：「**假如你真的要進來，那就進來吧。我最後的義弟。**」

狄斌左手握著頸項上那個佛像。握得好緊，好緊。

「好的。」

他右手反握拔出「殺草」那兩尺寒霜般的刀刃，用柄頭推開樓下大門。

他猶疑了一刻，然後踏進大門一步。

另一條腿卻已進不去。

棗七跟十幾個部下，像鬼魅般從陰暗的前廳裡出現，迅速阻擋在狄六爺跟前。棗七閃電伸出手爪，擒住狄斌握著「殺草」的手腕。

狄斌想把手掙脫。但棗七的握力並沒有因年月而消滅。

棗七默默瞧著狄斌的臉，搖了搖頭。

狄斌會意。他閉目放棄反抗。

「殺草」墜落地板的聲音，在靜得可怕的夜裡格外令人心寒。

其餘護衛把狄斌團團圍住。他們都沒有動手抓他。他畢竟仍是「大樹堂」的狄六爺。

被押出大門時，狄斌回身仰首，再次瞧向窗上那影子。

三十四年來的一切。

以後，國家繼續興起又崩倒。山嶺夷平，江河乾竭。那些轟轟烈烈的往事，那份曾經生死以之的情懷，不會記載在任何歷史或故事裡，不會再有人談論，然後悄悄消失在黑夜的風中。

「老大，讓我見你一面。」

「白豆，你會的。」那影子沒帶任何感情地說。「我會一直看著你。**直到最後一刻。**」

跋章
舍利子

那顆黑色念珠，最初是被魏一石收了起來。連他自己也無法解釋爲甚麼會這樣做。大概覺得會帶來運氣吧。他把念珠收在一個雅緻的古玩首飾盒裡，放在自己家中。

幾年後，正當魏一石將要辭官時，他因故得罪了平王爺，加上多年來在官場積下的仇怨，他被革職清算，最後處決抄家。魏府裡比較値錢的東西都被侵呑，那個裝著念珠的盒子，則連同其他許多不起眼的東西，被一起送進皇宮府庫，在那裡靜靜放著許多年。

之後有一年，某位南蠻國王親自到京都來朝貢。那個盒子也跟其他東西當成了回禮，被送上國王的帆船倉庫。

船隊開到大陸南方一個港市，短暫停泊以進行貿易。南蠻國王的侍從把那個盒子也當作貨物，賣給了城內收買雜物的商人。商人見這盒子頗爲別緻，也就自己收起來，回家時送給剛滿十四歲的女兒。

少女發現了盒裡那顆古怪的念珠，覺得滿有趣的，就用一根細繩穿過念珠中央的洞孔，像手鐲般戴在腕上。她越看越是喜歡，連睡覺也照樣戴著。

兩年後，那商人因爲被夥伴騙光了財產，欠下一大堆債，女兒也被賣到妓院抵償。就在她出賣初夜那一晚，粗暴的客人把念珠從她腕上扯脫，滾跌到床底下一個看不見的角落。

直至年末時，妓院裡一個小廝把念珠從床底掃出來，他把它收進口袋。兩天之後，小廝把念珠連同其他從妓院偷來的東西，擺在市集上叫賣。最後它只賣了一個銅板。

買下它的是個造冠帽的工匠。他最近爲一個書生造一頂帽子，正好欠了些點綴物。這顆念珠的顏色很合意，他就把它縫到帽子上。那個書生看了很滿意，就付錢買下來。

書生接連考了三年縣試，結果都不能上榜。他放棄了讀書當官的念頭，向朋友借了筆錢，學起做生意來。聽說南面的蠻國有些貨物利錢不錯，他便收拾行裝，戴起這頂最喜歡的帽子出門去。

爲了節省花費，一路上他往往都乘便車。有次他坐在一輛牛車後頭，不知不覺就在那堆貨物中睡著。縫著念珠的絲線本來已經有點鬆脫，這一路顛簸中，念珠掉了下來，跌在貨物之間。他直至下了車也沒有發現。

牛車繼續走著，穿過一條在森林中央開闢的道路，終於到達一個城鎮。駕車的商人打探過，知道這裡能賣得好價錢，也就僱人把車上貨物卸下來。搬動貨物時，那顆念珠也摔出了車，滾到街巷一角。

一個小男孩這時正納悶經過。這個早上他跟鄰居孩子們打彈子，卻連最後一顆也輸掉了。他垂頭喪氣地走在街上，忽然發現這顆又黑又圓的小木珠，撿起來仔細看了一會，便轉身跑回孩子堆中。

這天他靠著這顆念珠贏了好一堆彈珠。別的孩子都羨慕地瞧著他。有個孩子拿出一把小刀，說要跟他交換這念珠，可是男孩不願意。

家裡的母親不喜歡男孩打彈子，說這是賭博。可是不打緊，他有一個秘密地方。

男孩趕在入黑前，跑到村鎮邊緣那座已經多年無人參拜的荒寺。

他爬上佛壇，從那尊已經纏滿蔓藤、身上崩缺多處的破佛像背後一道裂縫，取出一個布袋，裡面裝的全是他的寶貝。男孩把贏來的彈珠都放進布袋，然後他想了想，還是決定把那顆念珠也放進去。

把布袋塞回佛像肚子後，他從佛壇爬下來，拍拍手上和衣服的泥塵。

臨走前，他瞧了瞧半掩在蔓藤葉底下的佛像臉孔，閉起眼雙手合十，祈求明天也得到勝利。

男孩離去後，黃昏夕陽斜射進空蕩蕩的佛寺，照得那張佛臉泛出溫暖光華。

就跟許多年前一樣。佛，仍在笑。

《殺禪》卷八【究竟涅槃】．完

《殺禪》全書完

稿於二〇〇六年六月二十八日

附錄

卷七　原版後記

那一夜，寫完了《人間崩壞》最後一句，步出咖啡店時，竟然沒有平素完稿後的興奮心情，倒是感到沮喪落寞。

該死的人死了。不該死的人，也死了。

上一卷的後記說過，「殺死」龍拜後有種奇怪的感覺。當時我以為只是出於一時，不料這次感覺還要更強烈。到了末尾，把幾個陪伴我多年的喜愛人物「處決」時，甚至有點不忍下筆。

客觀看，身為作者就是整本小說的「上帝」，故事裡一切鏡花水月，說白了都不過是我一人囈語，本來不應該有甚麼好傷心的。

可是創作從來就不是客觀的事。

當初構想故事時，靈感之得來既是混混沌沌，無跡可尋；執筆間中也有「出神」的時候，寫出來的東西，自己再看也會吃一驚。我不禁想：也許世上本來就有許許多多故事在大氣中漂浮，等待著願意和能夠把它們寫出來的人；作品出世，自有它的生命，大概連敘述者也不可控制。

好像說得很「神」吧？對的。寫作之於我，確實是有點divine的一件事。否則何以苦尋靈感時就像求神問卜，奮筆疾書又如滿紙扶乩？

「巫」，本來就是最古老的創作藝術。

始於戰爭，也終於戰爭。黑道爭雄，至此落幕。

然而這個故事，還沒有完結。

第一卷的後記預告過，《殺禪》是七卷完的長篇。現在雖多了一卷，但是整個故事大抵還是按照我十幾年前定下的「路線圖」前進。經過這樣漫長的歷程還沒有「脫軌」，想來是有些幸運。

人們以為，創作講的只是一人的實力，沒有幸運成份。其實不然。

否則，「音樂之父」巴赫就不用每首曲都感謝上帝了。

這本書特別獻給一個人。

她不會看《殺禪》。就是看也大概不明白。

可是我還是得感謝她。

就是我媽媽。

喬靖夫

二〇〇六年四月十一日

卷八　原版後記

故事到這裡，說完了。

我的確是想透過這部書，表達一些我對世界的看法。這部書的其中一大主題就是關於「權力」。人類社會的關係，其實也可以化約為權力的關係來看。不管是令別人服從的權力或是消滅別人的權力。這些在嚴家其先生的《首腦論》一書裡有很清楚的剖析，此處不贅。

不過直到最後，我沒有給讀者甚麼明確的答案。

我從來相信：文學必須關乎人和社會；可是小說作者最重要的責任，就只是說一個動聽的故事而已，不是試圖為人類開藥方。

最重要的答案，從來都是要靠自己去尋找的。

最後這一卷，說的主要是關於革命。

只要是比較關心外面世界的朋友都得承認：這個世界到了今天，還是存在許多嚴重的問題，許多的不公平與貧窮。這個世界需要改變。

至於改變的方法是甚麼？過去曾經很多人嘗試過革命這手段。可是流血革命的代價太大了。而且歷史很多次告訴我們，成功的革命最後帶來的，往往是一個更極端、更不寬容的世界。

用暴力建立的東西，試圖以另一種暴力來改變它……結果就是白白折騰一回。

然而我們是否就此放棄改變，接受現在的一切都是常態，甚至宿命？

佛家只講因緣，不講宿命；把這部書命名《殺禪》的我，並不是佛教徒，但同樣無法接受命定這回事。我深信必定有其他更好的方法去改善這世界。而且也有了成功的例子。

尤其在這個信息技術飛快擴散、平凡人掌握了越來越大發言力量的時代。基本上，我是樂觀的。

我很喜歡一句說話：「假如地球是一艘太空船，我們每個人都是駕駛員。」

當很多人同時改變自己，也許這個世界就會改變。

最後引用我最喜歡的一首歌，Bob Marley的〈Redemption Song〉裡的兩句：

Emancipate yourselves from mental slavery

把你自己從精神的奴役裡解放吧

None but ourselves can free our minds

沒有人能夠釋放我們的思想，除了我們自己

給所有酷愛自由的人們。

喬靖夫

二〇〇六年七月三日

《殺禪》重編版後記

直到今天我都想不透，當年是怎樣產生《殺禪》這部小說的概念的。

那是我二十歲的時候，心裡面只知道「很想寫小說」，但完全想不到要寫甚麼。正巧那時候在香港《壹週刊》，讀到李碧華寫的短篇小說《誘僧》（後來她才再將之發展爲同名中篇），腦海裡像突然被點燃了些甚麼。

「沒有入過紅塵的人，無法看破紅塵。」

這就是最初啓發《殺禪》的小小一點生命火頭；再在年輕的我心裡，迅速長成一頭龐大的怪物。

此後我就再也沒有回頭。

當時我剛剛成年，預備踏足社會，開始思考未來人生要怎麼過，對生命的意義充滿了疑惑，《殺禪》這個初始命題正合我其時的心境；又正逢一九八〇年代末至九〇年代初，國際政治風雲色變的時期，香港的命運更是風雨飄搖，促使我對人性和權力做了不少思考，給《殺禪》灌輸了許多養分。

一個年輕又初次寫小說的人，就嘗試去挑戰這種格局長篇，是一件很瘋狂的事。奇怪的是，即使持續寫了幾年都沒甚麼發表機會（只在自己有份創辦的武俠雜誌《後武俠時代》裡刊載過一期，雜誌接著就倒了），我卻一直沒有放棄它，好像認定這是我命中註定要寫完的書。如今回頭看，它經歷多年後竟然眞的能夠全部完成並且出版，實在是個不小的奇跡。

《殺禪》帶給我的名氣和迴響，至今都不算是很大，但它在我生命裡，永遠有著無可取代的地位。

我以寫過這部書爲榮。

重讀十六年前《殺禪》結局的原版後記，發覺當時的我，對世界存有一種很直白的樂觀

到今天，身周發生的一切，令我無法再如此坦然。

不過倒是多了些從前沒有的寬容，嘗試把看事情的「點」放遠一點。

年輕時總是希望，社會的改變就在自己的時代裡出現和完成。

如今明白，我們沒法選擇時代。是時代選擇了我們。

不管面對的是希望還是不希望發生的事，當刻我們都只能去做忠於靈魂的選擇，並且獻上自己的一分。

至於成敗，那是無數的「因」聚合產生出的「果」。

認清「義」與「命」，心裡就平安。

至今不變的是，我仍然相信人性的眞與善。
因爲我選擇相信。如此而已。

二〇二二年十月二十五日　喬靖夫

誌謝

感謝關於《教父》的所有人：

原作者Mario Puzo、導演哥普拉（Francis Ford Coppola），還有所有出色的演員們。

感謝《*Conan the Barbarian*》（王者之劍）這部電影，觸動了我的許多靈感。

還有Basil Poledouris棒透的配樂，陪伴我度過無數筆耕的夜晚。

感謝前輩李碧華的短篇小說《誘僧》，給《殺禪》最初的啓發。

感謝我讀大專時的賴蘭香老師，你是第一個鼓勵我嘗試寫小說的人。

感謝所有曾經教導過我的武術老師和同門。

你們不止影響了我的動作描寫風格，也教會了我追求眞誠。

感謝我的父母和家人，養育了一個這麼任性又古怪的我。

感謝我三十三年的好朋友檸檬，還有你喜歡追看《殺禪》的老爸。

感謝米雲。有個秘密我從來沒有告訴過任何人：龍爺其實就是你啦，哈哈！

感謝Gavin。《殺禪》原稿的第一個讀者。

感謝我所有其他好友玩伴。玩，就是我的靈感來源。

感謝老闆娘。

如果沒有認識你，我的寫作事業不知道還要等多少年才能展開。

感謝東。我至今仍然懷念從前那些互相砥礪的日子。

感謝替我抓過無數文字毛病的陶先生。

感謝康卡斯。期待有天眞正跟你合作啊。

感謝「全力圖書」的所有人，長期給予我重要的支援。

感謝「美亞印刷」全人，對我們這樣的「蚊型」出版者也如此關顧。

尤其每次書展前，勞煩你們常要爲我的書趕工。

感謝「次文化堂」社長彭志銘，第一個給我公開發表機會的前輩。

感謝某人。雖然我們不再是朋友，但我得承認，當年開始寫《殺禪》，是得到你很大的鼓勵。

感謝V。你是我力量的泉源。

最後，但也是最重要的，感謝我的摯友袁建滔。

沒有你，《殺禪》恐怕到了今天只是藏在我抽屜裡一個永不會完成的夢想。

You made all of these happened.

國家圖書館出版品預行編目資料

殺禪. 第4部 重編版（完） / 喬靖夫著. -- 初版.
-- 臺北市 : 蓋亞文化, 2023.01
面； 公分. -- (喬靖夫刀筆志 ; 4)
ISBN 978-986-319-398-2 (平裝)

857.7 108001020

喬靖夫刀筆志 004

第 4 部 重編版（完）

作　　者　喬靖夫
封面插畫　Steven Choi
書名題字　馮兆華
封面設計　莊謹銘
責任編輯　楊岱晴
總 編 輯　沈育如
發 行 人　陳常智
出 版 社　蓋亞文化有限公司
地址：台北市103承德路二段75巷35號1樓
電話：02-2558-5438　傳眞：02-2558-5439
電子信箱：gaea@gaeabooks.com.tw
投稿信箱：editor@gaeabooks.com.tw
郵撥帳號 19769541　戶名：蓋亞文化有限公司
法律顧問　宇達經貿法律事務所
總 經 銷　聯合發行股份有限公司
地址：新北市新店區寶橋路二三五巷六弄六號二樓
電話：02-2917-8022　傳眞：02-2915-6275
港澳地區　一代匯集
地址：九龍旺角塘尾道64號龍駒企業大廈10樓B&D室
電話：+852-2783-8102　傳眞：+852-2396-0050
初版一刷　2023年1月
定　　價　新台幣 360 元
Published and printed in Taiwan

ISBN 978-986-319-398-2